谜托邦
MYSTOPIA

华文推理新大陆
推理迷的乌托邦

算尽则死

杜撰 著

北京联合出版公司

推荐序

我从小棋牌水平就特差，麻将打成相公，下棋被屠大龙，我还总觉得是手气问题。直到后来，我有一个师弟，是围棋职业选手，坐拥专业段位，我跟他接触了才发现，我下棋算个三五步就沾沾自喜了，人家都是二十步、三十步起算。我这才意识到，问题根本不在手气，就出在人身上——这人跟人形计算机的差距，属实太大！

世间万物皆有道，围棋当然有自己的棋道，同时围棋又是一种需要精密计算的游戏，它只有胜负。和棋？不存在的！日本人就直接把职业棋手赤裸裸地称为"胜负师"。

试想一个天才棋手为了赢，没有守住"道"，把计算变成了算计，那他计算机一样的头脑瞬间就成了具有强大破坏力的武器，会干出非常可怕的事情，正如书名所说——算尽则死！

我是成都人，这个故事就发生在成都，总府路、世纪城、华府大道、会龙公园、成都棋院……当我读到这些地名时，亲切的感觉油然而生。故事里的人物对话也穿插了大量川渝方言、俚语，幽默滑稽，又不失调皮讥诮，深得川渝市井语言的三味，读来让人忍俊不禁。

以上种种，不一而足。总之，这是一个非常值得一读的故事，希望大家和我一样喜欢它！

目 录

第一章 输家　　　　　　01
第二章 半仙　　　　　　28
第三章 石佛　　　　　　50
第四章 天才　　　　　　71
第五章 对弈　　　　　　96
第六章 虚实　　　　　　120
第七章 傻子　　　　　　141
第八章 狼狈　　　　　　165
第九章 猎物　　　　　　186
第十章 棋子　　　　　　212
第十一章 视频　　　　　232
第十二章 贴目　　　　　258
后记　　　　　　　　　　281

第一章 输家

1

二〇一五年五月二十日，又是一年一度的"网络情人节"，这天成都各区县民政局门口早早就排起了长队，街边花店摆满了玫瑰花，商场、餐馆、酒吧、酒店更是严阵以待，准备好在晚上迎接火爆的客流。

可是你翻开当天的《成都日报》《成都商报》《每日经济新闻》等报纸，却几乎看不到什么与"情人节"或是"爱情"有关的报道，各大媒体的关注点不约而同地集中在次日即将开幕的"中韩企业家高峰论坛"上。

昨晚十一时三十八分，随着韩亚航空一架空客A330客机徐徐降落在成都双流国际机场，参加"中韩企业家高峰论坛"的韩方嘉宾已悉数到齐。记者从组委会获悉，这架包机上乘坐着韩国众多企业的领军人物，其所在集团产值总和超过韩国GDP总量的百分之七十。本次"中韩企业家高峰论坛"共邀请到了五百多名中韩政要及企业界、文化界的大腕，包括韩国每日经济媒体集团会长张大焕、CJ 集团会长孙京植、SM 娱乐集团会长李秀满、LS 集团会长具滋烈、韩亚航空社长金秀天、三星电子社长朴商镇、现代汽车社长崔成起、乐天百货商店社长李元溶、新希望集团董事长刘永好、中国电力建设集团副总经理王斌、小米科技联合创始人兼总裁林斌、伊利集团副总裁周劲鹰等。

电视里，早间新闻主播正在播报"中韩企业家高峰论坛"的消息。如果是往日，董旸文会在家里一边听新闻，一边浏览当天的报纸。在这之后，他会收拾停当，步行前往附近的俱乐部训练。

不过今天董旸文既没打开电视，也没看报纸，而是一大早就到了俱乐部，他是一名效力于围棋乙级联赛益州银行队的职业棋手。今天上午九点，他将在俱乐部迎战自己的队友，职业五段棋手徐天睿。这场对局的结果将决定他和徐天睿谁能进入第二届"耳赤杯"中日韩新星围棋赛的决赛圈。

耳赤杯是由韩国 GBC 电视台举办，面向中日韩三国青年棋手的国际比赛，参赛棋手的段位必须为五段及以下，且年龄不超过二十二岁。董旸文是职业四段，今年正好二十二岁，这是他参加耳赤杯最后的机会。

中国围棋从一九六四年开始实行段位制，但段位作为一种只升不降、一旦获得就终身拥有的荣誉称号，其实已经不能真实反映棋手的实力了。对职业棋手来说，等级分才是更重要的指数。一九九七年开始，中国围棋采用了等级分制，这个等级分就像网球的世界排名一样，许多重大赛事中，等级分位于前列者可享受跳过预选赛、被确定为种子选手等优惠政策。耳赤杯就是一项青年棋手获取等级分的重要国际比赛。给予青年棋手更多机会，也是耳赤杯创办的初衷。

二十二岁对普通人来说，只是刚迈出大学校园的年纪，但对职业棋手而言，已经不算年轻了，实际上大多数顶尖棋手初次夺得世界冠军的时候都不到二十岁，这一点董旸文心里非常清楚。作为在围乙联赛拼杀好几年的"老棋手"，董旸文的等级分在一百名开外徘徊，始终无法进入百强之列。如果能杀进耳赤杯决赛，不仅等级分会有很大提升，更能引起一些围甲俱乐部的关注，从而获得更多机会。

董旸文的对手徐天睿，同样二十二岁，等级分同样在一百名开外徘徊，同样渴望通过耳赤杯比赛更上一层楼。更巧的是，董旸文和徐天睿不仅是俱乐部队友，从小还在同一个道场学棋，彼此非常熟悉，因此这场比赛也被媒体形容为"同门之争"。

从对阵情况明晰的那一刻起，董旸文就在为这场比赛做准备，他和徐天睿之间，所争夺的远不止耳赤杯参赛权这么简单。不过情况越是复杂，脑子里越是不能想太多，董旸文现在要做的，只有一件事，那就是赢棋。

2

益州银行围棋俱乐部原本在市中心总府路附近，离成都棋院不远，今年春节后，搬到了市区南部距离天府广场将近三十公里的一个湖区。这是一个水域面积接近三平方公里的人工湖，因为形状近似新月，被命名为月亮湖。月亮湖及其周边区域，是成都新建设城区 T 区的核心位置，这里不仅有最先进的基础设施，还给许多大型企事业单位预留了大块的建设用地。不少企事业单位都选择将总部从逼仄拥挤的老城区搬到 T 区来，益州银行就在月亮湖畔建起了一栋气势恢宏的总部大楼。

董旸文听说，新上任的益州银行董事长是一位资深围棋迷，是他力主在寸土寸金的总部大楼里给俱乐部留了一亩三分地。董旸文见过这位董事长几次，是个目光锐利、不怒自威的小个子老头儿。不过有一次俱乐部教练喝多了，大着舌头向董旸文吐槽董事长其实是个不折不扣的臭棋篓子。

尽管托这位董事长的福，俱乐部有了宽敞舒适的新场地，董旸文却不喜欢这里。在总府路那个白天光线差到必须开灯、电梯时好时坏的老楼里，他反而更容易集中精神。董旸文甚至觉得，自从俱乐部搬到新址后，他的胜率都下降了。

走进益州银行大厦房顶挑高的大堂，迎面就能看到一幅耳赤杯预选赛的巨大海报，海报下有一张桌子，那是俱乐部设立的媒体签到处。应邀前来观赛的媒体记者和相关人士，将在大厦二楼的大礼堂集体观看比赛直播。现在还不到早上八点，签到处空无一人，负责对接媒体的工作人员恐怕还在路上呢。

董旸文穿过大堂，把手伸进裤子口袋，心里突然一紧，眼中闪过懊恼的光芒。今早出门前，董旸文特意换上了他的"比赛服"，一件深灰色 POLO 衫，外加奶白色休闲长裤。这套衣服是他入段那年，母亲在春熙路的伊藤洋华堂给他买的，花了母亲当时大半个月的工资。尽管已经有点不太合身了，董旸文每逢重大比赛，还是习惯性地穿上这套衣服，他觉得这套衣服能给他带来好运。问题是，早上换衣服时，董旸文忘了把大厦的门禁卡放进"比赛服"的口袋里。

益州银行大厦的电梯间设有闸机，必须刷卡才能进入，电梯也是要刷卡才能到达对应楼层的。刚搬过来的时候，董旸文很不习惯这点，经常忘记带门禁卡，只好麻烦大堂前台的接待员帮他刷卡。一开始接待员还让他登记身份信息，后来忘带卡的次数多了，接待员也就认识他了。所以忘带门禁卡并不是什么太大的问题，只要找接待员帮忙刷卡就行了，让董旸文懊恼的是，比赛当天忘带门禁卡，似乎是一个不好的兆头。

董旸文朝前台走去,肩膀冷不防被人拍了一下。

"咋样,紧不紧张?"

说话的是俱乐部队医老钱,他是一个把所有业余时间都花在钓鱼上的黑大汉,整天一副吊儿郎当的样子,完全看不出来当年他是从华西医科大学毕业的。

"还好,"见到老钱,董旸文似乎松了口气,他指了指闸机,说,"帮我刷下卡,忘带了。"

老钱的门禁卡就挂在脖子上,他弯腰替董旸文刷了卡。穿过闸机时,董旸文暗自打算今天回去后,就买一个一模一样的卡套,每天出门像小学生一样把门禁卡挂在脖子上,这样就不会忘了。

许多围棋棋手多多少少有些"迷信"。据说九段棋手马晓春还发明了一整套的"迷信"理论,比如单年吉、双年凶;比如到日本不坐汽车,必须坐新干线,到韩国必须从哪个门出机场;比如比赛赢了对手,会专门记住自己当天的穿着打扮甚至包括内衣内裤,等下次对阵这位对手时如法炮制……如此习惯不计其数。其实这些理论,曾被马晓春的弟子罗洗河点破玄机——"他给自己找精神力量"。

董旸文也不例外,只不过从发现忘带门禁卡开始,他的"精神力量"就一直在被削弱,比如出电梯的时候明明没什么人,却被电梯门夹了一下;比如走进俱乐部大门,才发现皮鞋的鞋带早就松了。虽然这都是一些微不足道的小事情,却让董旸文觉得无比晦气,他努力让自己大脑放空,企图赶走心底这些恼人的情绪。

不过很快,董旸文的精神就振奋起来,给予他"精神力量"的,是一个人,此时就站在董旸文面前。这是一个长发及腰的年轻女子,她长着一张线条圆润的鹅蛋脸,眼睛又圆又大,嘴唇红润饱满。整张脸不施粉黛,却难掩二八年华般的青春自然之美。女孩叫白佳嘉,二十一岁,职业二段棋手,是从小和董旸文、徐天睿在一个道场学棋的发小。

一直以来,白佳嘉都被棋迷和媒体记者称作"冰山美人",不仅因为她有着女棋手中出类拔萃的姣好容貌,还因为她常常面无表情地出现在众人面前,视线也总是习惯性地向下。好在她的睫毛又长又卷,就算颔首低眉时,也别有一番风韵,至少董旸文一直都这么觉得。

见到董旸文,白佳嘉脸上出现了笑容,她上前一步,问道:"昨天休息好了没有?"

白佳嘉的嘘寒问暖,让董旸文心生宽慰,他忙不迭点头,答道:"嗯,昨天很早就睡了,一直睡到天亮才起来。"

"那就好。"白佳嘉松了一口气,紧接着又补充道,"我就怕你睡不好。"

"没事没事。"

一时间,董旸文有很多话想对白佳嘉说,但现在不是时候,此时他需要把全部注意力都放在比赛上。略微停顿几秒后,董旸文问出了一个问题:"小天呢?"

白佳嘉扭头看了看走廊,答道:"上洗手间去了。"

两人所说的"小天",就是徐天睿,此时他恰好出现在走廊里。徐天睿穿着挺括的真丝衬衫搭配西裤,皮鞋擦得锃光瓦亮,再加上他接近一百九十公分的身高,光站在那里就给人一种气势十足的感觉。徐天睿面皮白净,眼睛细长,单眼皮,高鼻梁,薄嘴唇,顶着金黄色的圆寸头,浑身散发着一股纨绔公子的味道。

"来了?"

看到董旸文,徐天睿没有过多寒暄,只是略微点了点头。

站在徐天睿身边,身高不足一百七十公分的董旸文就像高中生一样,就连他的衣着打扮,也像个高中生。

"我先下去了,一会儿见。"

徐天睿扬了扬下巴，越过董旸文，朝电梯间走去。

董旸文并不在意徐天睿的轻慢，这很可能是他故意使出的激将法。作为一起长大的发小，董旸文很清楚，徐天睿在比赛时，一贯爱用盘外招，比如对手明明下了一步臭棋，徐天睿却会装出被这步棋吓住的样子。跟徐天睿下棋，假如他愁眉苦脸、摇头叹气，那他形势一定不错，相反，假如他春风满面、沾沾自喜，那一定是他形势太差、岌岌可危了。徐天睿就是这么一个喜欢耍手腕、玩小心思的人。

徐天睿快要走到电梯间时，突然停住了。他转过身来，很自然地对白佳嘉说："一起走啊。"

白佳嘉怔了一下，接着迅速瞄了董旸文一眼，没等董旸文做出反应，就乖乖地朝徐天睿走去。

徐天睿扬起下巴，从高处看向董旸文，眼神充满挑衅。

董旸文知道，这还是徐天睿使出的激将法，可他心里忍不住有些躁动了。看着白佳嘉和徐天睿并肩离去的背影，董旸文吸了长长一口气，这口气在胸腔里停留很久，才狠狠地吐了出来。

董旸文感觉，今天这场比赛将决定很多事情，他不能输，也输不起。

3

"大家看，黑棋 107、109 手的分断并没给白棋制造什么麻烦，无奈之下，黑棋 125 手在右下开劫。白棋果断消劫，放弃下边大龙后，吃住左边黑棋大龙，收获极为可观，主动权已经在手了，完全可以说胜券在握！"

益州银行大厦二楼礼堂内，主席台上的大屏幕里播放着董旸文和徐天睿的对局棋谱。大屏幕前，一名气质儒雅、满头白发的老者正向场下观赛的嘉宾讲解棋局。这名老者是棋协的一位前辈，也是耳赤杯组委会特邀的讲解嘉宾。

这位前辈从棋协退休后，应邀在网上发布了许多围棋的教学、点评视频，颇有人气，也经常被各家媒体及活动组织方邀请，充当讲解嘉宾。白佳嘉在好几次活动中和这位前辈一起搭档讲过棋。实际上，白佳嘉现在最主要的工作之一就是在网上讲棋，听说她的讲棋视频播放量往往是其他人的好几倍。

"很可惜，白棋136手的失误一下子让整个形势风云突变，原本简单扳住就能吃住黑棋，董旸文却选择了飞罩！徐天睿这个时候敏锐地抓住机会，下出137手，让局面立刻复杂起来。祸不单行，董旸文随后144手的手筋似乎也出现了顺序问题，徐天睿却愈战愈勇，双方四十二招棋走下来，白棋活生生被黑棋逆转翻盘！"

前辈还在对着大屏幕侃侃而谈，白佳嘉的思绪早就飞出了大礼堂，她知道这场比赛对董旸文而言意味着什么，这样的结果，恐怕让他很难接受。

白佳嘉正要起身，想去看看董旸文，桌上的手机突然振动了一下。

"下午去唱歌庆祝一下，老地方，大家都去！"

发来微信的，是徐天睿，这个时候他应该刚刚拿到手机。

白佳嘉想了想，回复了一句"知道了"，起身离去。

4

白佳嘉走出卫生间，偌大的KTV包间内，益州银行围棋俱乐部的一大半人马都在这里了。坐在中心位置的，自然是徐天睿。他正拿着话筒，专注地唱着朴树的《平凡之路》，自从去年电影《后会无期》上映以来，这首歌就成了他的"KTV 必点曲目"。徐天睿的音准不错，也很喜欢唱歌，因此每逢重大比赛获胜，他都会邀请俱乐部里关系好的队友、工作人员一起去吃饭、唱歌庆祝。

包间茶几上摆满了各种水果、零食，还有啤酒、饮料，队医老钱举着酒杯，正到处跟人吹嘘他上周末在崇州找到了一处"野钓胜地"。益州银行围棋俱乐部有男女两支队伍，男队除了徐天睿、董旸文外，还有三名主力棋手，他们凑在一起，正在玩掷骰子游戏，女队就来了白佳嘉一个人。总教练兼领队包全胜向来不喜欢热闹，中午一起吃过饭后就回俱乐部了，输了棋的董旸文更不可能有唱歌的心情，草草吃了几口饭，就独自回家了。

白佳嘉没有坐回徐天睿身边，而是换到了更靠近包间门口的地方，这时她感觉到，玩骰子游戏的几名男棋手，眼睛都不由得朝这里瞄了过来。白佳嘉不是女队的主力棋手，很少参加一线比赛，她主要的精力都放在教棋、讲棋上。白佳嘉的讲棋视频，包括直播，在网上人气很高，甚至有专门的粉丝后援会，因此还有影视公司主动联系她，邀请她出演影视剧。某种程度上，白佳嘉更像是益州银行围棋队的"形象代言人"。

当徐天睿唱到"直到看见平凡才是唯一的答案"这句时，停了下来，探过身子对坐在点歌器旁的一名棋手耳语几句。那名棋手会意，在点歌器上操作了几下，包间内播放的歌曲由《平凡之路》换成了大张伟的《倍儿爽》。

随着"哈咿呦哦哦"的前奏响起，白佳嘉看到徐天睿冲她拍了拍身边的空座位，示意她坐过来。白佳嘉轻轻摇了摇头，徐天睿撇撇嘴，也不搭理她，扭头唱起了"就这个 feel，倍儿爽"。

白佳嘉掏出手机看了看时间，自从坐进这个 KTV 包间，她已经看了好几次时间了。白佳嘉之所以这么坐立不安，是因为心里始终挂记着输棋的那个人。对白佳嘉来说，董旸文不仅仅是从小和她一起学棋的发小，他们之间的关系并不是这么简单的。

5

三个多月前，春节假期即将到来，队里的重要比赛都结束了，白佳嘉也买好了回甘肃老家的火车票，要不是还需要在成都录制两期讲棋的视频，她都准备提前回家了。白佳嘉最初的讲棋视频都是自己用手机录的，简单剪辑一下就发到网上了。没想到这些视频在网上反响特别好，很快就有MCN公司找上门来。经过一番拉扯，俱乐部和MCN公司达成了合作，在专业机构的包装、宣传下，白佳嘉凭借不俗的长相，很快成了围棋界的网红。

这天，白佳嘉正在公司录制视频，这些提前录好的视频，是预备在春节假期发布的。趁着化妆师补妆的间隙，白佳嘉拿出手机，一条未读微信跳了出来。"《甜蜜蜜》要重映了"，发信人是董旸文。

白佳嘉当然知道这件事，《甜蜜蜜》还是他们几个人定段那年，一起在围棋道场的宿舍里，用徐天睿的笔记本电脑看的。当时不管董旸文还是徐天睿，都觉得这部电影非常无聊，要不是白佳嘉一直看得眼泪汪汪的，他们早就改看刚刚下载好的《窃听风云》了。

"我知道。"

白佳嘉简单地回复了三个字，她还知道，《甜蜜蜜》开始重映的时间，是二月十三日，情人节的前一天。

几乎是同时，董旸文发来一条微信："我买了周六的票，要一起去看吗？"

二月十三日是周五，周六是二月十四日，情人节，董旸文的意思非常明显。

白佳嘉犹豫片刻，回复道："周末我要录视频，就不去了。"

白佳嘉很清楚，那个周末，她并不需要录视频，而这一点董旸文同样清楚。

过了好一会儿，董旸文似乎不死心，发来了回复："你约了别人吗？"

看到这条微信，白佳嘉轻轻叹口气，收起了手机。她没有回复董旸文，并不是因为不知道该怎么回复，而是不想让回复的内容伤害他。

白佳嘉知道，从学棋那时候起，董旸文就喜欢她，只是他一直不知道该怎么开口。董旸文是一个话很少的人，也非常善于掩饰内心真实的想法。在对局时，掩饰内心真实的想法，对职业棋手来说，是一门必修课。

董旸文很擅长这门功课。

6

白佳嘉走出商场，上了一辆顺风车，她离开的时候没有跟徐天睿打招呼，只是给他发了一条微信。白佳嘉知道，徐天睿对她的不辞而别肯定会不高兴，不过她不在乎，这个时候，她有更重要的事情要做。

白佳嘉的目的地，是距离月亮湖两公里左右的一个返迁安置小区——南岗佳苑，董旸文就住在这里。去年得知俱乐部要从总府路搬到月亮湖时，董旸文曾问白佳嘉要不要也一起搬过来。白佳嘉在世纪城附近住了两年多了，虽然从这里去月亮湖要搭很长时间的公交车，可是离 MCN 公司非常近，步行可达，所以她没有搬家。毕竟现在白佳嘉并不是每天都去俱乐部，她更常去的，反而是 MCN

公司。

大约十五分钟，顺风车就到达了南岗佳苑大门外。大门外有一个小广场，里面有几组健身器材，还有供小孩玩耍的滑梯和跷跷板，不少老人家或站或坐，凑在一起闲话家常，还有十多个小孩嘻哈打闹，喧嚣声在马路对面也能听见。白佳嘉不喜欢吵闹，她知道董旸文也不喜欢，他选择住在这里，最主要的原因就是房租便宜。

董旸文住在七楼，电梯又挤又慢，还有一股怪味儿，白佳嘉不得不屏住呼吸。因为有MCN公司的分红，白佳嘉虽然很少参加比赛，收入却是队里几个棋手中最高的。她在世纪城附近租的房子，是一套舒适宽敞的大套二，更重要的是，那套房子装了地暖，这让从小在北方长大的白佳嘉非常满意。董旸文的比赛成绩不是队里最好的，可是以他的收入，本来也不必在返迁安置小区可怜兮兮地租一个小套一。之所以这么算计开销，是因为董旸文家里还需要他的贴补。

这栋楼是工字形结构，出了电梯，向右再向右，走到底，就是董旸文的住处了。白佳嘉敲门之后，等了很长时间，门里才传来声响。

7

董旸文没想到敲门的人是白佳嘉，这让他心里多少好受了一些，不过很快，他又意识到这其实没有太多的意义，他终究是输掉了最重要的一局棋。

董旸文将白佳嘉让进客厅，餐桌上摆着棋盘，他正在复盘上午与徐天睿的比赛。白佳嘉瞄了一眼棋盘，面露些许不安，她放下包，并没有就势在不怎么舒服的折叠沙发上坐下来，而是看着董旸文的眼睛，柔声问道："没事吧？"

——怎么可能没事呢?

不过此时董旸文想说的,并不是这个。他沉默片刻,指着沙发说:"坐吧。"

白佳嘉听话地坐了下来。她的目光依然没有离开董旸文。

董旸文走进厨房,拿出电热水壶接了小半壶水,放在底座上烧了起来,接着又拿出一个玻璃杯开始清洗。

"我不喝水。"

厨房外,传来白佳嘉的声音,不过董旸文没有回话,他洗好了杯子,又仔细地擦干。水烧开了,董旸文倒了半杯凉白开水,又兑了半杯热水,这才端出厨房,放到白佳嘉面前。

白佳嘉轻轻叹了口气,正想说些什么,突然被董旸文打断。

"你们在一起了吗?"

董旸文站在沙发前,居高临下地看着白佳嘉。此时,她脸上慌乱的神情一览无余。

8

二月十四日,情人节,董旸文无所事事。当然,他并不是真的无事可做,备战耳赤杯比赛是当前的头等大事,可董旸文就是没有一点训练的动力,他心乱如麻。

前些天,董旸文看到白佳嘉那条回复时,他就知道,他最担心的事发生了。这段时间,白佳嘉变得不一样了,她经常化妆,也更爱笑了。董旸文能感觉到,白佳嘉整个人都变得更轻快了。

从石室道场认识白佳嘉的那天起,董旸文就喜欢上了这个女孩。她的一颦一笑,都深深吸引着董旸文。董旸文原本以为,这世界上除了围棋,没有任何其他东西能如此深刻地影响他了,可是他很快就发现,他错了。

董旸文来自四川绵阳的一个离异家庭,他父亲是一个喝醉了酒就容易打人的钳工。没办法,下岗回家后,父亲除了喝酒,整天无事可做。董旸文自有记忆起,父亲和母亲就没过过一天安生日子,争吵、厮打似乎成了家常便饭。终于,在董旸文上幼儿园的时候,母亲和父亲离了婚,从此母亲带着董旸文独自生活,董旸文就没怎么见过父亲。在他记忆里,父亲始终是个一脸胡茬儿、满身酒气的壮汉,而这个"壮汉"不到四十岁就死于肝硬化,死的时候体重不足九十斤。

董旸文从小就不太清楚,幸福的家庭应该是什么样的,对他能否拥有一个幸福的家庭,也一点信心都没有。面对喜欢的人,董旸文根本不知道该如何表达自己的情感。尽管从十二岁起,他就喜欢上了白佳嘉,可他一直不知道该怎么表白,直到今年的情人节。

——白佳嘉有了喜欢的人,而这个人不是董旸文。

这个结论没日没夜地折磨着董旸文,在二月十四日当天,已经折磨得他毫无打谱训练的心思了。

董旸文换上外出的衣服,出门前,摸了摸下巴,这几天都在家打谱训练,他的胡子已经长到扎手了,不过董旸文根本没有收拾胡子的心情。他走出南岗佳苑,步行十五分钟后,到了公交站。南岗佳苑房租之所以便宜,除了是返迁安置小区外,公共交通不便也是一个很重要的原因。不过从这里走到益州银行大厦,只要不到三十分钟,对于董旸文这种几乎没有什么业余生活的人而言,公共交通不便并不会造成太大的困扰。

今天虽然是多云,可是最高气温有十七摄氏度,董旸文穿着羽绒服,走到公交站的时候,背上已经出了汗。等了不到十分钟,公交车就来了,董旸文上了车,车里有几对明显是情侣的乘客,看起来都是要进城去过情人节的。尽管T区已经建设了好几年,也陆续开了几家综合商业体，可是比起老城区来，还是显得很荒凉，因此对这里的居民来说，去老城区依然是名正言顺的"进城"。

换了三趟公交车，在路上摇摇晃晃将近两个小时之后，董旸文抵达了世纪城地铁站。据说到了七月，地铁一号线南延线将从世纪城站延伸到广都站，那时候从南岗佳苑到世纪城，至少能节约半小时时间。

董旸文从世纪城地铁站步行二十分钟左右，终于到了白佳嘉租住的小区。这是一个由两栋电梯公寓组成的商住两用小区，从马路边可以直接走到楼门口。跟在一个下楼取快递的住户身后，董旸文顺利地进入 A 栋电梯厅。白佳嘉住在二十三楼，电梯要刷卡，不过董旸文并不打算搭电梯，他转入一旁的楼梯间，朝地下室走去。

小区的地下停车场只有两层，没一会儿，董旸文就在负一层找到了他的目标。那是一辆银色的大众速腾，是去年徐天睿获得某个商业邀请赛季军时，他父母送给他的礼物。刚拿到车的那几天，徐天睿非常兴奋，主动拉着董旸文和白佳嘉出去兜了好几次风，还因为手生，停车的时候把右后翼子板蹭掉漆了。

现在董旸文就盯着速腾右后翼子板上的剐痕，心情复杂。来之前，他大概已经猜到了，如果白佳嘉有交往的对象，大概率会是徐天睿。徐天睿是队里比赛成绩最好的棋手，长得又高又帅，善于交际，父母都是高知，家庭条件优越。而董旸文呢，身高不足一百七十公分，长相平平无奇，母亲只是绵阳一家国有企业的退休工人。当年为了供董旸文学棋，母亲把家里唯一的房子卖掉了。直到去年，董旸文才攒够首付，在绵阳买了一套小房子，母子两人才算是有了一个正式的家。

不管从哪方面看，董旸文都比不过徐天睿，就连董旸文自己，也找不出白佳嘉选择他的理由。可爱情不是围棋，围棋需要计算，爱情是算不清的，所以董旸文才会在情人节前夕，鼓起勇气向白佳

输家　15

嘉表白，很可惜，奇迹没有出现。

董旸文心中充满了挫败感，不过他并不死心，白佳嘉这局棋对他而言，还远称不上胜负已定，他还有机会，还有后手。

就在董旸文内心起伏不定之时，电梯间传来两个熟悉的声音，是徐天睿和白佳嘉。董旸文连忙躲到一辆三菱帕杰罗后面，看着徐天睿亲昵地搂着白佳嘉，走到速腾车边。

徐天睿发动汽车的时候，董旸文的指甲深深嵌入掌心，抓出了一道破口，只是他当时丝毫没有察觉。

9

"和谁在一起？"

董旸文面无表情地看着白佳嘉，一开始她还试图装傻，却完全不敢抬头看董旸文的眼睛，样子难掩狼狈。

"原来你知道了。"

沉默了好一阵，白佳嘉认命似的长出一口气，幽幽地说。

董旸文只是简单地"嗯"了一声，然后拉了一把椅子，在白佳嘉斜对面坐下。

"其实小天是想告诉你的，"白佳嘉终于瞄了董旸文一眼，只有短短一眼，很快她又把视线转向墙角，"是我不想公开。"

"为什么呢？"

董旸文心里一动。

"你们都在准备耳赤杯比赛，"白佳嘉顿了顿，"我不想影响你们。"

"其他人知道吗？"

白佳嘉摇摇头，收回视线，看向董旸文，说："我还不想让别人知道。"

董旸文不说话了,表情稍微松弛了一些。

白佳嘉紧绷的身体也松弛下来,小声说:"我不想说,就是怕影响你比赛,结果你还是知道了。"

董旸文张嘴想说些什么,犹豫了好一阵,最终也只是指了指茶几上的水杯,说:"再不喝就凉了。"

白佳嘉应了一声,听话地端起水杯,喝了一大口。

董旸文盯着天花板,喃喃道:"输棋是我自己的问题,怨不了任何人。"

白佳嘉放下水杯,柔声道:"我就是怕你想不开,来看看你。"

董旸文充满感激地看向白佳嘉,说:"谢谢……我没事的。"

"比赛归比赛,我们还是好朋友……"犹豫片刻,白佳嘉看着董旸文的眼睛,试探地问,"是吧?"

董旸文露出笑容,轻声说:"放心,我真的没事。"

白佳嘉也跟着笑了起来,她抻长脖子看向餐桌上的棋盘,问道:"你在复盘吗?"

董旸文站起身,走到餐桌边,说:"我在想,136手以后,还有没有翻盘的机会。"

白佳嘉也走到董旸文身边,看着棋盘,沉吟道:"如果144手不走这里——"

白佳嘉伸手正要拈起一枚白子,手机响了。董旸文清楚地看到,白佳嘉手机上的来电人显示是"徐天睿"。

白佳嘉稍显尴尬地走到客厅角落,接起电话。尽管白佳嘉已经刻意压低声音了,可是在这个拢共不到十平方米的客厅里,不管是白佳嘉的声音,还是手机里徐天睿的声音,都清楚地传入董旸文的耳朵里。

"你到哪儿去了?"徐天睿的声音听起来不太高兴。

白佳嘉看了董旸文一眼，小声说："我给你微信留言了，我有点不舒服，先回家了。"

"感冒了？"徐天睿的声音愈发不满了。

"不知道，就是头有点痛。"

"吃药了吗？"

"没有，KTV太闹了，我想休息一会儿。"白佳嘉不安地又看了董旸文一眼，压低声音，说，"我晚上就不过来了。"

"我叫大家晚上一起吃饭，就差你了。"徐天睿不依不饶地说。

白佳嘉犹豫了一下，答道："那我收拾收拾过来。"

"好，我在包间等你。"

白佳嘉挂断电话，看向董旸文，刚要开口说点什么，被董旸文打断了——

"你有事就先走吧。"

白佳嘉走到董旸文身边，轻声道："没事，我再坐一会儿。"

"真不用，"董旸文抬头看着白佳嘉，提高了音量，"你走吧，我想一个人静静！"

白佳嘉在原地愣了好一阵，终于还是拎起放在沙发上的包，缓缓走到大门边。

董旸文坐在椅子上，一动不动，就连表情也没变过。

"我走了。"白佳嘉打开大门，扭头看向董旸文。

"嗯。"董旸文只是简单应了一声，连头也没回。

"……"

白佳嘉欲言又止，嗫嚅了半天，最后还是什么都没说，轻轻带上门，离开了。

董旸文坐了好一阵，才起身将白佳嘉用过的杯子端进厨房。他倒掉水，将杯子随手放在一边，呼吸逐渐沉重，嘴角也耷拉下来，显得懊丧至极。

输给徐天睿，是两个人实力有差距，这点董旸文无话可说。但胜败乃兵家常事，让他不能接受的是，白佳嘉可能会因徐天睿的输而遭受委屈。

徐天睿不是一个好脾气的人，尤其是输棋的时候，轻则大吼大叫、指天骂地，重则会做出一些伤害他人的事情。董旸文很清楚地记得，二〇〇五年一月，他和徐天睿代表道场，去北京参加一个全国少儿围棋比赛。虽然在西南赛区取得了不错的名次，但毕竟缺乏大赛经验，到北京后的第一轮比赛，董旸文就被淘汰了，徐天睿则顺利杀进了第二轮。

第二轮比赛，徐天睿对阵一个杭州来的小棋手，两人下得难解难分，最后徐天睿以半目之差，输了比赛。从输棋的那刻起，徐天睿就板着脸，不管是老师还是董旸文，谁来说话他都不搭理。

比赛场地设在安定门附近的一家宾馆，外地来的带队老师和小棋手们也住在这里。吃完晚饭，有不少南方来的小棋手相约去什刹海滑冰。董旸文是第一次到北方，自然也想跟着一起去。道场老师特意嘱咐董旸文，让他带着徐天睿一起去散散心。

就这样，一群根本不会滑冰的南方小孩，在老师带领下，叽叽喳喳地朝什刹海走去。没走多远，天上突然飘起雪来，不少孩子是第一次看见下雪，顿时兴奋得不得了。雪越下越大，眼看到什刹海了，目之所及，树木、房屋、道路都薄薄地盖上了一层白。

这么大的雪，就算到了什刹海，恐怕也滑不了冰了。孩子们看到附近早已上冻的冰面，便央求带队老师让他们下去感受感受。原本担心安全问题，可是架不住孩子们再三央求，带队老师终于松了口，同意让孩子们在什刹海边上遛一遛。

这下就连一向以稳重著称的董旸文也忍不住激动起来，他跟着队友下到的冰面上，没走两步，就脚下一滑，一屁股坐在冰面上。好在董旸文的外裤里还有秋裤、毛裤，再加上羽绒服下摆盖住了整

输家

个屁股,所以这一摔有着充足的缓冲,除了滑倒时有些惊慌失措外,完全没有受伤。

董旸文狼狈得手脚并用,好不容易站了起来,就在他试着再走两步时,突然听见带队老师紧张的呼叫声——

"喂!你干什么!快回来!"

循着带队老师的视线,董旸文惊讶地看到,徐天睿已经一言不发地走到了冰面中心。董旸文这才发现,从出门到现在,他一直沉浸在对初雪的兴奋和喜悦中,完全忽略了徐天睿,而徐天睿一路上就没说过话,也不知道这家伙究竟想干吗。

没等董旸文回过神来,只见徐天睿跟跟跄跄地在冰面中心停了下来。他阴沉着脸,看着脚下的冰,突然抬起脚来,重重地踏在冰面上。伴随着清脆的"咔嚓"声,一瞬间,所有人都愣住了,绝大部分南方孩子还没意识到徐天睿究竟在干一件多危险的事,包括那个刚刚赢了棋的杭州孩子。

就在徐天睿又一次抬脚时,带队老师已经飞奔赶到,一把将徐天睿按倒在冰面上,接着不由分说将他拽回了水岸。不用说,所有孩子立刻、马上被赶回了宾馆,并且在比赛期间,再也不准无故外出了。徐天睿遭到了组委会最严厉的惩罚,直接被取消了第二年的参赛资格。

回成都后,道场老师让徐天睿写检讨,徐天睿却怎么都不肯写,气得道场老师整整一个星期没搭理他。要不是后来徐天睿父母提着礼物从重庆跑来成都,摁着徐天睿的头道歉,或许那一次徐天睿就被道场直接开除了。

徐天睿就是这样一个人,为了发泄输棋的不满,他能把所有人拖下冰面。如果这次赢棋的人不是徐天睿,或许被他拖下冰面的人就变成了白佳嘉。想到这里,董旸文忍不住猛地捶向桌面,啪嗒一声,棋盘翻落在地上,棋子散落一地。

董昉文就这么颓然地坐着，一点收拾的心情都没有。

10

坐了好一阵，董昉文总算平复了心情。他起身捡起棋盘，又将落得满地都是的棋子逐个捡起来。

捡完最后一颗棋子，董昉文的腰已经酸了，他顺手将这颗黑棋放在棋盘上，然后坐了下来，重新开始复盘。

复盘进行了很久，等董昉文觉得肚子有些饿的时候，天已经快黑了。董昉文叹了口气，不管怎么看，白棋136手都是无可置疑的昏招，他也不知道当时怎么会下出这一手。不过这就是围棋，下棋的是人，是人就会犯错，棋圣也不例外。徐天睿的黑棋也在犯错，只是黑棋终究是犯错较少的那一方，所以徐天睿赢了比赛。

董昉文放下棋子，拿起手机。他完全没有出去吃饭的心情，准备随便点个外卖填饱肚子。董昉文刚打开外卖软件，一通来电让他措手不及。

来电人是"++"，这还是在道场学棋时，他们几个关系好的同学给白佳嘉用的专属符号，从那时起，这就成了白佳嘉在董昉文手机上的备注名。

这个时候，白佳嘉应该还和徐天睿在一起，董昉文不明白她为什么要给自己打电话，也根本想不出她还有什么要说的。

"喂——"犹豫片刻，董昉文接起电话。

手机那头，传来急促的喘气声，董昉文听得出，这是白佳嘉的声音。

"喂？"

说不出哪里不对，但白佳嘉的沉默让董昉文紧张起来。

"你……"白佳嘉的声音听起来非常害怕,"你"字说出来后,她顿了好一会儿,才勉强让声音不再发抖,"你一个人在家吗?"

董旸文握紧手机,情不自禁瞄了一眼墙上的挂钟,现在是差十分钟二十点,他直起了腰背,说:"嗯,怎么了?"

白佳嘉又沉默了,这期间董旸文一直能听到她从听筒里传来的粗重急促的呼吸声。就在董旸文终于忍不住想开口的时候,手机里传来了白佳嘉努力压制住惊恐、慌乱等诸多情绪后的声音——

"小文,我……我杀人了!"

11

琥珀溪岸是月亮湖畔一个较为高端的住宅小区,与益州银行大厦隔街相望,周围学校、医院、商场等配套设施一应俱全,并且这些配套都是从老城区搬迁过来的优质资源。因此琥珀溪岸的房价,跟老城区的高端小区几乎不相上下。

董旸文站在琥珀溪岸十栋一五〇三号门前,气喘吁吁。刚才他从南岗佳苑一路跑过来,也没有搭电梯,一口气爬了十五楼。敲门声响起后没多久,门打开了一条缝,董旸文推门而入。这是徐天睿家,去年徐天睿乔迁新居时,董旸文来过好几次,当时正是徐天睿开着他的银色速腾,载董旸文和白佳嘉一起来的。

白佳嘉长发凌乱,眼睛哭得又红又肿,见到董旸文,她忍不住又掉下眼泪。

"佳嘉,什么情况?"

进门时,董旸文没忘脱鞋,他扫了一眼客厅,似乎一切正常,没有任何异样。

白佳嘉抹了抹眼泪,什么话也说不出来,指着卧室的方向不停抽泣。

电话里，白佳嘉只是不断重复地说着她杀了人、很害怕之类的话，董旸文好不容易才问清楚白佳嘉的所在。挂断电话时，董旸文已经冷静下来，他开始觉得今天和徐天睿的这局棋，似乎并没有结束。

这通电话，就是棋局再次开始的信号。

董旸文走进主卧，果然，倒在地上一动不动的，正是徐天睿。徐天睿脸朝下趴在床边，身上还穿着比赛时那件花里胡哨的衬衫。董旸文注意到，徐天睿的一只拖鞋落在很远的地方，看上去他似乎是摔倒时头重重磕到了床沿。

徐天睿是失足摔倒，还是另有隐情？白佳嘉为什么说是她杀了人？太多问题要问了，不过董旸文决定先检查一下这里。看着躺在地上的徐天睿，他一点也不害怕，这不是他第一次接触尸体，他爸爸去世时，他曾长久地打量、注视着那具干瘪、枯瘦的躯体，甚至出于好奇还伸手摸了摸。

董旸文从口袋里掏出一双橡胶手套，这是他从家里带来的。戴好手套后，董旸文低下身子，凑近徐天睿的头部，这时他能闻到对方身上传来的浓烈酒气。徐天睿后脑没有明显外伤，也没流血，看不出有什么异样。

董旸文伸手试图将徐天睿的头转个方向，把脸露出来。手一接触到徐天睿面部，董旸文突然愣住了，尽管隔着一层薄薄的橡胶，但他的手明显能感觉到对方鼻子里传来的一股微弱的气息。董旸文蹲下来，小心翼翼地将手放在徐天睿鼻子前，很快他就确认了一件事，徐天睿虽然倒在地上一动不动，但仍然有微弱的呼吸。

徐天睿没有死，他只是晕过去了。

董旸文在原地蹲了好一会儿，才缓缓站起来。他将橡胶手套塞回口袋，转身离开卧室。客厅里，他看见白佳嘉坐在紧邻玄关的餐桌边，已经停止哭泣了，只是肩膀还不停抖动着。

输家

"好点了吗?"董旸文在白佳嘉身边坐下,柔声问道。

白佳嘉点点头,擤了擤鼻子。

"到底怎么回事?"

白佳嘉低着头,嗫嚅道:"吵架……小天跟我吵架……"

"什么时候?"

"吃完饭回来……"

"为什么呢?"

"小天觉得……我去见你,把他一个人丢在KTV,他很没面子……"

"他晚上又喝酒了?"

白佳嘉点点头。

董旸文心下一沉,徐天睿酒量不佳,酒品还差,二两黄汤下肚,他甚至能跟白佳嘉动起手来。

"他越说越激动,还动手了……"果然,董旸文看向白佳嘉,她面露痛苦之色,不停地摇头,"我们……我们推搡起来,我……我……"

"你推了他一把?"

白佳嘉点头。

"他摔倒了?"

白佳嘉犹豫了一下,说:"他……他……他脑袋在床边磕了一下……我……"

"然后呢?"

"他……他就不动弹了……我不敢过去,我……我害怕……"

董旸文默不作声地看着白佳嘉。

白佳嘉一副又要哭出来的样子,结结巴巴地说:"他……他……"白佳嘉嗫嚅了半天,也说不出那个"死"字。

"他死了。"

董旸文看着白佳嘉,说出了这句话。

白佳嘉紧紧闭上眼睛，拼命摇头，似乎要将脑中痛苦的记忆统统甩出来，嘴里还不断重复着："我不是故意的……我不是故意的……"

突然，白佳嘉停了下来，睁大眼睛看着董旸文，因为董旸文握住了她的手。

白佳嘉的手又滑又软，冰冷异常，董旸文看着白佳嘉的眼睛，小声说："别怕，我会想办法的。"

白佳嘉十分惊讶，看着董旸文，很快她就明白了董旸文在说什么。

"不行！"白佳嘉将手抽了出来，用力摇了摇头，"我不能连累你！"

"我有办法——"

董旸文话没说完，白佳嘉猛地抓起了桌上的手机，一边拨号一边喃喃道："还是报警吧！"没等白佳嘉按完"110"三个键，手机便被董旸文抢了过来。白佳嘉惊慌地看着董旸文。

"你听我说，"董旸文坚定地看着白佳嘉，"我真的有办法。"

"可是……"白佳嘉的眼神迷茫起来。

"别人知道吗？"

"什么？"

"这件事还有其他人知道吗？"

白佳嘉茫然地看着董旸文，摇头说："我只给你打了电话……"

董旸文满意地点点头，说："交给我吧。"

白佳嘉依然犹豫，说："要不还是报警吧，我……我不是故意的……应该……"

董旸文叹了口气，再次握住白佳嘉的手，说："即便是过失致人死亡，也是要处三年以上七年以下有期徒刑的。"

白佳嘉眼中闪过一丝慌乱。

董旸文继续说道："你走到今天，有多不容易，我最清楚了，小天的事,是他自己太过分了,明明和你在一起了,却不知道珍惜!"

董旸文感觉到,白佳嘉的手在他的掌心中不安地扭动着。

"我不会让任何人伤害你的,"董旸文紧紧握住白佳嘉的手,"相信我。"

白佳嘉低头沉默良久,终于点了点头,用细不可闻的声音说:"我相信你。"

董旸文松开手,用急迫的语气说:"好,现在你立刻回家!"

白佳嘉有些措手不及,疑惑地说:"不用……我帮你吗?"

董旸文摇头道:"你从小区正门出去,打个顺风车回家,注意要保留打车记录。"

白佳嘉乖乖"嗯"了一声。

"你在网上教人下棋,是吧?"

"对。"

MCN 公司推出了白佳嘉的一系列围棋课程,其中就包含了在线一对一指导下棋。

"回家后,开视频跟人下棋,"董旸文顿了顿,"到凌晨之前,都要有完整的不在现场证明,知道吗?"

白佳嘉点点头。

董旸文思索片刻,说:"你记住,今天晚上回来,小天因为 KTV 的事情跟你吵架,你气得不行,就直接回家了。"

白佳嘉完全明白了董旸文的意思,说:"我回家以后,为了消气,就在网上跟人下棋,一直到凌晨才下线睡觉,对吗?"

董旸文满意地点点头,这才是他熟悉的那个聪明伶俐的"++"。

"你要怎么做?"

此时理智好像又重新回到了白佳嘉身上,她担心地看着董旸文。

"你知道得越少越好,"董旸文拿起手机,递给白佳嘉,"快走吧,抓紧时间!"

白佳嘉接过手机,走到玄关,转身看着董旸文,欲言又止。
"走吧,我有办法!"
董旸文冲她挥手。
犹豫片刻,白佳嘉终于下定决心。她拎起包,打开房门,头也不回地走了出去。

第二章 半仙

1

走进青羊宫正门附近的一条小巷子，就能看到巷子口的中医诊所旁边，有一个简陋的算命摊子。摊子上铺着红桌布，上面用毛笔写着"张半仙"三个大字，大字下面还有一行小字，"相手、测字、起名、风水，不灵不要钱"。

一个戴眼镜的中年男子坐在摊子前的小板凳上，正伸出右手，任由摊子后的"大师"凑近观看。大师看起来六十岁左右，头发花白，其貌不扬，格子衬衫外面穿着一件皱巴巴的深色夹克，完全没有一点仙风道骨的样子。

装模作样看了一会儿，大师操着带四川口音的普通话，说："你的天纹、地纹相交冲撞，末端下垂分叉，恐怕近来……"

说到这里，大师停顿片刻，又斜眼看了看中年男子，说："你的婚姻有重大变化。"

中年男子正聚精会神地看着自己右手掌纹，努力分辨大师说的"天纹、地纹"到底是怎么回事，闻听此言，猛然抬头，激动地说：

"大师！这种变化是好，还是坏呢？"

大师坐直身子，缓缓道："取决于你想要什么样的变化。"

中年男子有些疑惑，刚要开口，大师紧接着说："是你想离婚吧？"

心事被说中，中年男子重重颔首。

大师试探道："外面有人了？"

中年男子脸色一变，犹豫片刻，还是吞吞吐吐地承认了："我想跟她好……但是不知道怎么跟家里开口……"

大师微微一笑，说："《易经》有言，'乾道变化，各正性命'，你所担心的事，也许并不会发生，将要发生的事，也许你毫无察觉。"

中年男子一怔，喃喃道："我不明白……"

中年男子正欲追问，大师的手机突然响了，中年男子只能耐着性子，等大师接电话。

"嗯……嗯……"大师听着电话，又抬头看了看巷子口，支支吾吾道，"好……好……"

这时，一个留着雪白长髯，穿着黑色唐装的老者自小巷深处匆匆走来，见此情景，忍不住大喊一声："狗日的，你咋坐老子位子上！"

中年男子扭头看向长髯老者，满脸疑惑。

长髯老者气喘吁吁地小跑过来，边跑边说："他龟儿是来跟我下棋的，我才是算命的！"

中年男子猛然反应过来，转头看摊子，刚才那个"大师"早就收起手机，拔腿开溜了，这个时候已经走到巷子口了。

长髯老者跑回摊子边，喘着粗气解释道："我刚刚上厕所去了，喊他帮我看下摊子，他狗日的咋跑我位子上坐着了！"

中年男子看向摊子侧面，这才发现旁边还摆着一副中国象棋的残局。没想到算命还能被人戏弄，中年男子坐在小板凳上欲哭无泪。

2

就在中年男子和长髯老者纠缠不休之时，刚刚那个料事如神的"大师"，已经钻进了巷子口的黑色捷达车。

此时捷达车右转拐上了蜀都大道，开车的是一个留着小平头的年轻小伙。小伙相貌端正，用说书人的话来说就是"腰圆背厚，面阔口方，剑眉星目，直鼻方腮"。小伙叫严缜，今年二十七岁，是成都市公安局T分局刑侦大队的新晋警员，东北人，坐他旁边的"大师"，是T分局刑侦大队资格最老、年纪最大的侦查员关跃进。

今天一早，T分局接到报案，位于月亮湖街道的琥珀溪岸小区发生命案，刑侦大队迅速出动。刑侦大队一中队中队长赵晓元特意吩咐严缜开车，将关跃进接去现场。刚才那通电话，就是严缜打的。

"师父，"严缜边开车，边瞥了关跃进一眼，说，"刚才你是故意的吧？"

严缜叫关跃进"师父"，是因为刚到刑侦大队的时候，关跃进曾带过他几次。其实整个刑侦大队，上到大队长，下到严缜这样的新丁，几乎每个人见到关跃进，都得老老实实喊声"师父"。

"嗯？"

关跃进扭头看向窗外，懒洋洋地应了一声。

"你刚才不是给人算命吗？"

"你看到了？"

严缜忍不住笑了，说："我刚在巷子口停好车，就看见师父你坐在算命摊子上，我想师父怎么给人算起命来了，就忍不住看了一会儿。"

关跃进大摇其头，说："我可没说我是算命的，是那个人自己要问我的，我就是坐在巷子口跟老张下会儿棋。"

严缜扑哧笑出声，说："师父，你是怎么知道那人想离婚的？"

关跃进故意板起脸，说："这我倒是想考考你，你说我是怎么知道的呢？"

严缜皱着眉头想了一会儿，说："我记得那人左手戴着结婚戒指，你是根据这个猜出来的？"

关跃进点点头，说："孺子可教。"

严缜喜上眉梢，可是想了想，又皱着眉头说："戴着戒指，只能说明他结婚了，并不能说明他想离婚呀？"

关跃进嘿嘿一笑，示意道："继续！"

严缜愁眉苦脸地想了好一阵，还是一无所得，只得认输，说："我实在想不出来，师父，要不你就告诉我答案吧！"

关跃进眉毛一挑，说："直接说答案？"

"直接说答案！"

"那就老规矩了？"

"嘻，师父，你这就是变着法儿跟我骗烟抽！"

严缜边说边从裤兜里摸出一包南京香烟，递给关跃进。严缜不抽烟，这包烟就是给关跃进准备的。

"你师父我今天就指着这个了！"

关跃进高兴地接过烟，抽出一根放在鼻子下闻了起来。

"师父，你别光顾着烟啊，快说答案。"

"噢，对哦，"关跃进仿佛这才想起正事来，按下车载点烟器，"那人刚坐下的时候，把一张名片塞进钱包里，我注意到他钱包证件夹里有一张背面朝上的照片。"

"那照片是他的相好？"

关跃进摇头道："照片背后的折痕，说明它放在钱包里已经很久了，应该是他老婆的照片。"

"他把老婆的照片翻过来……"严缜喃喃自语，突然兴奋地一拍方向盘，"我知道了，因为他在外面有相好的了，不想打开钱包的时

半仙 31

候看见老婆的脸!"

"对喽。"

严缜会心一笑,说:"师父你后面故意神道道的,说《易经》什么的,就是吓唬吓唬他吧!"

这时点烟器自动弹了出来,关跃进点燃香烟,深深吸一口,将这口烟在肺里憋了好久,才缓缓呼出一口气,说:"是,也不是。"

"啊?"严缜一愣,"怎么说?"

关跃进沉吟:"我觉得他老婆未必不知道这件事。"

严缜大为意外,说:"师父,你连他老婆面都没见过,你怎么知道?"

关跃进指了指胸口的位置,说:"那人衣服上,有大小好几处污渍,看样子根本不是一天沾上去的。"

严缜若有所思地说:"有人吃饭就是容易弄脏衣服,像我,每次吃面都会把汤溅到身上。"

"衣服上沾那么多污渍,还穿在身上,说明什么?"

"说明他邋遢?"

"说明他老婆根本不管他穿衣打扮了。"关跃进又吸了一口烟,"他们夫妻,应该都没什么感情了。"

关跃进说的这点,是严缜根本没想到的,他由衷感叹道:"师父,我算是明白你跟我念叨的那句话究竟是什么意思了!"

"哪句话?"

"魔鬼是细节!"

"什么魔鬼是细节,我看你才是魔鬼!"关跃进翻了个白眼,"我说的是,魔鬼藏于细节!"

"哦,我记混了,记混了,"严缜羞红了脸,憋了好一阵,才憋出一句,"师父,我觉得你才应该去当算命先生!"

关跃进连连摇头,说:"我去算命,摆摊的老张怎么办?他要没了饭碗,哪个陪我下棋啊?"

严缜没搭腔,他跟关跃进下棋,就算被关跃进让了车马炮还是赢不了,早就已经放弃治疗了。

这时捷达车驶过了天府广场,向南朝着月亮湖一路疾驰而去。

3

"这一柜子东西值不少钱吧?"

赵晓元站在客厅一角,凝神打量着眼前一柜子各式各样的围棋棋具,身后传来廖捷的声音。

廖捷今年整三十岁,是一中队的主力侦查员,人送外号"拼命三郎"。由于工作的特殊性,加班熬夜是刑警工作的常态,即使在整个T分局刑侦大队,廖捷也算是特别能熬的,赵晓元一直把廖捷当成他的左膀右臂。

"看来下棋是真挣钱。"赵晓元啧啧称奇,"早知道该送我儿子去学棋呀!"

赵晓元的儿子刚上小学二年级,已经是本市一家著名少年足球俱乐部的队员了。赵晓元儿子对足球的热爱以及过人的运动天赋,当然是遗传赵晓元本人了。赵晓元今年三十五岁,身高一百八十七公分,体重九十公斤,又黑又壮,自从进入刑侦大队,就被人称为"赵铁塔"。

廖捷身高不足一米七,体重更是只有五十公斤冒点头,站在赵晓元身边,显得尤为瘦小。听到赵晓元对棋手的"羡慕",廖捷大摇其头,说:"你儿子刚小学二年级,身高就快赶上我了,谁敢教他下棋?这要输了棋,不得把老师的头当球踢?"

"滚!"

半仙 33

廖捷和赵晓元平时都以兄弟相处，日常说话也没个正经。

廖捷看着脚下一地的水，故作为难地说："到处都是水，我想滚也没法滚呀。"

此时，赵晓元和廖捷站在琥珀溪岸十栋一五〇三号徐天睿家的客厅里，不远处，法医和技侦的人从主卧里进进出出，正在忙碌。徐天睿家像发了大水似的，从主卧一直到客厅，整个房子的木地板都泡在水里，现场的警察都换上了胶鞋。

报警的人是徐天睿楼下一四〇三号的邻居。这人是一名在设计院工作的建筑师，早上起来正准备收拾收拾去上班，突然发现主卧天花板在渗水，水痕顺着墙角一路都快流到地板了。邻居也不认识徐天睿，只能给物业打电话，让物业上门处理。物业的工作人员拨打徐天睿的电话，没人接听，上门敲了半天门，也没人应门。

没人开门，物业工作人员也没辙了。楼下邻居担心再拖下去，他家刚装修好的房子就毁了，心急之下，跟隔壁一五〇二号的邻居商量了一下，壮着胆子从一五〇二号阳台翻了出去，顺着徐天睿家厨房窗户翻了进来。

邻居刚一进来，就看见整个客厅都被水淹了，水眼看就快漫到玄关了。邻居赶紧朝卧室里走，这才发现徐天睿整个人泡在卧室的浴缸里，水哗哗地从浴缸里流出来，看起来这水流了整整一晚上。

接到报警后，赵晓元立刻带领一中队出动。死者徐天睿的身份很快就查明了，是一名围棋职业棋手，据说刚刚入围一项重要围棋国际赛事的决赛圈。慎重起见，刑侦大队特意嘱咐，让关跃进也参与侦查工作。

关跃进今年五十八岁，由于早年工作太拼，落得一身病，身体状况堪忧，分局领导出于关心，想让他退居二线。可是关跃进说什么也不愿意，坚持要在一线参与案件侦破，据说一度闹到市局，关跃进当着市局领导的面拍了桌子，弄得 T 分局差点收不了场。最终，分局领导还是点头同意关跃进继续留在一线，因为整个分局刑侦队伍，已经没有比关跃进资格更老的侦查员了。遇到重大疑难案件，有关跃进这样的识途老马，确实能起到意想不到的效果。

此时法医和技侦的人还在忙活，赵晓元要等他们忙完之后才能进入现场。手下侦查员以及本地派出所支援的民警，被赵晓元派去楼上楼下逐户走访。赵晓元和廖捷待在客厅里，专门等着关跃进。

不一会儿，关跃进和严缜走进客厅，他们进门之前就已经换上了胶鞋。见到关跃进，赵晓元连忙迎上去，叫了一声"师父"。严格来说，关跃进其实是赵晓元师父的师父，不过赵晓元刚来刑侦大队的时候，就跟过关跃进一段时间，叫声"师父"高低是没错的。别说赵晓元了，就是分局分管刑侦的副局长，见了关跃进也得老老实实叫"师父"。

关跃进应了一声，随即问道："情况怎么样？"

"法医和技侦还在忙，不过现场已经排除有外来人进入室内的可能。"

关跃进扫了一眼满客厅的水，赵晓元连忙将早上邻居报警的情况一股脑做了汇报。

"死者徐天睿，是益州银行围棋队的职业棋手，昨天刚刚入围了一个国际大赛的决赛圈。那个国际大赛叫'耳赤杯'，是韩国办的，这两天不是正在搞什么中韩论坛嘛。这么个关键节点死人了，市局很重视，怕我们年轻人经验不足，专门打电话嘱咐霍队，务必要请师父出山，给我们把关护航。"

关跃进出了名的吃软不吃硬，一见面赵晓元就忙不迭地给他戴高帽。

关跃进摆摆手，说："死者一个人住？"

"房子户主就是徐天睿，平时就他一个人。"赵晓元顿了一下，又补充道，"他是重庆人，父母都在重庆，我们已经通知了，这会儿应该在来的路上。"

"没女朋友？"

"据他们教练说没有……"

关跃进笑了，冲玄关一努嘴。严缜顺着关跃进所指的方向看去，只见玄关鞋柜的下挑处，摆了几双鞋子，其中有一双粉红色的拖鞋。先不说颜色，那拖鞋的尺码就和旁边的球鞋尺码相差甚多，应该不是徐天睿穿的。

"我们也注意那双拖鞋了。"赵晓元连忙解释——事实上作为老刑侦，刚一进门他就看见这双拖鞋了——然后指了指卧室说，"主卧盥洗台上有两个漱口杯，两支牙刷。"

"死者有个同居女友，但是他教练不知道？"

"嗯，应该没公开。"

"那得尽快找到这个女孩。"

"技侦在检查他的手机，应该能从聊天记录里找到线索。"

关跃进点点头，站在客厅中央四下打量。赵晓元站在一旁，突然凑近关跃进闻了闻，随即做了个抽烟的手势，揶揄道："师父，你又偷偷抽烟了吧？"

关跃进不满地啧了一声，说："什么叫偷？"

赵晓元赔着笑，道："师父你这身体情况，还是不抽的好。"

关跃进竖起一根手指，说："我心里有数，一天就抽一支。"

"师父你刚刚……"严缜话说到一半，被关跃进狠狠踩了一脚，硬是把后半句"抽了不止一支"给咽了下去。

这一幕怎么可能逃得过赵晓元、廖捷两个老刑侦的眼睛，赵晓元毕竟是领导，板着脸装作没听见，廖捷早就忍不住偷笑了。

这时法医老马从主卧走了出来，为了消除尴尬，赵晓元连忙叫住对方："老马，什么情况？"

老马是个有六百度近视的中年人，当年差点因为近视度数高，被医学院拒之门外。他捋了捋头顶为数不多的几根头发，顺势指了指自己的后脑，说："颅骨凹陷骨折，从创口看，应该是磕到了浴缸边缘，导致颅脑损伤死亡。身体其他部位并未发现皮肤破损或骨折，也没有明显的中毒痕迹。"

赵晓元松了一口气，说："这么说，是摔倒造成的意外死亡？"

老马沉吟片刻，说："一般来说，像这种程度的摔跌，人身上的突出关节和手部，多多少少都会出现一些擦伤、挫伤。可是死者除了头部，全身没有任何损伤，所以也不能排除其他可能。"

赵晓元看了一眼老马，心领神会道："你的意思，还是要进行尸检？"

老马点了点头。

赵晓元叹了口气，吩咐廖捷道："联系一下死者家属，请他们签一个尸检同意书吧。"

廖捷应了一声，转身去打电话了。

法医已经完成了现场尸检的工作，徐天睿的尸体放在担架上被抬了出来。关跃进上前一步，揭开白布，凑近看了看徐天睿后脑的伤口，然后才放担架出去。赵晓元见状，招手叫来一名负责拍照的技侦人员，让关跃进看看现场的照片。

从照片上看，徐天睿光着身子，整个人浸泡在一个方形的浴缸里，浴缸的水龙头开着，水不断从浴缸里涌出来。

"我们进去看看吧。"

赵晓元带着关跃进走进主卧。一进主卧，关跃进就忍不住啧了一声。

"真大啊！"

两人身后的严缜也情不自禁地感叹道。

徐天睿家的主卧，将原有户型主卧内的衣帽间、卫生间都打通了，和卧室连为一体，成为一个面积接近四十平方米的大通间。一进主卧，迎面是一堵影壁一样的墙，向左转，是睡觉的区域。绕到影壁墙的背后，是按摩浴缸，浴缸与床之间没有遮挡。如果躺在卧室的大床上，浴缸里的场景，可谓尽收眼底。

可惜，刚刚躺在浴缸里的，并不是什么曼妙美人，而是徐天睿僵硬的尸体。

"这浴缸，就这么直接摆在卧室里？"

严缜显然是第一次见识这样的布局，瞪大了眼睛。

"这叫情趣。"关跃进一副见多识广的样子，"还是年轻人想法多啊。"

赵晓元挠挠头，喃喃道："我装修的时候，怎么没想到还能这么操作呢？"

"那你当时要这么装修，现在怕是不止一个儿子了吧？"

廖捷冷不丁在后面开玩笑。

赵晓元装模作样地板起脸，说："违反政策的话，少讲！"

廖捷不仅没停下来，反而还一脸神秘地说："我可是听说，今年中央就要全面放开二孩政策了，赵队，你真的不打算再给我们添个小侄子了？"

赵晓元提高了声音，说："严肃点，办案子呢！"

就在赵晓元和廖捷一来一往的时候，关跃进凑近浴缸。这是一个方形的按摩浴缸，浴缸边角部分有一个扇面形的台阶，可以供人坐在上面。此时浴缸里的水位已经降到了台阶以下的位置。

赵晓元上前，指着扇形的台阶边缘说："从现场痕迹看，徐天睿的头，应该就是磕到了这里。"

关跃进背对浴缸，想象着自己站在浴缸中心，不小心摔倒了，后脑勺磕在这个台阶的边缘，如果力量够大，的确可能当场摔死。

赵晓元在一边继续说："死者死亡以后，尸体堵住了浴缸出水口，水漫出来，流了一地。也幸亏水漫出来，要不然可能现在还没人发现呢。"

关跃进边点头边朝里走去，紧邻浴缸的是一个淋浴间，淋浴间的一面是墙壁，一面是钢化玻璃，而剩下的两面是敞开的，可以冲完澡后直接跨进浴缸。正对淋浴间的，是宽大的盥洗台。盥洗台上方的置物架上，摆着一蓝一粉两个漱口杯，杯子里各有一蓝一粉两支牙刷。盥洗台旁边的横杆上，也挂着两条毛巾。

盥洗台上还有一组吊柜，关跃进打开柜门，里面除了剃须刀、洗面奶、止汗喷雾等一系列卫浴用品外，还有几盒没开封的面膜。其中有三盒是某品牌的男士面膜，剩下两盒则是尺寸较小、包装也更花哨的女士面膜。

盥洗台旁边，是一整面墙的衣柜。关跃进逐一打开衣柜，里面的衣物都是男款，没有属于女生的衣服。

"看来死者的这个女朋友，只是偶尔来过夜，两人并没有长期同居。"关跃进扭头对赵晓元说。

"这衣服，也太花哨了吧！"两人身后的严缜，再次发出感慨。原来徐天睿用满满一个柜子挂着各种颜色、各种款式的真丝衬衫，其中又以印花夏威夷衬衫和素色古巴领衬衫为主。看来这是徐天睿夏天偏爱的衣款。

"这年轻人挺会穿衣服啊。"关跃进看了看自己洗得褪色的格子衬衫，感慨道，"我的衣服都是你们师娘以前买的，我是一点都不懂穿衣打扮。"

"我们也不懂啊！"

严缜和赵晓元、廖捷六目相对，各自都是一身土了吧唧的打扮，相形见绌。不过对刑警来说，不引人注目的打扮就是最好的打扮，穿得花枝招展的，走到外面一眼就让人注意到了，还怎么执行任务？

沿着衣柜走到底，是单独隔开的马桶间。里面除了日本进口的智能马桶外，只有卫生纸和垃圾桶，没什么多余的东西。从马桶间再朝前走，就回到了主卧入口的影壁处。

沿着主卧绕了一大圈，关跃进停下脚步，扭头问了赵晓元一个问题："死者脱下来的衣服，到哪儿去了？"

4

客厅旁一整个空间，被独立的客卫分隔成书房、客卧两个部分。客卧供徐天睿父母来成都时临时居住，平时都是空着的，所以装了可以收纳在柜子里的隐形床。床收起来，推拉门打开，客卧就变成了一个开敞的公共活动空间。

关跃进像小孩一样好奇地摆弄着隐形床，嘴里不住地感慨没想到卧室还能这样灵活布置。

"我看这房子的装修，应该是专门请了设计师设计的吧。"严缜嫌关跃进少见多怪，悠悠说了一句。

"那应该花了不少钱吧？"关跃进扭头问道。

严缜点点头，说："你再看这些家具，都不是便宜货。"

关跃进凑近严缜，拍拍他肩膀，说："你帮我打听打听房子是谁设计的。"

"怎么，有什么疑点吗？"严缜立刻警惕起来。

关跃进咧嘴一笑，说："那倒不是，我就想退休以后，把家里重新装修一下，我看这个设计师不错，想问问看。"

严缜哭笑不得，说："我回头打听打听。"

关跃进还想说话，赵晓元站在客卫门口冲关跃进招手。关跃进跟着赵晓元走到书房。说是书房，其实叫游戏室更恰当。因为这里除了有一台花里胡哨的台式电竞电脑外，还有电视和 PS4 游戏机，书桌架子上摆满了各种电脑游戏光碟，只是零星穿插着几本围棋书籍。

洗衣机和烘干机都巧妙地嵌入了书房的柜子里，赵晓元弯腰打开滚筒洗衣机，对关跃进说："死者脱下来的衣服，都在里面。"

关跃进蹲下来，从夹克内袋里掏出一支钢笔，伸进洗衣机捣鼓着里面的衣物。洗衣机里的衣物，分别是一条黑色西裤、一件红蓝印花的夏威夷真丝衬衫、一件白色打底衫、一条内裤和一双袜子。这些衣服已经洗过一遍了，全都湿漉漉的，堆在洗衣筒里。

赵晓元打开烘干机，里面空空如也。

"看来昨晚死者把衣服放进洗衣机洗，然后光着身子去洗澡，还没来得及烘干，就出事了。"

赵晓元的话，关跃进似乎没听进去，他眉头微皱，打开洗衣机上方的柜子，翻找起来。柜子里装的都是些洗衣液、柔顺剂、消毒液之类的清洁用品。关跃进翻了一阵，突然像发现了新大陆似的，从收纳盒里拿出一张卡片。

严缜眼尖，第一时间看到那张卡片是一家连锁洗衣店的会员卡。

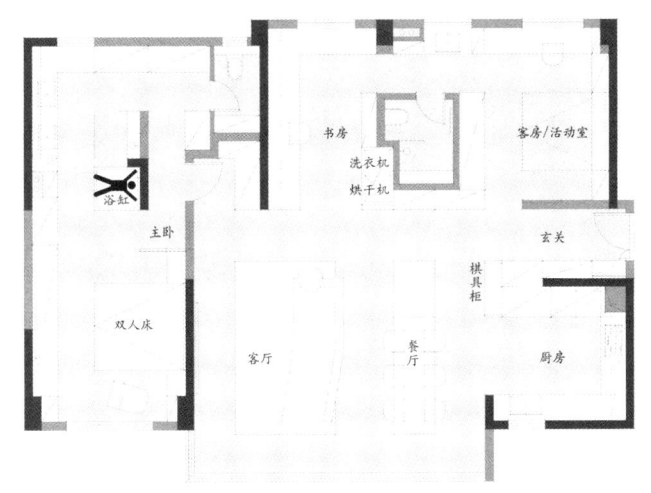

徐天睿家平面图

关跃进将会员卡递给严缜，嘱咐道："你去这家店看看，死者平时送去洗的都是什么衣服。"

严缜一愣，见赵晓元皱起了眉头，和关跃进对了对眼神。严缜还没摸着头脑，正想发问，就见关跃进催促道："快去啊，把死者的送洗记录拿回来。"

严缜来不及多问，拿着会员卡匆匆离去。

5

这家洗衣店就在琥珀溪岸小区大门附近，严缜很轻松就找到了。洗衣店老板娘胖胖的，人很热情。

"就这个会员号，查查电脑就晓得了。"

老板娘接过会员卡，在电脑上输入一连串数字。

严缜焦躁不安地等待着，他还没想明白为啥关跃进突然叫他来查死者的洗衣记录。

"小伙子你看嘛，记录都在这儿了。"老板娘将电脑显示器转了过来，上面是徐天睿长长一串的送洗记录，"就这个小徐，老客户了，去年开始就一直在我们这儿洗衣服。大衣、球鞋、衬衫这些，都是我们洗的。"

老板娘所言不虚，徐天睿送洗的频率非常高，尤其是最近天气热起来以后，几乎每隔两三天，就送来几件真丝衬衫。

看到送洗记录上的"真丝衬衫"几个字，严缜心里一震，他明白为啥关跃进要叫他来这里了。

6

洗衣机里的衣服都被技侦人员取出来了,关跃进关上洗衣筒的盖子,按下开关。伴随着"滴"的一声,洗衣机启动。关跃进指了指操作面板上的旋钮,说:"刻度停留在'自动'挡位上,说明昨晚死者也是用这个挡位洗衣服的。"

赵晓元点点头,看着关跃进从柜子里拿出消毒水、洗衣液和柔顺剂,逐一倒进洗衣机里,然后关跃进按下了启动按钮。洗衣机再次发出嘀嘀声,液晶面板显示洗涤时间为一小时十五分钟,接着洗衣机开始不断进水。

关跃进返回主卧,打开了按摩浴缸的水龙头,水哗哗地流了出来,可是水势明显小了很多。关跃进走到淋浴间,打开淋浴开关,此时喷头出的水更少了,最多只相当于正常流速的三分之一。

"浴缸水关了吧!"

关跃进冲淋浴间外的赵晓元喊道,赵晓元转身关掉了浴缸水龙头,淋浴喷头的水一下子多了很多,可还是不到正常流速的二分之一。

关跃进关上淋浴,回到书房的洗衣机前。这样反复试了几次,半个多小时就过去了,洗衣机已经开始了"漂洗"程序,滚筒转了几下,接着将里面的水排干净,又开始重新进水。

"就上个月,我们家那台老双缸洗衣机坏了,我换了个国产的滚筒洗衣机,比这个便宜多了。"关跃进指了指徐天睿的西门子洗衣机,"我研究了半天说明书,才弄明白怎么用。它跟那种老式的洗衣机不一样,在进行'漂洗'的程序时,得反复进水、排水,漂洗好几次。"

"我们家洗衣机也是这样,这都是厂家事先设定好的默认程序。"廖捷在一旁补充道。

"可是洗衣机反复进水的时候,"关跃进指了指主卧方向,"不管浴缸还是淋浴,出水量都会受影响。我不知道你们是不是这样,反正我在家的时候,都是洗完了澡,再用洗衣机,不然洗着洗着水小了,特别不舒服。"

廖捷显然没想到这个,喃喃道:"平时都是我老婆洗衣服,我还真没注意。不过你这么一说,好像我老婆每次都是洗完了澡,再洗衣服的。"

赵晓元意味深长地看着关跃进,说:"死者是用浴缸泡澡的,如果他先把浴缸水放满,再把衣服放进洗衣机洗,就完全不影响了。"

"的确有可能是这样——"

关跃进话没说完,就接到了严缜的来电。

"喂,师父,我查到了!"关跃进打开免提,手机里传来严缜兴奋的声音,"死者的真丝衬衫都是拿到洗衣店干洗的,平均两三天洗一次,每次都是洗衣店老板上门来取,洗好再送过去的。现在店里还有死者洗好的三件衬衫和两双鞋子呢。"

"很好。"关跃进看了赵晓元一眼,"这些衣服、鞋子,老板是什么时候来取的?"

"前天上午。"

"知道了,把衣服、鞋子,还有送洗记录都带回来吧。"

关跃进挂掉电话,轻轻吹了声口哨,这是他的老习惯,每次料中什么事情,总忍不住吹口哨,要是老伴儿听到了,一定会骂他"老不正经"。关跃进看着洗衣机旋钮上的各种挡位,除了"自动"外,还有"轻柔洗""羊毛""羽绒""衬衫""速洗"等十多种不同的预设程序,对应了材质不同的各种衣物。

"现在的洗衣机就是方便,像羽绒服、羊毛衫这些衣服都能洗,"关跃进指了指旋钮上的"轻柔洗"挡位,"像这个挡位,我们家那个洗衣机也有,我看了说明书,是专门洗真丝衣物的,对吧?"

赵晓元的脸色沉了下去，他发现这起案子或许并不像他想的那样简单。

"对啊！"廖捷突然反应过来了，"死者的真丝衬衫，明明都是送到洗衣店洗的，为什么这次放洗衣机洗了？就算自己洗，也应该用专门的程序洗，和其他衣服混在一起，不是洗坏了吗？"

"死者有满满一柜子的真丝衬衫，穿了这么久，不会不知道真丝衣物不能混洗吧？"

听到关跃进这么说，赵晓元将视线投向还在转个不停的洗衣机，沉吟道："你是说，把这些衣服放进洗衣机的，不是死者本人？"

关跃进避而不答，反问道："技侦那边，死者手机检查完了吗？弄清女朋友是谁了吗？"

7

下午三点，在T分局刑侦大队，召开了第一次案情分析会，大队长霍建斌也出席了会议。坐在会议室中心位置，满头白发的圆脸男子，正是霍建斌。虽然头发花白，又一脸褶子，可是霍建斌今年刚满四十，儿子刚上小学，比赵晓元儿子还小一岁。

会议一开始，第一个发言的，正是霍建斌。

"大家都知道，现在市里正在举办中韩企业家高峰论坛。"霍建斌一脸严肃，"死者身份又比较敏感，昨天刚刚入围了一项韩国的国际围棋大赛，对了，那个比赛叫什么来着……"

赵晓元答道："耳赤杯，韩国GBC电视台办的，他们电视台也是这次中韩企业家论坛的合作媒体之一。"

"对，"霍建斌微微领首，"这个案子已经引起了韩国媒体的关注，就开会前半个小时，韩国领事馆的电话已经打到市局那边去了。

另外，死者还是围乙联赛的一名职业棋手，他的情况，棋院方面也很关注。市里相关领导做了批示，这个案子一不能拖，二不能等，希望我们顶住压力，尽快破案。"

"是！"赵晓元闻言挺直了腰，表态道，"保证完成任务！"

霍建斌满意地点点头，说："我再叮嘱一句，这个案子国内国外，市里省里都看着呢，大家心里要有数，办案子的时候注意影响，不该说的一个字不许往外说！"

霍建斌在队里素来威严，这个时候又刻意提高了音量，听得会议室里各位刑警心里一凛。霍建斌说的没错，这案子是个不折不扣的"硬骨头"。说它"硬"，不是因为案情有多曲折复杂，而是涉及到国外媒体的关注。国内很多事情，被国外媒体一报道，往往就走了样，而这些走样的报道，又反过来给国内具体做事的人造成了很大的压力。这才是徐天睿死亡一案最棘手的地方，也是开会的时候大队长要来"镇场子"的原因。

霍建斌给案件的调查定了调，接下来主持会议的人换成了赵晓元。

"先说说死者的死亡情况，廖捷。"

被点到名的廖捷打开笔记本，开始汇报技侦和法医的初步检验结果。

"案发时，死者死亡超过了十二个小时，据尸斑、尸僵情况推断，死亡时间大致在昨晚八点到十点之间。死因初步判断，是摔跌导致的颅脑损伤。现在老马他们正在做尸检，更详细的信息，明天应该能出来。"

徐天睿的指甲里没有疑似他人的组织碎片，现场也没发现任何打斗痕迹。一般来说，发生凶杀案时，死者为了抵抗，指甲中常会有抓挠凶手皮肤留下的组织碎片。有了这些组织碎片，就可以进行DNA鉴定。

"从尸体和现场情况判断，死者死于意外的可能性比较大，不过……"廖捷看了一眼坐在霍建斌左手边的关跃进，"关师父在现场发现了一处疑点。"

霍建斌扭头看向关跃进。关跃进清清嗓子，将现场发现真丝衬衫被洗一事，做了详细的汇报。

"这是我们调取的死者送洗记录，"关跃进打开笔记本，将里面夹着的几张 A4 纸递给霍建斌，"从记录上看，死者的真丝衬衫平时都是送到店里干洗的。可是在现场，死者当天所穿的真丝衬衫，是和其他衣服一起放进洗衣机混洗的……"

关跃进示意严缜，后者会意，拿出了一个物证袋，里面装的正是洗衣机里拿出的那件红蓝印花的夏威夷衬衫。此时衬衫已经干了，不过整件衣服缩水成了一团，布满了大大小小的皱褶，显然是穿不了了。

关跃进将袋子递给霍建斌，说："这件衬衫完全洗坏了。死者很喜欢真丝衬衫，衣柜里有十多件这样的衣服，有新的，也有旧的。我想，死者应该不会不知道，真丝衬衫不能和其他衣服一起混洗。"

霍建斌反复打量着洗坏的衬衫，之后又将它递给右手边的赵晓元。这件衬衫引起了会议室里不小的骚动，大家纷纷小声议论着。

赵晓元放下衬衫，不动声色地说："我们在现场还发现，死者应该与一位女性存在同居关系。"

赵晓元的话引起了大家的注意，廖捷会意，继续汇报："技侦检查了死者的手机，可以确认死者的女朋友，是和他一个俱乐部的女棋手，叫白佳嘉。"

霍建斌问道："死者死亡当天，和这个白佳嘉有接触吗？"

赵晓元点点头，将目光投向廖捷。

"经过我们的初步走访，死者当天的行程，大致如下——"

廖捷照着笔记本念了起来。据调查，五月二十日上午八点左右，徐天睿抵达益州银行大厦，在俱乐部准备比赛；上午九点，徐天睿和董旸文进行比赛。经过两个多小时的对弈，徐天睿获胜，成功进入耳赤杯决赛圈；中午十二点左右，徐天睿离开益州银行大厦，和俱乐部队友、教练等人在附近一家川菜馆聚餐；聚餐完毕，大约下午两点，徐天睿又邀请大家一起去附近商场的KTV唱歌；一行人在KTV一直待到下午五点，之后又去了商场里的一家烧烤店吃晚饭；晚饭结束，大约七点，徐天睿告别了俱乐部同事等人，独自回家。

"不过，据队医说，昨天晚饭结束，他看见死者和白佳嘉一起走出商场，朝死者居住的琥珀溪岸小区走去。"最后，廖捷做出了如上补充。

"从死者和白佳嘉的手机聊天记录来看，他们的关系并没有公开，是地下恋。"

赵晓元的话引起了霍建斌的好奇。

廖捷见状，继续补充道："这一点也得到了死者俱乐部队友、教练等人的印证，他们都表示不知道死者有女朋友。"

霍建斌看向关跃进，说："这个白佳嘉，得见见。"

关跃进微微一笑，轻描淡写地说："见肯定是要见的，不过我想第一个见的，还不是白佳嘉。"

霍建斌有些意外，向关跃进投来探询的眼神。

关跃进冲严缜扬了扬下巴，严缜连忙拿出手机，找出一个视频，将手机放到霍建斌面前。手机里播放的，是白佳嘉发在网上的讲棋视频。

"这个白佳嘉，好像在网上还挺有名的，网上有很多她讲棋的视频，"关跃进指了指画面中央仪态端庄的白佳嘉，说，"霍队，你看她穿的衣服……"

霍建斌仔细一看，发现视频里的白佳嘉，穿的是一件丝绸连衣裙。霍建斌恍然大悟，看向关跃进，说："你第一个想见的人，是——"

"董……董……"关跃进拍着脑袋念叨半天,也没想起后半截名字是啥。

"董旸文!"

严缜提醒道。

"对,"关跃进一拍手,"听死者俱乐部队友说,此人也喜欢白佳嘉,这三个人的关系,很值得注意。"

霍建斌闻言若有所思。其实不管霍建斌还是赵晓元,心里都清楚,有句话关跃进没说出来,那就是比起白佳嘉,董旸文更像是那个不知道真丝衣物不能混洗的人。

第三章 石佛

1

五月二十一日当天，董旸文像往常一样，在早上九点之前步行到达俱乐部。除了特定的集训或会议，俱乐部签约棋手并不像普通上班族那样有固定的上下班时间，像徐天睿就经常睡到午饭时间才来俱乐部。董旸文习惯早起，通常情况下，他都是第一个到俱乐部的棋手，而绝大多数时候，他也是最后一个离开俱乐部的棋手。

董旸文的生活非常简单，除了吃饭、睡觉，就是下棋。

走进益州银行大厦，那幅巨大的"耳赤杯"预选赛海报依然挂在那里，董旸文摸了摸口袋里的门禁卡，在心中反复提醒自己不要做出任何异于往常的举动——抵达俱乐部、收拾桌子、摆谱、下棋，今天只是平常的一天，和昨天、前天、大前天没有任何不同。

益州银行围棋俱乐部占据了大厦三十二楼近四分之一的面积，之所以安排在这里，是因为从三十三楼开始，就全是益州银行总部的办公室了。教练包全胜搭乘银行专用电梯，短短几分钟就可以到三十八楼银行董事长的办公室，陪他下几局棋。有时候，队里的棋手也会被叫去陪董事长下棋，比如徐天睿和白佳嘉。包全胜也叫过董旸文一两次，不过被他以各种理由拒绝了，包全胜也没有勉强。

董旸文不是不知道陪董事长下棋可以加强人脉。但是和普通上班族不同的是，职业棋手的 KPI 有且只有一条，那就是比赛成绩。只要棋下得好，哪怕棋手本人再怪再孤僻，想要的一切——金钱、名气、社会地位——都会得到。大部分职业棋手都将自己的全部精力放在钻研棋艺上，不想或者说不屑将时间和精力花费在所谓人情世故上。因此相较普通人来说，职业棋手说话往往都特别直接，他们不是不会撒谎或者掩饰，而是不想在这上面浪费时间和精力。所以董旸文拒绝了包全胜，包全胜也丝毫不以为意。

进俱乐部大门，从前台右转，就是一间七十平方米左右的训练室，可以供俱乐部棋手同时在这里对弈、训练。紧邻训练室，用磨砂玻璃隔开的，是教练兼领队办公室。顺着走廊朝里，是队医、后勤和财务办公室，走廊最里面，还有一间专门的对弈室，是为一些比较重要的内部比赛准备的。

走进训练室时，董旸文发现自己并不是第一个到的人，教练办公室亮着灯。隔着磨砂玻璃，可以看到包全胜在办公室来回踱步的身影。

"啊，小董来了。"

包全胜闻声从办公室探出头来打了个招呼。平时俱乐部的工作人员都是十点左右才会来。

董旸文点点头，他来得早不足为奇，来得迟了才是反常现象。包全胜简单打个招呼就回办公室了，办公室门被他顺手关上。这一举动很值得玩味，因为平时包全胜基本不关办公室门。除此之外，董旸文还发现包全胜的表情非常焦虑，显然藏着什么事。

也许是徐天睿的尸体已经被人发现了，报警之后警方联系了俱乐部，因此包全胜才会一大早就来到俱乐部，也许很快警察就会来

石佛　51

俱乐部了解情况。想到这里，董旸文深吸一口气，提醒自己一定要保持冷静，按计划行事。

今天白佳嘉要去 MCN 公司录视频，并不会来俱乐部。徐天睿家里有不少同居的痕迹，这点昨天晚上董旸文就注意到了，更不用说警察肯定会检查徐天睿的手机聊天记录。他们应该很快就会找白佳嘉了解情况，不过面对警察该怎么说该怎么做，董旸文已经告诉白佳嘉了。现在只能希望白佳嘉按计划行事，不要出什么纰漏。

董旸文对白佳嘉有信心。虽然白佳嘉是俱乐部签约棋手里，比赛成绩最乏善可陈的一个，但是她的赛道，并不在比赛上。还在道场学棋的时候，董旸文就知道，白佳嘉的聪明才智，丝毫不输给他和徐天睿。把主要精力放在网络讲棋上，不是白佳嘉在比赛方面无力突围而被迫为之，是她主动选择的结果。讽刺的是，在比赛方面无力突围的人，恰恰是他董旸文。

想到这里，董旸文心里不免有些波澜，不管怎么样，昨天比赛的失利，都对他造成了极大的冲击。董旸文在自己熟悉的位子坐下，开始继续昨天没能完成的工作——复盘他和徐天睿的比赛。

十点左右，俱乐部其他人陆陆续续都来了。除了在办公室一支接一支抽烟的包全胜，以及佯装不知的董旸文，应该没人知道今天发生了什么。就在董旸文埋头复盘时，两个背着斜挎包、一身运动装的男子走进俱乐部。这两个男子一高一矮，一胖一瘦，共同点是都有一双锐利的眼睛，从进门那刻起，就不停地四下打量。

仿佛就等着这一刻，包全胜立刻走出办公室，将两个男子迎了进去，接着包全胜又关上了办公室门，董旸文甚至听到清晰的门锁反锁声。

那两个男子应该是警察，他们是来俱乐部了解情况的，董旸文低头不语，昨天晚上他已经打好了应对警察询问的腹稿，可是事到临头，还是忍不住一再推敲。

两个男子和包全胜在办公室里谈了大约半个小时，包全胜从办公室里走出来，开始一个接一个叫俱乐部里的棋手进去问话。

董旸文是最后一个进去的，办公室里只有他和两名男子。两名男子先亮明身份，他们都是T分局的民警，今早接到报案，发现徐天睿在自己家中死亡，警方正在展开调查，希望俱乐部能予以配合。接着，警察询问了董旸文二十日的行程。董旸文表示吃过午饭后他就回家了，之后一直待在家里，没有出门。

听到这话，两个警察只是简单"嗯"了一声，并没有什么额外表示，董旸文心里松了一口气，这表明警察似乎并没有把徐天睿之死当成犯罪事件来调查。

"你平时和徐天睿关系怎么样？"

"挺好的，"董旸文顿了顿，"我和他从小在一个道场学棋，算是发小吧。"

"哦？"又高又胖、长得像"胖虎"的那个警察明显来了兴趣，"那你对徐天睿的私人生活，应该挺了解的吧？"

"具体哪方面呢？"

"他有女朋友吗？"

董旸文摇了摇头，说："我不知道。"

"你刚才不说你们是发小吗？他没跟你聊过这方面的事？"

"……没有。"董旸文面露犹豫之色。

两个警察迅速交换了一下眼神，他们知道董旸文肯定有话没说。"胖虎"立刻穷追猛打道："不对吧，他们都说你知道。"

"胖虎"冲外面扬了扬下巴，意思是已经有人把董旸文"卖"了。

"谁说的？"董旸文立刻紧张起来。

"你别管谁说的，我们现在问你呢。跟警察说假话，是要负法律责任的，你知道吗？"

"胖虎"边说边用圆珠笔敲打手里的笔记本，强调警方的威严。

石佛 53

董旸文叹了口气,说:"我没说假话,我说不知道,是因为小天——哦,这是徐天睿的小名,我们在道场的时候就这么叫他了——小天他从来没跟我承认过。不过我知道他和谁在一起,他以为我不知道罢了。"

"和谁?"

"白佳嘉。"

"那你一开始为什么不说?"

"因为……"董旸文为难起来,嗫嚅道,"你们能答应我一个要求吗?"

"什么要求?"

"这事千万别传出去了,我……我怕对大家都不好。"

"你先说,什么能说什么不能说,我们自有判断,如果是跟案情无关的个人隐私,我们肯定会帮你保密。"

董旸文长叹一口气,说:"其实我跟小天,都在追白佳嘉。只是白佳嘉拒绝了我,答应了小天。我们三个从小就在一个道场学棋,关系一直都很好。自从……自从我和小天都开始追白佳嘉,我们三个的关系就变得有点……有点尴尬了。"

"白佳嘉是什么时候拒绝你的?"

董旸文脸红了,他将自己约白佳嘉在情人节当天看《甜蜜蜜》被拒绝的事情,吞吞吐吐地讲给了两个警察。

"那个时候,徐天睿就和白佳嘉在一起了?"

"我不确定,不过应该差不了多少。"董旸文若有所思,"之后有几次,我看见小天下完棋回家的时候,是和白佳嘉一起的。两个人走在一起,虽然没有什么特别亲密的动作,但是那种感觉……不太一样。我想,他们两个应该是在一起了。"

两个警察再次对了一下眼神,"胖虎"点点头,似乎很满意,转头对董旸文说:"今天先到这里,后续我们可能会继续找你了解情况,希望你配合。"

"那个……"董旸文扭捏起来,"刚才说的事……"

"你放心,我们不会跟别人说的。"

"胖虎"郑重其事地做出了承诺。

董旸文长舒一口气,表情放松下来。

2

那两个警察应该是在诈他,董旸文清楚,他与徐天睿、白佳嘉之间的三角关系,根本瞒不住警察,与其等警察查出来,还不如主动交代。接下来警察肯定会去 MCN 公司找白佳嘉,董旸文确信,白佳嘉会做出和他一样的选择。不擅长撒谎的人,从头到尾都是谎言,而擅长撒谎的人,往往只在关键的地方说谎,董旸文很早就明白这个道理——职业棋手不喜欢撒谎,不代表他们不会撒谎。

徐天睿的死讯,引起了俱乐部内部的混乱,棋手们都没了训练的心思,三三两两聚在一起交流"情报"。两名警察走后,包全胜阴沉着脸,走到训练室正中,咳嗽了两声,说:"大家停一下,听我说两句——"

教练是俱乐部最有威信的人,此言一出,所有人都停止了议论,静静地看着包全胜。

"今天的事,大家都知道了。对于徐天睿的突然离世,俱乐部很震惊,也很沉痛。现在警察正在对这一事件的前因后果展开调查,俱乐部会全力配合警方,希望大家也能积极配合。"

说到这里,包全胜严厉的眼神一一扫过众人,缓缓说:"不过在警察没调查出明确结果之前,我希望大家不要擅自做一些不负责任的推测,也不要互相乱打听!当然,更不要随便跟外面透露俱乐部内部的情况,尤其是媒体!"

包全胜的话让刚才还在议论纷纷的众人心中一凛。

"接下来,我会代表俱乐部,慰问徐天睿的父母。大家有什么话,可以通过我一并转达。这段时间他们肯定非常难过,我们就不要过多打扰他们了。我要说的就是这些,今天大家都辛苦了,要是没什么事,早点回家休息吧。"

说完,包全胜阴沉着脸,自顾自回了办公室。既然教练都这么说了,剩下的人也不好意思再议论,大家对了对眼神,各自默默收拾东西,三三两两地回家去了。

第一天应该顺利地熬过去了,想到这里,董旸文的身体稍微变得不那么僵硬了,他揉了揉腰部,开始收拾面前的棋盘,准备回家了。

3

下午五点多,董旸文肚子有点饿了,中午他就没怎么正经吃东西,只是在回家路上顺手买了两个包子充饥。就在董旸文拿起手机琢磨点什么外卖时,突然响起了敲门声。

门外,站着一个鬼头鬼脑的小老头儿,他身边敲门的年轻人倒是长得相貌堂堂。

"你……"老头儿上下打量着董旸文,说出了一句让他哭笑不得的话,"……董英文吗?"

"我不懂英文。"

老头儿反应过来,但又没完全反应过来,说:"我是说,你是董英文吗?"

"我不是董英文。"董旸文冷冷地答道。

老头儿很困惑,转向身边的年轻人,问:"走错了?"

"没有。"年轻人也是一副哭笑不得的样子,"人家叫董旸文!"

"哦!"老头儿恍然大悟,可是一点道歉的意思也没有,自顾自问道,"你是董旸文?"

"你们是?"董旸文有些不耐烦。

"我们是T分局的。"年轻人掏出证件,"这位是关跃进关警官,我叫严缜,想跟你了解点情况。"

"上午不是在俱乐部刚了解过吗?"

"上午是初步了解,现在是深入了解嘛。"关跃进冲门里扬了扬下巴,"要不咱们进去聊吧!"

没想到警察这么快就杀了个回马枪,董旸文心里略有些慌乱,不过面上依然不露声色,他退后一步,让两个警察进了屋。

"哟,正在下棋呢?"

一进门,关跃进就看见餐桌上摆着的棋盘,咋咋呼呼地喊道。

"在复盘。"董旸文简单答道。

关跃进走到餐桌边,屏气凝神地注视着棋盘上纵横交错的一百多颗棋子。看了半天,关跃进始终没什么表示,只是眉头紧锁。

"你也喜欢下棋?"董旸文忍不住开口了。

"我?"关跃进茫然地看向董旸文,随即摇了摇头,"我连下都不会下,刚才我盯着棋盘看了半天,也没看出这到底是什么情况。"

"围棋看哪能看会。"董旸文走到关跃进身边,"这是两个韩国棋手最近的一局比赛,我在复盘。"

"哦。"关跃进挠了挠下巴,大摇其头,"看不懂看不懂。"

"要不咱们坐下说话吧。"

董旸文指了指沙发。

"好,坐下聊。"

关跃进一屁股坐下,折叠沙发立刻发出"嘎吱"一声。董旸文从餐桌处搬了一张椅子,在关跃进、严缜对面坐下。

"昨天你和徐天睿有一局比赛,对吧?"

"是的。"

"是一个……"关跃进看起来非常困惑,"什么耳朵杯的预选赛?"

"耳赤杯。"

"哦,对!"关跃进一拍大腿,念叨道,"耳赤杯耳赤杯,这名字真怪。耳赤……到底什么意思啊?"

"这是围棋历史上的一个典故。"

"能不能给我们讲讲?"关跃进求知若渴地说。

董旸文解释道:"耳赤,说的是日本历史上的一次著名棋局。江户幕府时期,有个围棋天才,叫本因坊迹目秀策,挑战当时的棋坛泰斗井上幻庵因硕。两个人一共下了六局棋,耳赤局是其中的第二局。"

"哦,是日本的事啊。"

"嗯,当时棋到中盘,占优的是幻庵,秀策陷入苦战。就这样一直下到127手,秀策下出这手棋的时候,幻庵虽然面无表情,两个耳朵却一下子因为内心惊恐而瞬间通红。这一手棋,就是秀策转败为胜的关键。这就是耳赤局的由来。"

"原来是这么回事啊。"

"对,在围棋里,耳赤就是'绝世妙手'的意思。"

"啊,是绝世妙手的意思啊。"关跃进有些错愕,"我还以为是说,下棋的时候从对方身体、表情的细微变化,察觉到对手的秘密呢。"

对这个什么都不懂又喜欢一惊一乍的老头儿,董旸文实在有些不耐烦,不过他并没有表现出来,而是继续解释道:"职业棋手,是不会让对手察觉到自己内心变化的。"

"哦?怎么做到的呢?"

"平时我们会刻意训练自己,做到对局时面无表情。"

"就像你现在这样？"

董旸文一愣，猛然发现对面这个老头儿似乎并不像他表现得那样糊涂。停顿片刻，董旸文露出笑容，说："我们没在下棋啊。"

关跃进也笑了，说："所以别紧张嘛，我们就是例行问话，你就当闲聊，想到哪儿聊到哪儿。对了，继续说刚才那个话题，我特别感兴趣，你们都是怎么训练的？"

"我给你讲个故事吧。"

"好啊。"

"韩国有个很厉害的棋手，叫李昌镐，你知道吧？"

"好像听说过。"

"李昌镐有个外号，叫'石佛'。这个外号怎么来的呢？说有一次他参加比赛，有个记者一直给他拍照，拍了整整两卷胶卷。拍完洗出来一看，记者还以为自己相机坏了，因为几十张照片里，李昌镐都是同一个表情，就像石头人一样，变都不带变的。从此以后，李昌镐就被叫作'石佛'了。"

"这就是所谓的'泰山崩于前而色不变'吧。"关跃进感慨起来，又追问，"你还没说究竟是怎么训练的呢？"

董旸文微微一笑，说："这就是'石佛'的秘密了。"

关跃进继续厚着脸皮问："所以职业棋手都会把自己练成扑克脸吗？"

董旸文想了想，说："也有棋手表情丰富的，不过这往往不是棋手的真情流露，而是一种刻意的误导。"

"怎么说？"

"比如明明自己下了一步好棋，却故意愁眉苦脸、长吁短叹的，迷惑对方。"

"这个属于盘外招了吧，"关跃进皱起眉头，说，"就像韦小宝撒石灰粉一样，说实话有点下三滥。"

石佛　59

"谁?"董旸文有些疑惑。

"韦小宝,《鹿鼎记》你没看过吗?"

"没有。"董旸文摇头道,"我不看小说。"

"那你一定是把时间都用在下棋上了,职业棋手嘛,压力挺大的吧?"

"嗯。"董旸文点了点头,认真地说,"越是厉害的棋手,他的世界里除了围棋,就越难装下其他的东西。"

"怪不得,这就叫专业啊。"关跃进啧啧称奇,"那个徐天睿下棋成绩不行吧?"

"为什么这么说?"

"我看他书房,围棋书没几本,密密麻麻全是游戏光碟,游戏机都有好几台,他喜欢打游戏?"

"是,他是个游戏迷。"

"你看,他就不如你纯粹,所以我觉得他成绩肯定不行。"

董旸文摇摇头,面无表情地说:"他比赛成绩比我好。"

"为什么?"关跃进惊讶不已,想了想,突然一拍大腿,叫道,"我知道了,他喜欢用盘外招,对吧?"

这下轮到董旸文惊讶了,他盯着关跃进,整张脸都写满了"你怎么知道"五个字。

不等董旸文发问,关跃进便答道:"听你们队里人说的,原话是说,'徐天睿这个人下棋比较滑头'。"

"小天下棋,有时候确实喜欢用一些盘外招。"

"那你应该挺不服气的吧?"关跃进循循善诱道,"听说昨天你输了棋,中午饭都没好好吃就一个人回家了。"

"没有不服气,昨天输棋是实力不济,无话可说。"董旸文停顿片刻,"不过毕竟输了很重要的一场比赛,说不郁闷是假的,所以就一个人先回家静一静。"

"理解，完全理解。"关跃进连连点头，转而问道，"你昨天回家以后，就再没出去了？"

董旸文看向关跃进，突然发现对方正紧紧盯着他，心中不免一紧。

"没有。"

"你都在家干什么呢？"

"复盘。输了棋回来，就想着好好琢磨自己到底是怎么输的，犯了哪些错，下次怎么避免。"

"一直复盘到晚上？"

"对，大概弄到晚上十点多，到时间，我就睡了。"

"中间有人找你吗？"

"没有。"

"也没出去吃饭？"

"没有，没心情，在家吃了点方便面。"

"那可不行，高强度脑力劳动，光吃方便面哪行——"

关跃进话说一半，手机突然响了，他接起电话，"嗯嗯啊啊"了半天。

挂断电话，关跃进面露歉意，说："队里有点事，今天先聊到这儿，咱们改天再聊。"

董旸文闻言起身送关跃进、严缜二人出门，走到门边，关跃进突然扭头问："能不能借厕所用一下，有点内急。"

董旸文指向里间，说："就在那边，转过去就看到了。"

关跃进谢了一声，一溜烟钻进里间。董旸文陪严缜站在大门口等关跃进，他这才发现，进门以后，严缜几乎一句话都没说。

"你们也挺辛苦啊。"董旸文没话找话说。

"习惯了——"

严缜还想多说两句，突然从里间传来关跃进持续不断的口哨声。

石佛　61

口哨声伴随着嘘嘘水声,一时间,严缜和董旸文都有些尴尬,各自眼睛都不知道看哪里才好。

好不容易,口哨声停住了,安静片刻之后,是稀里哗啦冲水的声音,然后关跃进提着裤子,表情释然地走了出来,一边走还一边念叨:"年轻的时候,憋得住尿憋不住话,年纪大了,话是憋得住,尿憋不住了,没办法。"

——你现在哪是憋得住话的样子?

严缜和董旸文几乎同时在心里冒出这句话。

路过餐桌时,关跃进停了下来,指着棋盘问:"这局棋,是两个韩国棋手下的?"

董旸文一愣,点头称是。

"赢的那个,也进了耳赤杯决赛圈吧?"

董旸文心中不安,却只能继续点头。

"徐天睿死了,你就能递补进决赛圈了吧?"

"这得让主办方来定。"

"我看你研究对手的棋局,还以为你已经进决赛圈了呢。"

"我是职业棋手,研究国际比赛的对局,很正常吧。"

"我没说不正常,你别紧张呀,你看你又没表情了。"关跃进笑嘻嘻地说。

董旸文愈发不安了,沉默地看向关跃进。

"不过有一点我挺好奇的,"关跃进站在原地,丝毫没有挪脚的意思,"你年纪这么轻,到底是怎么憋住不问的。"

"问什么?"

"徐天睿是怎么死的呀,我们聊了这么半天,你一直都没问过我这个问题。"

关跃进笑眯眯地看着董旸文。

…………

有那么一瞬间，董旸文觉得自己耳朵红了，他希望关跃进没看见。

4

就在关跃进和董旸文互打机锋的时候，赵晓元和廖捷在刑侦大队和徐天睿父母见了面。

徐父徐母得知儿子死讯，一早就从重庆赶过来了。徐天睿是家中独子，丧子之痛让徐父徐母悲不自胜，中午在大队刑事科学技术室见儿子"最后一面"时，徐母更是当场哭晕过去。

一直到下午，徐父徐母的情绪稍微稳定了一些，赵晓元才正式找他们谈话。徐父徐母都是高级知识分子，分别是重庆两所知名大学的博士生导师。

徐母看起来很年轻，身材高挑，平时应该挺注重保养的，只是此时哭得双眼红肿，目光呆滞，连话也说不出几句。徐父稍微好一点，不过脸色也是灰暗得吓人，他身高几乎和赵晓元差不多，只是瘦很多。

不待赵晓元寒暄完毕，徐父就急切地问："赵队长，你们要对天天进行解剖检查，是不是怀疑天天的死有什么问题？"

"我们也是为了负责嘛，毕竟悲剧发生了，我们得弄清楚背后的原因，这样才能给你们一个交代。"

赵晓元话说得滴水不漏，此时此刻他还不想向死者家长透露太多。

徐父听出赵晓元有所保留，不过也没有追究，只是红着眼睛点了点头。徐父是搞法律研究的，对司法程序比较熟悉。

"你们平时都在重庆，是吧？"

石佛　　63

"我们平时挺忙的，就寒暑假的时候会来成都，陪天天住一段时间。"

"琥珀溪岸的房子，是你们给徐天睿买的吗？"

"嗯，天天入段以后，我们本来想让他回重庆，进重庆的围棋俱乐部，但各方面机会不是很合适，最后还是留在成都了。"

"所以你们就在成都给徐天睿买了房子？"

"是，我们寒暑假也要来成都，有房子方便些。"

"我看那房子装修得挺讲究的，花了不少钱吧？"

"是花了点钱，不过——"徐父看了一眼徐母，说，"我爱人是学建筑的，她找了成都这边做建筑师的同学，从头到尾帮忙弄的。"

"装修钱也是你们掏的？"

"嗯，"徐父有些奇怪，问道，"怎么了？"

"没有没有，"赵晓元连忙否认，"我只是好奇罢了，我看房子装得这么讲究，做职业棋手收入应该很高吧？"

徐父摇摇头，说："职业棋手的收入，说高也高，说不高也不高。"

"怎么说呢？"

"在俱乐部光靠打比赛，那点出场费养活自己都够呛。"

"要是赢了比赛，有奖金的吧？"

"那也不够，再说一年下来，普通棋手得不了几个名次的。"

"那怎么办呢？"

"你要在比赛里打出点名气来，就可以到外面的道场去教棋，那个收入高。"

"哦，明白了，某种程度上，职业棋手打比赛，争成绩，其实是在给以后铺路，我这么说对吧？"

徐父想了想，说："可以这么理解。"

"那现在徐天睿还处在积累阶段，对吧？"

"嗯。"徐父点点头，"说实话，我们家经济条件还行，也不急着让天天挣钱，想着等他专心多打几年比赛再说吧，谁能想到……"

说到这里，徐父的眼睛又湿了，赵晓元连忙转移话题，说："徐天睿有女朋友吗？"

"没有。"

徐父说完之后，又看了看徐母，徐母同样也摇头否认。

"哦，他没跟你们说？"

"说什么？"徐父很惊讶，问道，"天天有女朋友？"

"据我们了解，是有的。"

"是谁你们知道吗？"

"是他们俱乐部一个女棋手，叫白佳嘉的。"

"哦，"徐父露出了然的神情，喃喃道，"是佳嘉啊……"

"你们认识？"

徐父和徐母同时点了点头。徐父说："佳嘉是从小和天天在一个道场学棋的孩子，也算是我们看着长大的。"

"佳嘉是个好女孩。"徐母补了一句。也许是想到儿子已经去了另一个世界，永远不可能拥有家庭了，徐母的眼泪又流了出来。

赵晓元连忙递上纸巾，转移话题道："徐天睿是在成都学棋的，对吧？"

"是的，在石室道场。"

"为什么送到成都来学呢？"

徐父答道："石室道场的总教练叫蒋渝，我上大学的时候就是他的棋迷了。所以听天天说想学棋，我就直接把他送到成都来了。"

"你也是围棋迷吧？"

"我读大学的时候，刚好赶上聂卫平在中日围棋擂台赛上十一连胜，我就是那个时候喜欢上围棋的，结果一发不可收拾。"

"所以徐天睿走上职业围棋的道路，是受你影响？"

"是，我这辈子最大的遗憾，就是接触围棋太晚了。天天从小就看我下棋，看着看着，就对围棋产生了兴趣。后来我发现，天天是个学围棋的好苗子，就下定决心，不让我的遗憾在天天身上重演，所以很早就把他送到道场专门学棋了。"

"俱乐部有好几个石室道场出来的棋手，除了徐天睿、白佳嘉，还有一个叫董旸文的，你们认识吗？"

"认识，小文嘛，"徐父连连点头，"那孩子跟天天是好朋友，他家是单亲家庭，挺不容易的。以前我们来成都，经常带天天、小文，还有佳嘉一起出去吃饭。有的时候给天天买东西，也会顺便给小文买一点。"

——果然，董旸文和白佳嘉两个人，都是要重点调查的对象，不知道这个时候关跃进去见董旸文有没有取得什么突破。

想到这里，赵晓元忽然有了几分期待。

5

"那娃娃，绝对是个日白匠[1]！"

从董旸文家出来，走进电梯的时候，关跃进幽幽地冒出了一句四川话。

"师父，你不是不懂围棋吗？"严缜满脸惊讶，"你是提前就知道那局棋，是耳赤杯预选赛的棋局？"

"猜的。"

"猜的？"

严缜还想说什么，电梯在五楼停住了，他只得闭口不言。一个推着婴儿车的老妇慢悠悠地进了电梯，关跃进朝电梯门边让了让。

---

[1] 四川方言，指爱吹牛、说谎的人。

突然，关跃进瞥见了电梯门外的什么东西，只见他一个箭步蹿出了电梯。严缜急忙跟着也出了电梯，这才发现关跃进站在一户门边，打量着门上贴着的一张粉红色的条子，那是五月二十日当天的天然气安全检查通知单。

关跃进将通知单撕了下来，小心翼翼折好揣进兜里。

"师父，什么情况？"

关跃进没有回答严缜的问题，只是若有所思地说："徐天睿的尸检结果出来了，案情有重大变化。"

6

一老一少两个警察离开后，董旸文把手伸进衣服，发现后背沿着脊梁，已经密密麻麻出了一层汗。这些汗肯定不是因为天热才出的。

董旸文发现他把警察想简单了。就在五分钟前，他差点因为疏忽，被那个叫关跃进的老狐狸套住——

"你跟徐天睿是发小吧，他怎么死的，你就一点不好奇吗？"

说这话时，关跃进紧紧注视着董旸文的眼睛，那精光四射的眼神，分明来自一个即将得手的老练猎手。

"上午问话的时候，你们同事不是说了吗，"董旸文大脑飞速运转，寻找着恰当的说辞，"说小天意外死亡。"

"意外死亡也分很多种呀，比如车祸，比如坠楼，比如中毒。你不想知道发小具体是怎么死的吗？"

"今天上午你们问完话以后，教练专门训话，让我们积极配合警方，不该打听的不要乱打听。"董旸文找到了适合的"挡箭牌"，"所以我才什么都没问。"

"那你很听教练的话呀。"

"包教练很严格,我们挺怕他的。"

"严师出高徒嘛。"关跃进嘿嘿一笑,仿佛双方刚才的剑拔弩张根本就没发生过。

"对了——"就在关跃进即将跨出大门的时候,董旸文叫住了他,说,"我能问一下吗?"

"什么?"

"小天是怎么死的?"

关跃进露出狡黠的笑容,缓缓说:"你教练说得对,不该打听的不要乱打听。"

7

当天晚上八点,T分局刑侦大队,召开了第二次案情分析会。与会的人除了一中队的刑警,还从二中队抽了几个人,此外还有案发辖区派出所的民警,法医老马也出现在了会议现场。

"先说说尸检结果吧。"

主持会议的赵晓元一句废话没有,单刀直入。

老马扶了扶眼镜,用毫无起伏的语调说道:"首先是死亡时间,从尸体僵硬情况,结合胃内容物消化情况来看,死者死于五月二十日二十点到二十二点之间。死亡原因是颅脑损伤,体内没有检查出毒物残留。这些和初步检查时得出的结论是一致的。我们打开死者颅骨后,发现除了后脑枕部严重的脑挫伤外,死者额部也有一处脑挫伤,不过额部这处脑挫伤对应的颅骨和头皮没有损伤。"

老马一边说,一边用笔记本电脑通过投影播放尸体各个部位的照片。对普通人来说,这些照片看上去既血腥又恐怖,不过在座的警察早就习以为常。老马解释道,额部这处脑挫伤,就是所谓的对冲伤。出现对冲伤，是因为死者颅脑受力运动后突然停止，造成的一种减速运动损伤。如果死者被人击打头部，是不会出现对冲伤的，这也从侧面说明了，徐天睿的确死于摔跌造成的颅脑损伤。

"这么说，还是意外死亡了？"

"本来现场也没发现外人进入的痕迹。"

老马的话引起了会议室里的一片议论声。只见老马轻轻咳嗽了两声，刑警们纷纷停止了议论，他们知道这是老马发表重大发现之前的惯常动作。

"我们在切开死者头皮的时候，发现他的帽状腱膜下，有一块血肿。"

此时幕布上出现了血肿照片，有经验的刑警已经意识到了事态的变化，表情严肃起来。老马解释道，帽状腱膜是头皮内一层由致密的纤维组织构成的膜，它下面是疏松的结缔组织。有了帽状腱膜，头皮附着在颅骨上才能有滑动的空间。而帽状腱膜出血，一般是拉扯头发或者头皮才能形成的。

"你是说，有人抓着死者的头，狠狠磕在浴缸上？"

赵晓元看着老马。

老马点点头，说："除此之外，还有一个发现，我们在死者体内，检查到了安眠药物残留。"

老马表示，本来分析药物成分还得花点时间，但是他们在死者家中找到了一种叫唑吡坦的安眠药。经过核对，死者体内的药物，正是唑吡坦，死者应该是在死前一到两个小时服下的安眠药。

赵晓元立刻问道："那个唑吡坦，是哪儿来的？"

廖捷答道："是俱乐部队医开给死者的，队医说死者长期失眠，经常找他开安眠药。"

幕布上出现了一张在徐天睿家客厅拍摄的照片，镜头正对着电视机斜对面，位于卧室门口的高脚柜。柜子的一个抽屉打开，里面满满的都是各种各样的药物。其中一个十片装的吸塑药片板被圈了起来，板上只剩下了三颗药丸。这就是在徐天睿家里找到的唑吡坦了。

刑警们立刻忍不住了，小声议论起来。据调查，不管午饭还是晚饭，死者都喝了很多酒。死者长期吃药的话，不可能不知道安眠药不能酒后服用。这只能说明有人给死者下了药，将他弄进浴缸，抓着他的头，将他撞击致死，然后把这一切伪装成了意外死亡。

赵晓元看向此前一直沉默不语的霍建斌。霍建斌轻轻敲了几下桌子，示意大家安静，待会议室静下来后，霍建斌沉声道："既然尸检结果有了明确指向，接下来我们就按凶杀的方向进行调查。局里已经决定，成立'五·二〇'案专案组，由我担任组长……"

霍建斌再次强调了上级对该案的重视，以及侦办该案的复杂性。"五·二〇"案专案组以刑侦大队一中队为骨干，同时抽调二中队以及辖区派出所部分人员作为补充，因此由一中队队长赵晓元担任副组长，主持一线工作。

"专案组既有刑侦大队的同志，也有辖区派出所的同志，我希望大家都能服从专案组的统一安排、调配，分工不分家，相互协作，相互支持，积极主动地投入专案工作。大家能不能做到？"

"能！"

面对霍建斌的询问，会议室内众人以气势十足的回答予以响应。

"很好。"霍建斌点点头，眼睛逐一扫过会议室内众人，"尽快破案，抓住凶手！"

第四章 天才

1

第二天一早,关跃进、严缜就赶到了白佳嘉在世纪城附近租住的小区。昨天,白佳嘉在MCN公司接受了警察的初步询问,之后她就向俱乐部和MCN公司请了假,要在家休息一段时间。

白佳嘉住在二十三楼,严缜按了半天门铃才有人应门。

"你好,我们是T分局的,找你了解一下情况。"严缜冲猫眼亮出证件。

门很快开了,一个面色苍白的女孩出现在严缜、关跃进面前。严缜不是没见过美女,可是像白佳嘉这样,美丽和知性如此浑然天成的女孩,他还是第一次见。尽管白佳嘉穿了一身有点旧的碎花居家服,素面朝天,还神情憔悴,严缜依然不由自主地对她产生了好感。

"你愣着干吗,说话啊!"

在关跃进的提醒下,严缜终于回过神来,忙不迭介绍道:"我叫严缜,严格的严,缜密的缜,这位是关跃进关警官。"

关跃进翻了个白眼,对白佳嘉笑道:"你别管他,早上憨吃闷胀,脑动脉硬化，脑子不太好使了。"

严缜急了，说："刚刚吃四个包子的人是你，不是我！"

关跃进理都不理严缜，对白佳嘉说："我们能进去说吗？"

白佳嘉闪身让关跃进、严缜进屋。白佳嘉家里收拾得非常整齐，空气中还散发着一股淡淡的香气。

白佳嘉请关跃进、严缜在沙发上坐下，有些拘谨地说："不好意思，我刚起来，能让我先进去收拾一下，换身衣服吗？"

"不好意思的是我们，一大早就上门打扰。"关跃进欠身道，"你快去收拾吧，我们先坐一会儿。"

白佳嘉转身进里间梳洗去了。趁此期间，关跃进背着手在客厅四处溜达，东瞅瞅西看看。

"师父，看什么呢？"严缜小声问。

关跃进不理严缜，只见他走到墙角，蹲下来用手抹了一下地板，然后在衣服上擦了擦手，若有所思。

"怎么了？"严缜好奇地走到关跃进身边，压低声音问。

"这个白佳嘉，很爱干净，你看房子里收拾得特别整齐。"关跃进小声说。

"嗯，现在这么会收拾的女孩不多见了。"

"但是你看，墙角这里还是有一层浮灰。"

"你也别太吹毛求疵，又不是你家。"

关跃进瞪了严缜一眼，说："你真的是'夜明珠蘸酱油，宝得来有盐有味'[1]！我的意思是，这两天白佳嘉一定很受打击，没心情打扫，墙角才会有新落下的灰。"

"哦，我知道，细节是魔鬼嘛。"

"老子再说一遍，"关跃进翻着白眼，"是魔鬼藏于细节！"

---

[1] 四川歇后语，宝，指夜明珠，运用中指像活宝的样子。有盐有味，运用中作补语，表状态，带讥笑色彩。

"喝茶吗?"

就在关跃进、严缜躲在墙角咬耳朵的时候,白佳嘉从里间走了出来。她洗了脸,换上了白衬衣和灰色西裤,整个人看起来精神了很多。

"谢谢!"

关跃进拉着严缜回到沙发上坐下,白佳嘉进厨房泡好两杯热茶,端了上来。

"男朋友的死,对你打击很大吧?"待白佳嘉在对面的单人沙发上坐下,关跃进开口问道。

"嗯。"白佳嘉的声音听上去很难过,说,"发生这种事,我根本想不到……"

"你跟徐天睿在一起,有多久了?"

"没多久,四个多月吧。"

"那就是今年元旦之后,你们才在一起的?"

"是。"

"当时除了徐天睿,还有别人追你吧?"

白佳嘉脸瞬间红了。

"嗯。"

"是谁追你?"

"……是小文,董旸文。"

白佳嘉低着头,避开了关跃进和严缜的视线。

"你们三个,从小一起在道场学棋,关系都很好吧?"

"嗯,我们是发小。"

"两个发小同时追你,挺为难的吧?"

白佳嘉点点头,说:"所以我跟小天在一起的时候,要他先保密,我不想破坏我们三个人的关系。"

"哦。"关跃进恍然大悟,"怪不得俱乐部的人都不知道你和徐天睿在一起，原来是这样。"

白佳嘉有些难为情，说："当时……当时小天和小文，都在准备耳赤杯的比赛。我怕小文受影响，就想等比赛结束后再告诉他。"

"可是董旸文还是知道了，对吧？"

白佳嘉轻轻叹了口气，点头称是。

"他跟你提过，他是怎么知道的吗？"

白佳嘉老老实实将情人节当天董旸文向她表白失败，又在停车场撞见她和徐天睿外出一事说了出来。在这件事上，董旸文和白佳嘉的说法基本一致，可是白佳嘉接下来的话，出乎关跃进意料之外。

"我没想到，小文一直藏在心里，直到比赛结束，才告诉我他已经知道了。"

关跃进急忙问道："是二十日当天吗？"

"嗯。"

"具体什么时候？"

"下午，三四点钟的样子。"

"你去了他家里？"

白佳嘉点了点头。

"这个情况昨天你怎么没说？"

关跃进的语气让白佳嘉紧张起来，她结结巴巴地说："昨天那两个警官，只是问了我离开小天家之后的事，没问之前我干了什么啊……"

昨天在 MCN 公司，白佳嘉向问话的警察表示，二十日晚饭后，她和徐天睿一起回了家，原本打算在琥珀溪岸留宿，可是徐天睿喝多了，因为一点小事和白佳嘉发生了口角，白佳嘉一气之下就打车回家了。

"别紧张。"关跃进放缓了语气，"这事董旸文也没告诉我们，所以我们还不知道。"

白佳嘉有些错愕，喃喃道："也许小文是不想牵扯我……其实那天小天跟我吵架，也是因为我下午去见了小文……"

白佳嘉将二十日下午她从 KTV 离开，去南岗佳苑见董旸文，之后又被徐天睿叫回去的事，逐一说了。

说着说着，白佳嘉突然惊呼一声，有些焦虑地问："这事小文没跟你们说，他不会有麻烦吧？"

"隐瞒肯定是不对的。"关跃进沉吟片刻，说，"不过事情本身关系不大，说清楚就行了，我们不会为难他的，你放心吧。"

听到关跃进这么说，白佳嘉神情总算放松了一些。

"所以那天徐天睿跟你吵架，是因为他吃醋了？"

白佳嘉点头，说："小天每次喝多，都很难控制自己的情绪。那天如果他只是吃醋，我还不至于气得直接回家，当时他做了一件很过分的事……"

"什么事？"

"他用我的手机，打给小文，把小文骂了一顿，还要小文以后不准私下见我了。"说到这里，白佳嘉的眼圈红了，"他这一闹，以后我们三个还怎么当朋友……"

——有白佳嘉这样的女朋友，任何男人都很难忍住不吃醋吧！

严缜一边想，一边从挎包里掏出面巾纸，递给白佳嘉。

白佳嘉道声谢，将面巾纸拿在手里，虽然泪珠在眼眶里转了又转，最终还是强忍着没有流出来。

待白佳嘉恢复常态，关跃进才继续发问："听你描述，徐天睿好像脾气不太好？"

白佳嘉沉默地点点头。

"我看徐天睿家里条件挺好的，是他爸妈太惯他了吧？"

"也不是，叔叔阿姨都挺好的。"白佳嘉想了想，说，"他们就是觉得，孩子还那么小，就把他一个人送到外地学棋。做父母的没办法陪着孩子，心里有愧疚，所以总想着尽量补偿孩子。"

关跃进有些惊讶，感慨道："我没想到你年纪轻轻，就能站在父母的角度思考，真不容易啊。"

"因为我爸爸也是这样对我的……"白佳嘉的视线飘向窗外，失神片刻，又重新打起精神，对关跃进说，"都说女孩子早熟一点，可能是这样吧，我很小的时候，就能猜到大人的好多心思。"

"我听俱乐部的人说，每次徐天睿输棋都会乱发脾气，手里逮着什么摔什么，像个小孩似的。"

白佳嘉苦笑着摇摇头，说："小天其实人不坏，就是有时候控制不住自己的情绪。"

"这我就不懂了，"关跃进沉吟起来，"董旸文跟我说，职业棋手要'泰山崩于前而色不变'，否则对手很容易就能猜到你的真实想法，所以他还要学那个韩国棋手李敏镐，专门训练自己的面部表情——"

"不是李敏镐，是李昌镐！"严缜忍不住纠正关跃进。

"哦，对，是李昌镐，"关跃进随即又疑惑起来，喃喃道，"那李敏镐又是谁？"

"李敏镐是一个韩国男明星！"白佳嘉语气轻松地答道，关跃进的话逗得她放松了许多。

"原来是韩国明星啊，那我可能是从老伴儿那儿听说这个名字的，她以前特别喜欢一个韩国男明星，叫裴……反正裴什么俊的。"

"裴勇俊？"

"啊，对对对，裴勇俊。"关跃进一拍大腿，说，"嘿，你不知道，那段时间她天天在家守着电视看韩国连续剧，哭得那是鼻子不是鼻子，眼睛不是眼睛的，几十岁的人了，也不嫌害臊。"

说到这里，关跃进忽然想起什么，对白佳嘉说："我看你对韩国明星挺熟的，你也追星？"

"追星谈不上，我就是偶尔看看韩剧什么的，放松一下。"

"你喜欢看韩剧呀,"关跃进若有所思地说,"我还以为你们职业棋手每天除了围棋就是围棋呢。"

"那怎么可能,棋手也是人哪。"

"我看小董就很刻苦,时间都花在下棋上了。"关跃进挠挠头,"他连韦小宝是谁都不知道,还说他从来不看小说。所以我在徐天睿家,看到那么多游戏光碟,还有游戏机的时候,还挺困惑的,觉得这也不像职业棋手的书房啊,怎么棋谱都没几本呢。"

白佳嘉苦笑了一下,说:"小天和小文,是截然不同的两种棋手。"

"哦,这怎么说?"

"小天是灵感型的棋手,他对棋艺有自己的理解,下棋的时候凭感觉,经常能下出一些'神经刀'的招法,让人看了觉得眼前一亮。小文完全相反,下棋像教科书一样,一板一眼,优点是发挥稳定漏洞少,可是也让他的棋局看起来有些沉闷无聊。"

关跃进感叹道:"怪不得小董天天琢磨棋谱,他这是想把自己练成围棋百科全书啊。"

"小文是单亲家庭的孩子,挺不容易的。"白佳嘉轻叹道,"围棋对他来说,就是华山一条路,他没别的选择。"

"这我就理解了,穷人家的孩子早当家嘛!"关跃进也跟着叹了一口气,"不过小董这事要是换到我头上,我也想不通。"

"什么事?"

"耳赤杯比赛呀。"关跃进诚恳地说,"你看,小董那么刻苦,又那么认真,结果还是赢不了徐天睿,就连喜欢的女孩也……"

说这话的时候,关跃进偷瞄了白佳嘉一眼,只见白佳嘉垂下眼帘,表情有些不自在。

"这件事对小文的打击,确实挺大的。"

白佳嘉没有说"这件事"是指比赛,还是指她的选择结果。

"所以小董才会对徐天睿心生不满。"

天才

关跃进的话让白佳嘉警惕起来。她疑惑地看着关跃进,说:"我不明白,这些事情和小天的意外,有关系吗?"

"当然有关系了。"关跃进眯起眼睛说,"实际上,根据尸检结果,我们有理由认为,徐天睿是被人杀害之后,故意伪造成意外死亡的。"

"什么?!"

白佳嘉全身一震,脸上好不容易恢复了一点的血色,瞬间褪去。

"不瞒你说,我们现在正在调查徐天睿的人际关系,看看他有没有什么金钱啦感情啦之类的纠纷,这些纠纷往往会招来杀身之祸。"

白佳嘉似乎很难消化这个消息,她不安地扭动着身体,眼神恍惚,半晌都说不出一句话。

2

送关跃进、严缜离开后,白佳嘉在玄关处站了很久,才算是回过一点神来。

白佳嘉打开笔记本电脑,用小号登录了围棋网站"手谈网"。手谈网是国内较大的一个围棋平台,许多职业棋手也会用小号在上面下棋。白佳嘉从好友列表里找出一个叫"棋待诏"的,点开了对话框。手谈网的好友对话框除了能打字聊天外,还能语音通话,这是董旸文与白佳嘉约定的秘密联系方式,"棋待诏"正是董旸文的小号ID。

白佳嘉按下了通话键,等待了几十秒,电脑里传来了董旸文的声音。

"警察找你了?"

"嗯,就是你说的那个关跃进,还有一个叫严缜的。"

"你都照我教你的说了?"

"嗯。"

"那就好,你尤其要小心那个关跃进,他是典型的'面带猪相,心中瞭亮'[1],非常会套话。"

"我知道,他一直套我话,想从我这儿弄明白你和小天的纠葛。"

"你跟他说了二十日下午见过我,他肯定会再来找我的,你放心,我来对付他。"

"可是……"

白佳嘉的声音听起来有些颤抖。

"怎么了?"

"警察知道小文不是意外死的。"白佳嘉停顿了好一会儿,才让声音稳定下来,"他们做了解剖,好像发现了什么疑点,反正现在警察认定,小天是被人杀害,再伪装成意外死亡的!"

白佳嘉的话让董旸文也沉默了好一阵。

"不要怕。"长考之后,董旸文低声说,"我本来也没想能瞒过警察,现在科学技术手段这么发达,他们查出来不奇怪,我只是没想到这么快。"

"那怎么办?"白佳嘉十分紧张。

"没关系,我这么布置,只是想拖延点时间,既然警察识破了,那就只能刀对刀枪对枪地干上一场了。"

"你要怎么做?"

"你别问了,这事你知道的越少越安全,总之我有办法。"

"可是……"

"关跃进问了你的不在场证明没有?"

尽管知道董旸文看不见,白佳嘉还是用力点了点头,答道:"问

---

[1] 四川谚语,指表面憨厚、实际很有心计,常用于骂人。

了，他看了我手机的打车记录，把司机的车牌号都抄下来了，还有我学生的联系方式，我也都给他了。"

"嗯，他们肯定会核查的，不过他们查得越仔细，你就越安全。"

"那你呢，你……"

"我有我的办法，你只要照我说的做，我们都会没事的。"

"嗯……"

"现在抓紧时间，告诉我你们的对话内容。"

白佳嘉听话地点了点头，开始复述关跃进自进门来，和她说过的每一句话。

白佳嘉的父亲是个围棋迷，她刚会说话那会儿，父亲就迫不及待想教女儿下棋，可是白佳嘉对围棋实在没什么兴趣，逼得急了只会号啕大哭。父亲原本心灰意冷，可是没多久，他就发现女儿的记忆力似乎远超常人——凡是大人给白佳嘉念过的漫画书，她都能一字不差地复述出来。

父亲认定，女儿是个天才，他欣喜若狂，下定决心，无论如何一定要把白佳嘉培养成职业棋手！

白佳嘉就是这样，被父亲一路推着，走上了职业棋手的道路。

3

俱乐部总教练兼领队包全胜又矮又胖，发际线后移严重，五官的搭配也很潦草，可他紧绷的嘴角，富有洞察力的眼神，都让这个沉默寡言的中年男人看上去不怒自威。

教练办公室内，包全胜眯着眼睛不停地抽烟，赵晓元和廖捷坐他对面，正在说明警方进行尸检之后的新发现。

"我们在徐天睿体内检查到了安眠药残留。"负责说明的人是廖捷,他说,"据我们了解,这种安眠药是俱乐部队医开的,徐天睿因为失眠长期服用安眠药。"

包全胜点头说:"这个我知道,其实很多棋手都有神经衰弱的问题,焦虑、失眠都是家常便饭。"

"问题就出在这个安眠药上。"廖捷叹了口气,"当天徐天睿喝了很多酒,晚上他回家前,还在烧烤店和队友喝了一打啤酒。徐天睿自己怎么会在酒后吃安眠药呢,更何况在吃了安眠药的情况下泡澡,那不是自寻死路吗?"

包全胜的眉头皱得更紧了,他将烟头狠狠按灭,说:"所以你们怀疑是有人杀害了徐天睿?"

"嗯。"说话的是赵晓元,"我们现在正在朝凶杀的方向调查,希望俱乐部能配合我们。"

"明白了。"包全胜深吸一口气说,"我们一定全力配合,需要我们怎么做,你们尽管吩咐。"

"先说说徐天睿吧。"赵晓元示意廖捷开始记录,"你作为他的教练兼领队,说一说他是个怎么样的人吧。"

包全胜斟酌片刻,说:"徐天睿是俱乐部比赛成绩最好的一名棋手,我认为他有很大机会冲击围甲,这两年俱乐部也是把他作为重点对象培养。徐天睿很有天赋,尤其是下棋的感觉非常好。"

"这个下棋的感觉,要怎么理解呢?"

"你们看足球吗?"

赵晓元和廖捷同时点了点头。

"好的足球运动员,要对足球拥有强大的感知和控制能力,也就是俗称的人球合一,这就是球感。大部分球员的球感,是通过后天训练得到的,但是有少部分天才球员的球感,是天生就有的。"

"我知道了,你说的就是像马拉多纳、梅西这样的天才!"廖捷兴奋地说。

天才

"对，其实棋手下棋也是一样的，"包全胜耐心解释道，"职业棋手的棋感，既有一部分是训练得来的，也有一部分得靠天赋。爱迪生不是说嘛，'天才是百分之一的灵感，再加上百分之九十九的汗水'，但是很多人不知道这句话后面还有一句，'百分之一的灵感是最重要的，甚至比百分之九十九的汗水都重要'，说的就是这个意思。"

赵晓元立刻抓住了重点，说："包教练的意思是说，其实徐天睿是一个上限还挺高的棋手？"

包全胜点头称是，随即又微微摇头，说："问题是，天赋再高，也需要日复一日地坚持和钻研，在这点上，徐天睿就做得稍微差了一点。"

赵晓元想起徐天睿家里堆积如山的游戏光碟，说："我看徐天睿好像很喜欢打游戏。"

包全胜叹了口气，说："为这事我不知道说过他多少次了，不是说棋手不能玩游戏，而是你把游戏放在一个什么位置上的问题。如果把游戏当作一种放松、调剂的手段，我不仅不反对，还举双手赞成，可是徐天睿的问题，就在于他老想着在游戏这方面也能干点什么事……唉，现在再说这些也没用了。"

"徐天睿还想打电竞比赛？"

"有一次他跟我提过这事，被我狠狠骂了一顿！"

"棋手多方面发展，不是好事吗？"赵晓元挠挠脸颊，"我看你们俱乐部的白佳嘉，好像就在朝网红棋手的方向发展。"

"白佳嘉的情况，和徐天睿不一样。"包全胜斩钉截铁地说。

"怎么不一样呢？"

"职业棋手，也讲究个物以稀为贵，女棋手相较男棋手，数量少，竞争的激烈程度也低，这令事业上的选择多了很多。尤其是像白佳嘉这样的女棋手，很容易得到棋迷的追捧，人气很高，只要她愿意，未来的路其实挺宽的。男棋手不一样，你比赛成绩出不来，说再多也是枉然。"

"这个我懂，"廖捷在一旁补了一句，"竞技游戏，菜就是原罪。"

"职业棋手为什么会菜呢，"包全胜看了廖捷一眼，说，"是因为他们没办法保持专注、保持纯粹。下棋这个事情，说复杂也复杂，说简单也简单，一句话，你怎么对它，它就怎么对你。你一心一意对它，它就一心一意回报你，你若是三心二意，它自然也虚与委蛇，到头来竹篮打水一场空。"

听到这话，赵晓元不禁感慨道："这更像是在说做人的道理啊！"

"棋如人生，人生如棋嘛，"包全胜笑了笑，说，"我年轻的时候也不懂这些，只觉得下棋嘛，能赢就行。都是吃了亏，走了弯路，兜兜转转再绕回来才想明白很多事情。现在想想，别看这三百六十一颗棋子只有黑白两色，包含的道理可深呢。"

"我见了徐天睿父母，他们家经济条件不错，父母对徐天睿也没什么具体要求，我想这可能是徐天睿不能保持专注的一个原因吧。"

"其实这话得分两头来说——"包全胜抽出一支香烟点上，"职业棋手在成长过程中，必然会面临很多现实问题，比如事业啦爱情啦家庭啦之类，这些都会牵扯棋手的精力，让棋手分心。如何克服这些现实问题的影响，保持对围棋的专注，是考验每个棋手的一个重要关口。以徐天睿的家庭条件，很多现实问题他都不用操心，既然起点高，就更应该专注在围棋上才对，所以我每次都苦口婆心地教育他，可惜他始终听不进去。"

说到这里，包全胜吐了一口烟雾，喃喃道："其实徐天睿就是一个被惯坏的孩子，别看长得挺大个头儿的，还很不成熟。"

包全胜对徐天睿的惋惜之情，表现得非常明显。

4

"原来真是警察同志,不好意思啊,我还以为你们是骗子呢,嘻,这真是,怎么说呢,真是小刀刺屁股,开眼了,哈哈哈。"

作为成都最早的富人区,一九九三年成都市民人均年收入只有三千元出头的时候,桐梓林别墅的单价就达到了六千元每平方米。二十多年过去,随着城市的扩展与变迁,桐梓林早已风光不再,只剩下老牌富人区这个称号了。不过在桐梓林,还开着很多售卖红酒、雪茄、烟斗之类洋玩意儿的店铺。

桐梓林一家雪茄红酒俱乐部内,一个梳着大油头,下巴上蓄着山羊胡的中年男人满嘴跑着火车,招呼着关跃进、严缜在沙发上坐下。

"这年头冒充警察的人也多。"

半小时前,严缜给这个叫高谦的人打了好几个电话,对方死活不相信他们是警察,还劝严缜苦海无涯回头是岸,早点投案自首将功赎罪才是正道。此人机关枪一样叭叭叭说了五分钟,愣没让严缜插上嘴。无奈之下,严缜只能打回队里,让同事帮忙查清此人地址,直接找上门来。

"可不是嘛,前两天我一个朋友就是被骗子装警察给骗了!钱损失了倒是小事,关键我朋友水灵灵一个姑娘,差点就被骗子给骗上床了,你说可恶不可恶!"

高谦说得咬牙切齿,严缜只能配合着不停地点头。

"哦,对了,这是我名片!"高谦从桌上拿起两张名片递到关跃进、严缜手里,"相逢就是缘分,我做红酒、雪茄生意十多年了,以后警察同志需要的话,尽管给我打电话,我一定给你们全成都,哦不,整个西南区域最低的折扣!"

严缜张嘴刚想说话,又被高谦打断:"哎哟,你看我,光顾着说话,也没请二位尝尝雪茄!看,正宗苏门答腊进口,巧克力咖啡味,我也是刚拿到的,一起尝尝!"

高谦边说边从铝管里取出两支雪茄,快速打量着严缜、关跃进,暗自琢磨着要先塞给谁。从进门开始,就嫌弃对方话痨而一言不发的关跃进突然后退一步,悄悄指了指严缜,暗示此人才是"领导"。高谦立刻会意,热情地将雪茄朝严缜手里塞。

严缜接也不是不接也不是,不知所措地回头看关跃进,谁知关跃进缩到一边,装出一副没事人的样子。

"别别别,咱们执行任务呢,不能拿群众一针一线!"严缜连连摆手,好说歹说才劝住高谦。

"哎呀,二位警官实在太客气了,你看我刚才电话里骂你们骂得那么过分,我心里实在过意不去,想请你们尝尝新到的雪茄,算是我赔礼道歉,你们也不肯,我这实在不知道干点啥好了。"

"你就踏踏实实坐下来跟我们聊一会儿就行,我们就是想了解点情况,不用整那些有的没的。"

"行!"高谦一屁股在沙发上坐下,"二位想问什么尽管问,我一定知无不言言无不尽!"

听到这句话,严缜暗自松了口气,从进门到现在整整二十分钟,终于绕到正题上了。严缜一直以为关跃进是个标准的话痨,今天他才算是见识到真正的话痨是什么样了——用高谦的话说,正是"小刀刺屁股,开眼了"!

"你喜欢围棋吧?"

"哎哟,你们连这也知道!"高谦一愣,随即掰着手指说,"实不相瞒,我对围棋啊,已经不能叫喜欢了,那叫爱!这个世界上,能让我跟人聊上三天三夜的东西,除了红酒、雪茄,就是围棋了!"

"你在手谈网上,购买了白佳嘉的一对一指导棋课程吧?"

"对啊,我特别喜欢白老师!"高谦一愣,"怎么了,难道我中杀猪盘了?不可能啊!"

天才

"不是杀猪盘。"严缜哭笑不得,"我们就是想问,五月二十日晚上,你是不是跟白佳嘉下了一对一的指导棋?"

"五月二十日……"高谦歪着头想了想,"对啊,我是跟白老师下了一盘棋……哎,警察同志,你们别误会啊,我就是老老实实、规规矩矩地跟白老师下棋,没干什么违法乱纪的事情啊!"

"我们没误会,你也别误会,我们就是想了解一下这盘棋的事,没别的!"

高谦"哦"了一声,突然压低了声音,神神秘秘地说:"是不是白老师遇到了什么麻烦?要是白老师有麻烦,需要我做什么,尽管吩咐!白老师可是我偶像,不管上刀山下火海,白老师的忙我一定帮!"

"你要想帮白老师,就原原本本地把二十日下棋的经过给我们讲一遍!"

"行!我不是在手谈网上买了白老师的一对一指导棋课程嘛,白老师特别有耐心,每次下完棋,都花很长的时间帮我复盘!白老师每次讲棋,不仅思路清晰,讲的内容还特别通俗易懂,最关键白老师人长得漂亮,声音也好听,讲起棋来那叫一个赏心悦目!"

"说正事,说正事!"严缜忍不住提醒道。

"对对对,你看我这人说话老是偏题,我女儿现在青春期,都不跟我说话了,你说说,这跟谁讲理去!"

——我是你女儿我也不想跟你说话!

严缜咽了半天才把这句话咽回肚子里。

"那天下棋,你们是事先约好的吗?"

"不是,是临时约的,白老师跟我下棋都是临时约时间。"

"为什么不固定时间呢?"

"其实这是我主动要求的。"高谦有些不好意思,"我平时生意忙,应酬还特别多,固定时间的话挺难安排的。不过白老师人特别好,答应我上课时间可以商量着来，只要她那边时间也方便就没问题！"

"二十日那盘棋，你们是什么时候约好的？"

"我想想，应该是晚上八九点钟的样子吧，我查查手机！"

高谦掏出手机，打开手谈网软件，找到了他和白佳嘉的私信聊天记录。二十日晚上八点五十二分，白佳嘉发私信问高谦半个小时后有没有时间，她可以跟他下一盘指导棋。

"你看，二十日那天是星期三，本来朋友约了我吃饭打牌，结果那小子临时有事，放我鸽子。我早早就回家了，没想到正好，白老师约我下棋，我肯定就答应了呀！"

严缜将手机还给高谦，其实两人的私信聊天记录白佳嘉已经给他看过了，他看高谦手机纯粹是为了确认这点。

"白老师这人特别准时，说半小时那肯定就半小时，所以我赶紧收拾收拾，早早就坐在电脑前等着白老师了。"

"你们这盘棋下了多久？"

"两个小时肯定得有！"高谦翻着手机，"我查查记录，软件里应该都有……喏，你们看，连下带讲，总共两个半小时！"

高谦展示给严缜的，是手谈网软件个人账户里记录的对局时间，这个之前白佳嘉也给严缜、关跃进看过了。

"你们下棋，是开了视频的吧？"

"那必须呀！"高谦斩钉截铁地说，"本来这个课程就是带视频指导的，更何况像白老师这么漂亮的棋手，不开视频那不是亏到姥姥家了吗？不瞒你们说，每次白老师跟我下棋，全程我都录下来了，时不时我还拿出来再看呢！"

一直沉默不语的关跃进突然开口了，说："二十日那天，你也录了？"

"当然了，我打算回头把这些视频都刻成光盘收藏呢！"

"二十日的录像，我们要拷贝一下。"

"没问题，视频都存在移动硬盘里呢，我带你们去拷。"

高谦拍着胸脯说。

5

"其实当初蒋老把徐天睿他们几个交到我手上的时候，特意嘱咐我，让我一定要教好这几个孩子，尤其是徐天睿，得让他好好收心，没想到……唉，现在再说这些都晚了！"

包全胜说的"蒋老"，正是石室道场的总教练蒋渝。

赵晓元看向茶几，进门前还空无一物的烟灰缸，此时已经被包全胜塞满了烟屁股。思索片刻，赵晓元追问道："对徐天睿，蒋老师是怎么说的？"

包全胜叹了口气，说："其实我跟你们聊的这些，当初蒋老都跟我交代过了。蒋老说徐天睿这孩子有天赋，就是心性还得再磨炼磨炼，否则只能赢不能输，是不可能成为真正的棋手的。"

"只能赢不能输？是什么意思？"

"徐天睿是个非常情绪化的人，赢棋的时候还好，无非是手舞足蹈、大呼小叫一番，输棋的时候就很难搞了，经常一整天一句话都不说，还动辄对身边人发火、摔东西。"

"竞技体育，输赢当然很重要了，赢了欣喜，输了难过，这也能理解吧。"闻听此言，廖捷不解地说道。

包全胜微微一笑，说："你们听说过'吐血局'吗？"

赵晓元和廖捷同时摇头。

"日本江户幕府时代，管理棋坛的围棋第一人称为'名人'，就像武侠小说里的武林盟主一样。那时候日本棋手分为四大门派，为了争夺'名人'之位，打得不可开交。有一次，井上家的大弟子，叫赤星因彻的，奉命挑战本因坊家的家主丈和。赤星因彻这次挑战，其实背负了井上家和本因坊家几十年来的恩恩怨怨，他是输不起的。"

"结果他就输了？"

包全胜点头，说："对局的时候，丈和连续下出第68、70、80三步妙手，一举奠定优势。下到第246手的时候，赤星因彻自知取胜无望，竟然一口老血喷了出来，栽倒在棋盘上，两个月后就含恨离世了。他和丈和的这番生死相搏，就是围棋历史上有名的'吐血局'。"

"妈哟，下棋还能把人下死。"廖捷喃喃道，"真不知道小日本怎么想的！"

包全胜将视线投向窗外，自顾自说道："围棋只有胜负，没有和棋，棋手的每一局棋，只会有赢、输两种结果，就像这棋子一样，非黑即白，没有第三种选择。所以日本人管职业棋手叫'胜负师'，赢了享受鲜花掌声，输了忍辱含羞，甚至丢掉性命。但我认为，这不是真正的棋道。围棋啊，不能只看胜负。"

"那看什么呢？"

包全胜从窗外收回视线，盯向满满当当的烟灰缸，仿佛这才是世界的全部，沉吟道："围棋的胜与负，就像人生的得与失。这世界上，没有人只得不失，也没有棋手只赢不输。输棋肯定痛苦，我总拿'下油锅'比喻输棋，棋手每输一次棋，那感觉就像下了一次油锅，但这就是棋手的人生。赢得了，输不起，不能算真正的棋手。"

"那真正的棋手是什么样呢？"

"村上春树有句话我很喜欢，他说，'死亡并不是生命的对立面，而是作为生命的一部分永存'。我借用这句话来说，"说到这里，包全胜略作停顿，用非常严肃的语气说，"输棋同样不是赢棋的对立面，而应该作为赢棋的一部分永存。我觉得，能懂得这一点的，才是真正的棋手。"

包全胜的话引来赵晓元、廖捷长久的沉默。过了好长一段时间，赵晓元才打破沉默，颇为感慨地说："包教练说的，既是下棋的道理，也是做人的道理啊。"

"所以说，棋如人生，人生如棋嘛。"包全胜再次念叨起来。

赵晓元恍然悟道："包教练的意思是说，徐天睿的问题，不在棋上，而在他这个人上。"

包全胜露出"孺子可教"的神情，说："当初蒋老曾给我讲过发生在徐天睿身上的一件事，我印象非常深刻。那是十年前，徐天睿还在读小学的时候……"

接下来，包全胜将二○○五年徐天睿去北京参加比赛，因为输棋踩踏河冰，被组委会取消参赛资格的事，娓娓道来。

听完包全胜的讲述，赵晓元想到什么，说："徐天睿这种性格，遇到挫折只是自己生闷气则罢了，如果老是把无名邪火发泄在他人身上，那他早晚要被邪火反噬呀。"

包全胜静静看着赵晓元，没有说话，那眼神仿佛在说，徐天睿今日的遭遇，正是被无名邪火反噬的结果。

6

高谦带关跃进、严缜走上俱乐部二楼，他的办公室就在这里。一间不到十平方米的小房间，除了一套简单的办公桌椅外，塞满了直抵天花板的大柜子。柜子里装的，是各式各样的棋具，细细一数，竟然有几十副之多。

"不好意思，这个办公室平时就拿来放我收藏的棋具，稍微挤了一点。"高谦指着一整面墙的大柜子，眉飞色舞地说，"这里面好多宝贝，都是我从日本一件件淘回来的，还有几个是真正的古董，比如这个——"

高谦指着柜子最上面一个用天鹅绒包裹起来的物品，说："这件是正儿八经的日本榧木棋墩，是用整块香榧木做的。这种木头特别娇气，制作的时候要是干燥不到位，很容易变形开裂，那就暴殄天物了。所以好的榧木都要干燥十几年才能拿来用，像我收藏的这个棋墩，就是日本做棋盘的吉田大师，花了二十多年时间才做出来的，上面还有两代吉田大师的签名呢！"

"二十多年就做一个棋盘？"关跃进瞪大了眼睛，问，"那得多少钱啊？"

高谦伸出五根手指。

"五万？"

"五十万，人民币！"高谦撇撇嘴，接着说，"有日本大师签名的正经榧木棋墩，五万哪够啊。"

"嚯，大师签名版，就是不一样啊。"关跃进啧啧称奇。

"还有呢，"高谦拿起架子上两个沉甸甸的木质棋盒，"看见没，这叫岛桑棋笥，是日本匠人用生长在御藏岛的一种桑树做的，是棋笥里的极品，单个就要两万块！"

"那我可得小心了。"关跃进缩起身子，"这房间里随便碰坏哪件东西，我都赔不起啊。"

"不至于不至于。"高谦被关跃进说得有些不好意思，小心翼翼将岛桑棋笥放回架子上，"这里面也有便宜货，你看，像那个——"

这时严缜故意咳嗽两声，提醒道："那个移动硬盘在哪儿啊？"

"哦，对对对，移动硬盘！"高谦仿佛才想起来他们上来是干吗的，忙不迭跑到办公桌后面，打开电脑，说，"我硬盘就插在电脑上，你过来拷吧。"

严缜掏出优盘，坐到电脑前操作起来。

关跃进嘴上说小心，实际却在办公室里转来转去，一会儿摸摸这个，一会儿碰碰那个。高谦的小眼神，从始到终就没离开过关跃进，生怕他真碰坏了哪件藏品。

"你这一屋子的藏品，加起来得值一百多万了吧？"转了半天，关跃进终于停下来，对高谦说。

"有了有了。"高谦连连点头，"我不光自己收藏，还帮人代购呢，所以这办公室里的东西，也不全是我的。"

关跃进想起徐天睿家里也有一柜子琳琅满目的棋具，心里一动，说："我给你看张照片，你帮我认认，照片里的东西值不值钱。"

"光看照片很难判断的，不过我一定尽力，人民警察靠人民嘛！"高谦搓着手，满脸放光地说。

7

当天晚些时候，在刑侦大队会议室，"五·二〇"案专案组召开了一次小范围会议。

首先发言的是廖捷，他向大家介绍了当天向俱乐部教练包全胜了解的一些情况。接下来发言的是严缜，他介绍了从白佳嘉那里了解到的情况，以及从高谦处确认的白佳嘉的不在场证明。

辖区派出所的两位民警，调查了五月二十日当晚载白佳嘉的顺风车司机。顺风车司机表示，二十日当天二十点四十二分左右，他在琥珀溪岸门口载了一个年轻女孩，二十一点十五分左右，抵达世纪城附近的目的地。顺风车司机在车内装了监控摄像，通过调取录像，警方确认当时搭乘顺风车的，的确是白佳嘉本人。

"我们调取了白佳嘉的手机通话记录，在二十日十九点五十分，有一通打给董旸文的电话，通话时间大约三分钟。据白佳嘉说，这通电话是徐天睿打的，因为三人之间存在情感纠葛，徐天睿警告董旸文,不准他再私下接触白佳嘉。之后因为这通电话,白佳嘉与徐天睿发生争吵,白佳嘉一气之下打车回了自己家。白佳嘉离开徐天睿家是在二十点三十分左右,之后就再也没有人见过活着的徐天睿。"

廖捷做了一番补充说明,接着他操作电脑,在幕布上投影出一份行程记录。

5月20日8点左右,徐天睿抵达益州银行大厦,在俱乐部准备比赛;

9点整,徐天睿和董旸文在益州银行大厦进行比赛,争夺耳赤杯决赛参赛权;

11点20分左右,比赛结束,徐天睿执黑取胜,获得耳赤杯决赛参赛权;

12点左右,徐天睿离开益州银行大厦,和俱乐部同事前往川菜馆聚餐,其间董旸文独自回家;

14点左右,徐天睿和俱乐部同事离开川菜馆,前往KTV唱歌;

15点40分左右,白佳嘉离开KTV,前往董旸文家;

16点30分左右,徐天睿打电话给白佳嘉,约她晚上一起吃饭,白佳嘉离开董旸文家;

16点45分左右,白佳嘉返回KTV;

17点10分左右,徐天睿和俱乐部同事离开KTV,前往烧烤店吃晚饭;

19点左右,晚饭结束,徐天睿告别俱乐部同事;

19点30分左右,徐天睿和白佳嘉抵达琥珀溪岸家中;

19点50分,徐天睿用白佳嘉的手机打给董旸文,表明他与白佳嘉的恋爱关系,不准董旸文再私下接触白佳嘉;

20点30分左右,白佳嘉因与徐天睿发生争吵,愤然离去;

20点42分,白佳嘉在琥珀溪岸小区门口搭上顺风车;

20点52分，白佳嘉私信高谦，约定半小时后下指导棋；

21点15分左右，白佳嘉返回家中；

21点20分左右，白佳嘉与高谦通过视频下指导棋；

23点50分左右，白佳嘉结束与高谦的指导棋，下线。

"这是我们根据目前掌握的信息，整理出五月二十日当天，徐天睿、白佳嘉、董旸文三人的大致行程。其中，白佳嘉、董旸文提供的证词，互相印证，与通话记录、打车记录也逐一吻合，没有出现矛盾的地方，是比较可信的。"廖捷总结道。

"我先说说我的看法。"情况汇总告一段落后，赵晓元率先发言，"我认为白佳嘉的嫌疑不大，理由主要有两点。第一，白佳嘉缺乏作案的身体条件。死者徐天睿身高一百八十八公分，体重一百六十多斤，白佳嘉身高一百五十九公分，体重只有九十斤，白佳嘉想要杀死徐天睿，伪造事故现场，是很难做到的。"

"白佳嘉一个人的确很难做到。"霍建斌紧盯着幕布上的行程记录，"如果是合谋作案呢？"

赵晓元接着说："这就是我想说的第二点，白佳嘉缺乏作案动机。案发当天，徐天睿与白佳嘉发生了争吵，但这种小情侣间的争吵很难构成杀人动机。白佳嘉已经拒绝了董旸文的追求，很难想象她又和董旸文一起合谋杀死徐天睿。我认为，白佳嘉缺乏杀死徐天睿的强有力的动机。"

霍建斌点点头，示意赵晓元继续说下去。

"如果我们暂时排除白佳嘉的嫌疑，那么就可以明确一点，在五月二十日二十点三十分左右，即白佳嘉离开琥珀溪岸时，徐天睿还活着。这样一来，徐天睿的死亡时间，就可以进一步缩短到二十点三十分至二十二点这九十分钟之内。"

"我补充一点，"关跃进举手发言，"我们在跟高谦的谈话中，发现他是个名贵围棋棋具的藏家。高谦认出,徐天睿家里也收藏了一些比较名贵的围棋棋具。"

这时幕布上的投影,由行程记录换成了徐天睿家中的几组照片。其中一组照片,是客厅正对餐桌的一组柜子,柜子里摆了各种各样的围棋棋具,另一组照片,则是书房架子,上面也摆了几副围棋棋具。

"我们询问了徐天睿的父母,好些棋具是徐天睿去国外比赛期间淘回来的,价格从几万到十几万不等。"

没想到这些看似不起眼的木墩子竟然这么贵,关跃进的话引起了会议室内一阵骚动。

"我们请徐天睿父亲逐一清点了这些棋具,并没有发现短少的情况。"说到这里,关跃进看了霍建斌一眼,"现场没有外人进入的痕迹,死者家中其他财物也没有丢失。我认为我们也可以排除为财杀人的可能。"

霍建斌沉思片刻,说:"不是为情,也不是为财,那最大的可能性就是仇恨了,谁最恨徐天睿呢?"

关跃进和赵晓元同时对上了视线,他们心中的答案不言而喻——

董旸文!

第五章 对弈

1

大门关上，董旸文看着白佳嘉离开后，瞄了一眼手机，现在是五月二十日二十点三十二分，还有时间。董旸文掏出橡胶手套戴上，朝卧室走去。此刻他非常冷静，思路无比清晰，甚至比上午比赛的时候还要清晰。

大约十分钟前，董旸文发现徐天睿还有呼吸时，他是松了一口气的。董旸文想起身将这个好消息告诉白佳嘉，突然，他脑子里出现了一个声音。

这个声音低沉又魅惑，它慢条斯理地告诉了董旸文一件事，如果徐天睿真的死了，董旸文不仅可能重新获得耳赤杯的参赛资格，还能顺理成章地得到白佳嘉，毕竟今晚发生的一切，将成为他和白佳嘉共同的秘密。而董旸文，只需要对白佳嘉撒一个谎——

"他死了。"

这是十分钟前，董旸文看着白佳嘉眼睛，说出的话。现在一切正如董旸文所料，白佳嘉惊慌失措地回家了，他将独自面对一息尚存的徐天睿。

走进卧室，董旸文停下脚步，看着趴在地上的徐天睿，好似一摊烂泥。董旸文慢慢弯下腰，抓住徐天睿的两条腿，用力将他拖到浴缸边。徐天睿的脸在地上摩擦，可是他如死人一般毫无反应。

董旸文蹲下身子，解开徐天睿衬衫纽扣，将衣服扒了下来。接着，他又依次将徐天睿的长裤、内裤都脱了下来。董旸文将衣服、裤子揉成一团，拿到书房，他知道徐天睿的洗衣机放在那里。

走进书房，看着满架子的游戏光碟，董旸文火气上涌，他想不明白，为什么徐天睿对待围棋如此漫不经心却还是能击败他。不，其实董旸文不是想不明白，他是恨，恨不得徐天睿现在就去死！

董旸文晃晃脑袋，努力平复心情，他深知现在不是感情用事的时候，一定要冷静，要考虑周全。董旸文打开洗衣机盖子，将衣服塞了进去，然后打开柜子，拿出洗衣液、消毒液、柔顺剂，一一倒了进去。

董旸文记得，当初徐天睿乔迁新居的时候，邀请他和白佳嘉来做客。董旸文第一次知道，还能将一套一百二十平方米的三居室，改成一个人住的大一居，这种奢侈超出了他的想象。徐天睿饶有兴趣地展示着房子的各种变换空间，董旸文默不作声，将设计师的名字默默记了下来。他心想，有一天，他也会有一套这样的大房子，然后他要请这个设计师来，给他打造一个梦想的家。

那天徐天睿展示得非常详细，介绍时显然带着几分炫耀。令董旸文生气的是，这种炫耀甚至都不是针对他的，他知道自己只是一个陪衬而已，徐天睿炫耀的对象，是白佳嘉。不过也因此，徐天睿家里洗衣机在哪里，洗衣液、消毒液、柔顺剂又在哪里，董旸文都非常清楚。

按下启动按钮，洗衣机发出"滴滴"声，接着开始进水。董旸文深吸一口气，此时他已经恢复了冷静，手也不再抖了，他知道他

对弈　97

准备好了。

董旸文返回卧室，看着地板上赤身裸体、任人处置的徐天睿，心情愉悦。突然，董旸文心里一紧，他发现徐天睿的姿势似乎有些变化。离开时，徐天睿的两只手摊开，呈"大"字形，此时右手缩了回来，紧挨着头边。

董旸文上前，屏住呼吸观察着徐天睿。整整一分钟过去了，董旸文只能听见自己的心跳，可是地板上的徐天睿依然双目紧闭，一动不动。董旸文长舒一口气，看来徐天睿没有醒。不过就算这个时候徐天睿真的醒过来，董旸文也不允许计划改变了。

箭在弦上，不得不发！

想到这里，董旸文双手伸到徐天睿腋下，腰部发力，将徐天睿抱了起来。徐天睿比董旸文想得重了很多，他费了好大劲儿才将徐天睿拖到浴缸边。董旸文小心翼翼地跨进浴缸，再次将徐天睿环抱起来。此时徐天睿瘫倒在董旸文怀里，后脑勺正对着浴缸的台阶边缘。

一、二——

董旸文在心中默数，数到"三"时，他抓住徐天睿的头，用尽全身力气，将他的头狠狠磕在浴缸台阶边缘！

徐天睿一点声音都没发出来，就这么悄无声息地死在了董旸文面前。那一刻，董旸文觉得他听到了徐天睿颅骨碎裂的声音。那声音如此美妙，甚至比贝壳棋子敲打在椴木棋盘上的声音还要令人陶醉。毕竟贝壳棋子和椴木棋盘虽然贵，董旸文总有把玩的机会，仇人颅骨破碎的声音，董旸文这辈子也许只能听见这一次了。

想到这里，董旸文甚至都要笑出来了。不过还不是时候，他小心翼翼地跨出浴缸，慢慢走到床边，将徐天睿的拖鞋捡了起来，拿到浴缸边，放好。

再次确认，徐天睿已经彻底没了呼吸，也没了脉搏，董旸文打开浴缸水龙头，热水"哗哗哗"地流了出来。董旸文记得队医老钱吹牛的时候说过，人死之后括约肌放松，可能会大小便失禁，他可不想沾上徐天睿的排泄物。

董旸文反复检查，确认自己在卧室没有光着手触碰什么东西。第一次进卧室的时候，他就注意到盥洗台上的两个漱口杯。漱口杯里的牙刷，分别倒向两边，形成一个"V"，仿佛徐天睿向董旸文炫耀胜利的手势。

可是现在，徐天睿已经变成了死人，再也没办法炫耀了。董旸文冷冷地看着柔软舒适的双人床，努力压抑住脑海中不断浮现的，徐天睿与白佳嘉在床上赤身裸体交缠的画面。不知为何，董旸文甚至有了一点生理反应，他感到一阵恶心。董旸文知道，这是大脑过于兴奋的结果，他需要转移注意力。

这天晚上，有太多需要专注的事情！

董旸文走出卧室，回到客厅，将白佳嘉坐过的椅子放回原位。然后董旸文陷入沉思，开始逐一排查还有没有遗漏事项。五分钟后，二十一点二十八分，董旸文确认，他计划做的事情都做了，该回去了。

董旸文穿好鞋子，透过猫眼确认外面没人后，小心翼翼开门走了出去。一五〇三大门旁边就是楼梯间，董旸文闪身进入。琥珀溪岸的消防楼梯没有安装监控，走这里不仅可以避开电梯的监控，还可以从一楼直接走到户外，绕开有监控的单元门。来的时候，董旸文走的就是这个路线，琥珀溪岸他来过几次，很清楚该如何避开监控进出。

从一处既没有保安看守，也没有安装监控的侧门走出琥珀溪岸后，董旸文长舒一口气，这时他才发现后背全是汗，衣服都湿透了。董旸文摘下橡胶手套，塞回裤兜里，手心早就汗湿了，他查看指甲缝，黑咕隆咚的什么也看不清。董旸文现在只想尽快回家，好好洗一个澡，尤其是指甲缝里的残留，是绝对不能放过的。之后他还需要把身上穿的衣服,包括内裤、鞋袜,统统剪碎,分成几个垃圾袋扔掉。

董旸文迈步朝南岗佳苑方向走去,这一带他非常熟,深知走哪条小路可以避开监控,现在只需要慢慢走回去就行了,不用像来的时候那样一路狂奔。想到这里,董旸文情不自禁用口哨轻轻吹起了 *Mack the Knife* 的旋律。

前年董旸文去欧洲比赛时,在一家酒吧偶然听到了这首曲子,从那时起,这段旋律时不时就会浮现在董旸文脑中。此时此刻,这首 *Mack the Knife* 毫无疑问是最应景的曲子了。

> You know when the shark bites
> With his teeth, babe
> Scarlet billows start to spread
> Fancy gloves though wears old macheath, babe
> So there's never,never a trace of red

那一刻,董旸文甚至兴奋得想唱出声来,因为他知道,今天的输家绝对不会是他。

2

三天后,五月二十三日周六,是俱乐部放假的日子,可是董旸文还是像往常一样在八点钟左右收拾停当,准备步行前往俱乐部。实际上,平时周末如果没有什么特别的事,董旸文也会去俱乐部练棋,更何况这段时间他并不想做出什么与平日不同的举动。

电视新闻依然在播报"中韩企业家高峰论坛"的消息——

"乐天资产开发总经理金昌权表示，正在成都市东部地区建设总面积达五十一万三千平方米的超大型商住城。计划中不仅会建设商场、超市、电影院、主题公园，还包含五星级酒店、高级住宅、写字楼等。目前为止已经为'成都商场·乐天'投资了四千五百亿韩元，计划还会继续投资五千五百亿韩元。若包含其他百货商场和超市，乐天在成都确定投资的金额达一万亿韩元，在韩国企业中是最大的投资。"[1]

新闻主播用抑扬顿挫的声音，介绍韩国乐天集团即将针对成都及中国西部市场的大手笔投资。董旸文对未来的什么"乐天世界"毫无兴趣，但是由此联想到耳赤杯，他心里难免产生一些波澜。

董旸文的比赛积分排名仅次于徐天睿，徐天睿死了，按惯例，应该由董旸文替补。可是到目前为止，不管耳赤杯组委会还是俱乐部，都没人找董旸文谈过此事。昨天从白佳嘉那里得知，警察正以凶杀的方向调查徐天睿之死，现在谈耳赤杯决赛名额的事，恐怕为时尚早，董旸文思忖片刻，决定先稳过这个周末再说。

董旸文关掉电视，将放在餐桌上的门禁卡揣进裤兜，走到门口，换上鞋子，开门——

"哟，要出门啊！"

董旸文迎面撞见一个鬼鬼祟祟的身影，定睛一看，正是满脸坏笑的关跃进。关跃进身后，是那个叫严缜的年轻警察，一副不太聪明的样子。

"嗯，有事？"董旸文堵在门口，丝毫没有放关跃进进去的意思。

"大事大事。"关跃进的表情突然严肃起来，压低了声音，"很紧

---

[1] 自2016年起，乐天集团因支持"萨德"事件而遭中国抵制、逐渐退出中国市场。本书故事主要发生在2015年。

急的!"

"什么事?"

董旸文心中一紧。

"那个,小董……"关跃进卡了一下壳,歪着头想了半天,接着露出恍然大悟的神情,问,"董英文是吧?"

"董、旸、文。"

董旸文几乎是咬着牙说出自己的名字。

"对对对,董旸文、董旸文。"关跃进拍着脑袋,丝毫没有不好意思,"你看我这记性,怎么老是记不住别人名字,我都怀疑我老年痴呆了!"

"到底什么事?"

虽然不耐烦,但是董旸文知道,这个姓关的老狐狸最喜欢扮猪吃老虎,千万不能被他蒙蔽。

"能不能进去说,外面不太方便。"关跃进指了指董旸文身后。

董旸文叹了口气,后退一步,放关跃进、严缜进屋。

一进屋,关跃进就探头探脑地四下打量,好像在找什么东西。

"怎么了?"

"哎呀,真不好意思。"关跃进红着脸,从严缜的背包里取出一条印花丝巾,"有个事想麻烦你。"

"到底什么事?"

关跃进将丝巾摊开,董旸文看见翠绿色的丝巾上,沾了一大块泥渍,泥渍周围还有不少灰。

"下个月我老伴儿过生日,今天早上路过早市,我看见一个卖丝巾的摊子,欸,质量还不错,就想着买一条,给老伴儿当生日礼物——"

关跃进话说一半,被严缜打断了:"师父,不是我说,你送师娘礼物,多少也上点心,这地摊货拿不出手啊。"

"你懂个锤子！"关跃进大为不满地抖着丝巾，"你知道这是什么？"

"什么？"

"这叫艾德莱斯绸，新疆特产。"关跃进撇着嘴，"二〇〇九年的时候，我去新疆出差，在大巴扎给老伴儿买过一条，她很喜欢，后来一直念叨，让我带她去新疆旅游，可惜我忙，一直没机会，后来那条丝巾被我洗坏了……不过今天不是刚好又遇上了吗，我就赶紧买了一条，给老伴儿补上。"

"哦。"严缜嘴上不吭气，可依然不太服气的样子。

"你们找我，到底什么事？"

董旸文知道南岗佳苑附近的确有一个早市，卖的都是村镇常见的山寨地摊货，他有时候路过也会顺便买点水果，价格比水果店便宜很多。可是他对什么艾德莱斯绸，什么新疆，一点兴趣没有，他怀疑关跃进又在耍鬼把戏。

"先说第一件事。"关跃进盯着丝巾，心疼地说，"我挑丝巾的时候，不小心掉地上了，你看，好好的丝巾，全给弄脏了。我给你说，这玩意儿沾上泥，得赶快洗干净，不然等泥干了，就弄不掉了。"

董旸文静静看着关跃进，意思摆明是"关我屁事"。

"我这不是正好要来找你嘛，就想着，能不能借你家洗衣机用用，把丝巾洗一洗，不然这就糟蹋了。"

董旸文满腹狐疑，不过脸上丝毫没有表露，他指了指卫生间的方向，说："洗衣机在那边，洗衣粉什么的，都放在外面。"

"谢谢啊！"

关跃进连连点头，跑进卫生间，接着传来操作洗衣机的声音。

董旸文看了看严缜，说："你们不会就是来借洗衣机的吧？"

"不是不是。"严缜头摇得像拨浪鼓似的，"我们还是有正事的，要不坐下说？"

董旸文让严缜在沙发上坐下,他拖了一把椅子,在沙发对面也坐下。接着,董旸文看着严缜,严缜也看着董旸文,谁都没有先开口的意思。

"你们不是说有事吗?"

终于,董旸文忍不住了。

严缜点点头,说:"是关师父有事跟你说,他马上出来。"

董旸文在心里翻了个白眼,眼观鼻鼻观口口观心,静待关跃进现身。

"不好意思啊,这么早就来麻烦。"很快,关跃进走出卫生间,笑着说,"我用了快洗,你放心,很快就洗好了,丝巾很薄的,一晾就干了。"

"刚才严警官说,你有事要跟我说?"

董旸文丝毫没有起身给关跃进、严缜倒水的意思。

"对,是有点事。"关跃进一屁股在沙发上坐下,又笑了起来,"能不能倒点水,早上出门走得急,没顾上喝水,有点渴了。"

——我看你口渴纯粹是因为话多。

心里虽然这么想,董旸文还是默默起身给关跃进、严缜倒了两杯水。

关跃进接过水杯,咕咚咕咚一口喝得快见底了,看来是真的有点渴。董旸文起身给关跃进续上水,关跃进又喝了一大口,放下杯子,嘴里发出满意的声音。

"我老伴儿常说的一句话就是,早晨一杯水,老来不后悔。"关跃进咂着嘴,"以前我总嫌她唠叨,今天没喝水,才发现她说的是至理名言。"

董旸文看出来了,这个关跃进自打进门后,就一直顾左右而言他,绕来绕去不肯说正事,恐怕是想引他先开口。越是对手想让你做的事,越不能做,想到这里,董旸文继续眼观鼻鼻观口口观心,沉住气一言不发。

果然，见董旸文迟迟不开口，关跃进坐不住了，他挠了挠脸颊，说："其实今天一大早过来，是真的有重要的事情要告诉你。"

董旸文看着关跃进，用眼神示意他继续。

关跃进换了个坐姿，说："徐天睿去世以后，我们应他父母要求，对徐天睿的遗体进行了解剖检查，结果发现了一个重要的疑点。"

"疑点？"董旸文忍不住开口了。

"对。"关跃进点点头，很认真地说，"你知道什么是帽状腱膜吗？"

董旸文摇摇头，他真的不知道。

接下来，关跃进像个解剖学老师一样，絮絮叨叨地向董旸文说明什么是帽状腱膜，什么又是帽状腱膜出血。其实关跃进说到一半的时候，董旸文就明白了，脑海中浮现出他抓着徐天睿的头，用力磕在浴缸台阶边缘的场景，也就是说，他用力过猛，不小心扯住了徐天睿的头皮，在头皮内留下了出血的痕迹，被法医检查出来了。

——要是早知道这一点，当时用毛巾裹住徐天睿的头就好了啊。

董旸文在心里默默复盘。

"总之，这说明徐天睿很可能不是死于意外，而是被人杀害的。"最后，关跃进说出了他的结论。

董旸文装出第一次听到的样子，惊讶地问："真的吗？"

关跃进突然压低声音，故作神秘地说："那个，这个情况我只跟你一个人说了，你可千万要保密啊！"

——你昨天就跟白佳嘉说了，而且肯定跟包全胜也说了，真是个老白匠！

董旸文装作诚恳地点头应允下来，又惊讶地问："为什么只跟我说？"

"因为我们在秘密调查徐天睿的人际关系。"关跃进皱着眉头说，

对弈

"想知道他和周围的谁结下了仇怨,你不是徐天睿发小吗,这些事你肯定最清楚了吧?"

"为什么是周围的人,难道不会是小偷强盗之类的人干的吗?"

"我们也考虑过这点。"关跃进伸出两根手指,"但是,第一,我们在徐天睿家没有发现外人闯入的痕迹;第二,我们没发现徐天睿家里有什么财物损失。"

"哦……"

"徐天睿家里有一些收藏的棋具,你是棋手,你肯定懂,那些东西拿出去卖,是很值钱的。可是这些值钱的东西,一样都没少,徐天睿放在家里的银行卡呀现金呀什么的,也没有失窃的痕迹。如果是小偷强盗图财害命,总得拿点什么吧?"

"我懂了。"董旸文脸色有些发白,说,"你们怀疑杀害徐天睿的人,根本不是为财,而是因为别的什么理由,才动了杀心的。"

"对,而且肯定是熟人,否则徐天睿怎么会毫无防备地开门请这个人进来呢?"

董旸文装出非常后怕的样子,说:"真是太意外了,小天竟然是……我完全想不出来……太可怕了……周围竟然有人要害小天!"

"我听说,徐天睿这个人,脾气不是很好。"关跃进循循善诱道,"会不会无意中得罪了什么人?"

董旸文认真想了想,说:"小天有的时候的确暴躁了一点,不过他不是不讲道理的人,每次发作完,都会向对方道歉,还会买礼物、请吃饭之类的作为补偿。他这个人,就是容易搂不住火,其实不是什么坏人。"

"那有没有人因此记恨他呢?"

董旸文摇摇头,说:"棋手的生活,都很简单,争来争去,无非就是一局棋的输赢而已。我实在想不出有什么过不去的坎儿,非要杀人不可。"

"一局棋的输赢，有的时候也非常关键。"关跃进装作不经意的样子，说，"你上次不是给我们讲了那个什么耳朵局的故事——"

"是耳赤局。"严缜在一旁提醒道。

"对对对，是耳赤局，"关跃进摇着头感慨道，"我觉得这故事真有意思，就像武侠小说里的高手对决一样，我就特别喜欢这种故事。所以啊，我就找了本书来看，叫《围棋三千问》，我在书里看见啊——对了，这本书你看过没有？"

"没有。"

"正常正常，这本书是给像我这样的门外汉启蒙的，你一个职业棋手，看这种入门书反而奇怪。"

"你在书里看到什么？"

不知不觉，董旸文开始主动发问了。

"我在书里，看见一个'吐血局'的故事，跟你讲的'耳赤局'很像，也是两个围棋高手对决，你听说过吧——你肯定听说过！"

董旸文点头，说："是井上家的赤星因彻挑战本因坊丈和，我们小时候在道场学围棋史，学过这局棋。"

"对对对，输棋的那个人，就叫这个名字——赤星因彻，刚才我想了半天也想不起来，"关跃进摇头晃脑地说，"最后这个赤星……赤星因彻，竟然因为一盘棋输了，气吐血气死了。你说说，我还以为像'诸葛亮三气周瑜'这种故事是《三国演义》瞎编的，没想到还真有人能被活活气死。"

董旸文轻描淡写地说："因为他们争的，不仅仅是一盘棋的胜负。"

"对！"关跃进一拍大腿，异常诚恳地说，"你总结得太到位了，我想说的，就是这个意思！"

董旸文看向关跃进，一言不发，静待下文。

见董旸文迟迟不愿搭腔，关跃进有些没趣，悻悻地说："我听说，现在职业棋手的竞争，特别激烈，不少棋手因为压力太大，长期处于神经紧张的状态，经常整晚整晚睡不着觉，得吃安眠药。"

说到这里，关跃进瞄了董旸文一眼，说："你睡得怎么样？"

"我？"董旸文有些意外，"我一直睡得挺好的，没有这方面的问题。"

"是吗，那就好，你不知道，这人一失眠，可就太遭罪了！我年轻的时候，有段时间压力太大，晚上一宿一宿根本睡不着觉，急得我眼冒金星，头发大把大把地掉！"说到这里，关跃进指了指自己的秃头，又用羡慕的眼神看着董旸文，"所以俗话说，'人闲长指甲，心闲长头发'，像你，睡得好，心情平静，头发就好——唉，我要是能有你这么多头发就好了！"

董旸文摸了摸自己乱糟糟的头发，默不作声。

"我还听说，在咱们国内围棋圈子里，真正能靠下棋打比赛生存的人，每年也就几十个，真是这样吗？"

"嗯。"董旸文实话实说，"其实这几十人，说的就是围甲的主力队员。现在围甲就十六支队伍，每轮比赛每支队伍上场四人，一共就六十四人，这里面还包括了韩国外援。"

"所以下围乙，不挣钱？"

董旸文哑然失笑，指了指自己寒酸的出租屋，说："你看我住这样的房子，像是有钱的样子吗？"

关跃进露出不解的神情，说："可是我看徐天睿也好，白佳嘉也好，好像都挺有钱的啊，尤其是徐天睿，家里还一堆值钱的收藏品。弄得我还非常羡慕你们职业棋手呢，年纪轻轻就能挣大钱。"

"他们情况跟我不一样。"董旸文顿了顿，说，"小天是本身家里就有钱，佳嘉不靠下棋挣钱。"

"那靠什么呢？"

关跃进明知故问。

"她主要靠录节目、讲棋什么的挣钱,这部分收入比下棋多多了。"

"是吗。"关跃进挠挠头,"既然讲棋收入高,那你干吗不去讲棋呢?"

董旸文看着关跃进,认真地说:"你觉得我像是会说话的人吗?"

关跃进笑了,老老实实说:"不像。"

董旸文点点头,说:"我也觉得,所以我这个人,还是更适合下棋。"

"明白了。"关跃进若有所思,"也就是说,你的目标,就是打进围甲,成为中国那几十个真正靠下棋生存的人之一,对吧?"

"是。"

"所以就算是周末,也坚持要去俱乐部训练。我们敲门的时候,你正准备去俱乐部训练吧?"

"是。"

"来之前我就听说了,你是俱乐部里训练量最大,也是最刻苦的棋手,就连周末也经常不休息,坚持训练。"关跃进竖起大拇指,说,"所谓一分耕耘一分收获,我相信你的付出一定会得到回报的。"

"谢谢。"

"可惜耳赤杯预选赛,你输给了徐天睿,我真希望赢的人是你。"关跃进大发感慨,"不是我背后说人坏话,从这些天了解的情况来看,徐天睿那小子,脾气差,棋风差,训练也不如你刻苦,偏偏让他赢了比赛,你说气不气人?"

董旸文知道关跃进又在套他的话,他苦笑道:"输了比赛,确实是技不如人,这点没什么好说的。"

"我就佩服你这点,愿赌服输,年纪轻轻的就这么敞亮。"关跃进突然再次压低声音,神神秘秘地说,"我可是听说,徐天睿死了,如果按比赛积分来算，顶替他参加耳赤杯的人，就是你。"

"这只是一种可能，具体怎么处理，还得主办方说了算。"

"主办方还没联系你？"

"没有。"

"要是直接替补就最好了。"关跃进念叨，"参加耳赤杯这样的国际大赛，不仅可以提高排名，最关键的是，要是被哪个围甲俱乐部看上，可就直接鲤鱼跃龙门了，你说是不是？"

"国际大赛嘛，"董旸文含混地表示，"关注度高，奖金丰厚，哪个棋手不想参加呢？"

关跃进看着董旸文，笑而不语。

董旸文知道，这才是关跃进绕来绕去真正想说的，他决定以攻代守，露出惊讶的样子，提高了音量道："你们不会怀疑是我害了小天吧？"

"没有没有，你想多了。"关跃进连连摆手，"我就是了解了解情况，都是正常程序，你可千万别多心啊！"

——扯谎亮白[1]！

董旸文一边腹诽，一边不管不顾地发着牢骚："耳赤杯再怎么重要，只是一场比赛而已，就算我进入决赛圈，也不具备夺冠的实力，最多提高一点国内排名罢了。我哪至于为了这样一个参赛机会就铤而走险，毁掉自己的前途呢？"

"我明白，明白。"关跃进连连点头，显得特别诚恳，"为了一场比赛的确不至于，可徐天睿不是和白佳嘉在一起了吗？要我说，白佳嘉这姑娘，真是要相貌有相貌，要才华有才华，说句不该说的话，我要是年轻三十岁，一准也喜欢白佳嘉，你说是吧——"

关跃进转向严缜，严缜猝不及防，慌慌张张地点头称是。

---

[1] 四川方言，指撒谎。

"你看，就连这小子，"关跃进指着严缜，一脸坏笑地说，"第一次见到白佳嘉的时候，都不知道怎么说话了。"

"我不是，我没有，师父你别瞎说啊！"严缜涨红了脸，慌忙否认。

关跃进不理严缜，对董旸文说："说句不该说的话，我觉得你比徐天睿靠谱多了，白佳嘉没选择你，是她有眼无珠。"

"这是她个人的选择，我不予置评。"

"要不说你敞亮呢，不背后说人坏话这点，我特别佩服！"

关跃进再次竖起大拇指。

董旸文看着关跃进，冷笑道："关警官，你绕来绕去，不就是想说，我嫉妒小天和佳嘉在一起，你还说没怀疑我？"

"不是，你误会了。"关跃进连连摆手，"我们就是想全面掌握徐天睿的人际情况，这些都是例行程序。再说了，我们要是真怀疑你，就直接请你去队里喝茶了，哪会上门来跟你聊这么半天呢。"

董旸文半信半疑地点点头。

"其实啊，从我个人来说，不仅不怀疑你，而且——"关跃进指了指董旸文，"我还想借助你的智慧帮我们破案呢？"

"哦？"董旸文大为意外，"我怎么帮你们破案？"

"实不相瞒，我们在现场，遇到两个疑点，我想请你帮我出出主意。"关跃进挠着脑袋，说，"我们干警察的，跑跑腿问问话还行，要是论动脑子，哪里比得上你们职业棋手呢，你们不就是靠动脑子吃饭的吗？"

"话是这么说，但是下棋和破案，完全不是一回事啊。"

董旸文警惕起来，他隐隐觉得关跃进葫芦里卖的肯定不是什么好药。

"没事，就是帮着分析分析，出出主意什么的。"关跃进看了看手表，明知故问道，"对了，我们聊了这么久，没耽误你训练吧？"

对弈

"再怎么训练，也没有抓住杀害小天的凶手重要。"董旸文决定暂时静观其变，"你要不怕我瞎出主意，就说吧。"

"好嘞！"

关跃进沉吟半天，刚要开口，突然听见卫生间传来一阵嘀嘀声，是洗衣机工作完毕的提示音。

"哎哟，我丝巾洗好了，你等一等啊，我把丝巾拿出来晾上。"

说完，关跃进起身走进卫生间，接着，就听见卫生间连连传出关跃进痛心、惋惜的声音。

"哟嚹！哟嚹！怎么变成这样了！"

关跃进捧着一团咸菜一样的东西从卫生间走了出来，董旸文发现那皱成一团的，正是关跃进带来的什么艾德莱斯绸丝巾。关跃进将丝巾放到茶几上，试图压平，可是丝巾已经皱得不成样子，不管怎么收拾，都恢复不到原先的模样了。

"怎么洗成这样了呢，我都是正常操作啊。"关跃进满脸疑惑，喃喃道，"我就是用洗衣机的快洗档洗了一下，怎么就给洗坏了呢？"

董旸文看着咸菜一般的丝巾，试着说："是不是水温的问题呢？"

"是吗？和水温有关吗？"关跃进焦急地看着董旸文，问，"你知道是怎么回事不？"

董旸文摇摇头，这超出他的认知范畴了，他老老实实地回答："我也不知道，我平时都是用冷水洗的，不过我听说有些讲究的衣服，需要温水洗。"

"我从来没穿过需要专门洗的衣服。"关跃进摇着头说，"我的衣服平时都是一股脑塞进洗衣机，倒洗衣粉直接洗就好了。我这个人最怕麻烦了，你也是吧？我看你平时穿衣打扮也挺朴素的。"

董旸文点点头，说："我不喜欢在穿衣打扮上浪费时间。"

"算了算了，"关跃进有些懊恼地将丝巾卷成一团，扔给严缜，赌气道，"今天就当花钱买了个教训！"

"关键你也没花多少钱啊！"严缜不失时机地吐槽道。

关跃进瞪了严缜一眼，高声道："就你话多，说正事！"

严缜气得翻了个白眼，别过身子不再说话。

关跃进尴尬地笑了笑，对董旸文说："不好意思，让你见笑了。"

董旸文被关跃进搅和了半天，多少有点不耐烦，说："严警官说得对，咱们还是抓紧时间说正事吧。"

"好，说正事。"关跃进呵呵一笑，"其实啊，我们在对徐天睿做解剖检查的时候，除了帽状腱膜出血以外，还有一个发现。"

"什么发现？"

"我们在徐天睿体内，检测到了安眠药物残留，我们认为，徐天睿应该是在死前一到两小时内服下安眠药的。"

——安眠药？

董旸文第一次知道这个情况，他内心极为震动，因为这么一个疏失，可能导致他败露。

"徐天睿有失眠的情况，一直在服用安眠药，你知道这个情况吗？"

"嗯？"董旸文愣了好一阵，才回过神来，"知道，我以前听他说过。"

"徐天睿服用的安眠药，叫唑吡坦，是俱乐部队医给他开的，他死前服用的，正是这种唑吡坦。"

董旸文认真想了想，说："你们怀疑，凶手是先下药迷晕了小天，再下手作案的？"

"对！"关跃进一拍大腿，说，"最关键的是，凶手用的，是徐天睿家里的安眠药，你知道这说明什么吗？"

董旸文茫然地摇摇头。

"这说明，凶手知道徐天睿服用安眠药，也知道他家里有安眠药，而且凶手和徐天睿一定很熟，熟到能在徐天睿家里悄悄给他下药,而不引起徐天睿的怀疑!"

董旸文心里一震。

"你帮我们想想,徐天睿周围,有哪些人符合这个条件?"

关跃进笑眯眯地看着董旸文,话里有话地说。

董旸文沉默不语,面对这样的突发情况,他需要好好想一想。

"还有一件事,我感到非常不解。"关跃进自顾自说道,"徐天睿的书房里,有洗衣机,还有烘干机,你知道吧?"

董旸文点点头,心里隐隐感到有些不对劲。

"徐天睿那台洗衣机,是那种新式的滚筒洗衣机,这种洗衣机非常智能化,预先设定了很多程序,像什么羊毛啦羽绒啦衬衫啦内衣啦,根据衣服材质不同,各自都有对应的洗涤程序。最重要的是,那台洗衣机还有单独洗丝绸衣服的程序,叫……叫什么'轻柔洗',只要用这个程序,那些丝绸衣服就再也不用手洗了。"

——完了!

董旸文醒悟了,自打进门以来,关跃进折腾来折腾去的那条丝巾,根本不是什么送老伴儿的生日礼物,而是当面给他下的套儿!

"你看,"关跃进从严缜手里接过那团"咸菜",在董旸文面前抖来抖去,说,"用你家里那种老式的双缸洗衣机,洗丝绸的东西就是会洗坏的。"

"我没有丝绸衣服,所以不太懂怎么洗。"

"我也不懂,是刚刚查了手机才知道的。"

为了"自证清白",关跃进还专门掏出手机展示了搜索页面。

"徐天睿家的洗衣机,跟他的死有什么关系吗?"

"关系可大了。"关跃进表情夸张地看了看四周,小声说,"我只跟你说,你可千万别说出去了。我们在徐天睿的洗衣机里,发现他的真丝衬衫和其他衣服混在一起,已经被洗坏掉了。你知道徐天睿很喜欢穿真丝衬衫吧?"

董旸文感到脊背上已经出汗了，他故作镇定地说："我知道，小天就是喜欢穿那些花里胡哨的衬衫。"

"何止花里胡哨，简直就是奇装异服。"关跃进发出啧啧的声音，"他衣柜里有十多件这样的衣服，一到夏天就换着穿。这种真丝衬衫，可难打理了，就算洗衣机有专门的程序，也得和其他的衣服分开，单独洗。不过徐天睿有钱，平时他的衣服都是送到门口洗衣店洗的，你知道不？"

董旸文摇摇头，长这么大，他从来没在洗衣店消费过。

"这就是关键所在。"关跃进掰着指头说，"这说明，洗衣机的衣服，根本不是徐天睿本人放进去洗的，十有八九是凶手干的。现在我们可以归纳出凶手的一些特征了，这个凶手跟徐天睿是熟人，能够比较自由地进出徐天睿家，知道他吃安眠药，也知道他家里有安眠药，而且啊，这个凶手根本不知道真丝衬衫怎么洗。"

说到这里，关跃进锋芒毕露，紧紧盯着董旸文，说："我今天来，就是想请你帮我想想，徐天睿周围有没有符合这些条件的人？"

——千防万防，还是被这个暴蔫子[1]下烂药[2]了！

董旸文苦笑一声，说："关警官，你这个人说话不实诚啊。"

"我怎么不实诚了，我这个人说话出了名的一个吐沫一个钉！"关跃进大言不惭地说。

"你明明说没怀疑我，可这话里话外的意思，不就是说害小天的是我吗？还故意拿个丝巾来试探我？"

"你误会了。"关跃进十分诚恳地说，"怀疑你的人不是我，是我们内部开会，有人对你提出了一些怀疑的意见，我可是一直替你说话来着——不信你问小严？"

冷不防被提到的严缜愣了一下，总算反应过来，连连说："对对

---

[1] 四川方言，指年龄在中年到老年之间的男女，或是人显苍老，看上去接近老年的样子。
[2] 四川方言，指说坏话，使坏主意。

对,会上关师父一直帮你说话来着。"

"你看嘛。"关跃进满意地点点头,"所以我才会来请教你的意见,不然我就让其他同事直接请你去喝茶好了,干吗跑这一趟,费这么多事呢?"

"这么说,我误会你了?"

"可不嘛,大大的误会!"关跃进显得十分委屈。

董旸文恨关跃进恨得牙痒痒,却怎么也发作不了,只能故作镇静地说:"做职业棋手的,很多人都很邋遢,不怎么在意穿衣打扮。像小天这样爱打扮的,反而是少数。我认真想了想,像你刚才说的那几个条件,其实我们俱乐部里有几个棋手都挺符合的。"

"是吗?"

意识到自己并没有扰乱董旸文的阵脚,关跃进显得有点泄气,低头思索起来。

董旸文不动声色,他知道他在警察眼里嫌疑最大,可是现在警察手里没有证据,暂时还奈何不了他。

"这么说,我们接下来,就得把俱乐部这些棋手二十日当天的行踪,挨个都摸一遍了。"思索片刻,关跃进抬起头来,对董旸文说,"相请不如偶遇,今天就先从你这里开始吧。"

董旸文没想到关跃进又提起这茬,没好气地说:"我二十日当天的行踪,不是早就给你们说过了嘛。"

"那我们再确认一遍。"

关跃进不以为忤,冲严缜使了个眼色。

严缜会意,翻开笔记本,将警方掌握的,董旸文二十日当天的行踪,又复述了一遍。

关跃进总结道:"也就是说,二十日你吃完午饭就直接回家了,一直到晚上睡觉,再也没出去过,这期间只有白佳嘉来找过你,对吧?"

董旸文点点头。

关跃进一副又要下套的样子,说:"你确定这期间,除了白佳嘉,再也没人来找过你?"

董旸文回想起二十日当晚,他从琥珀溪岸返回南岗佳苑时的一个细节,他有种预感,关跃进就是要从这个细节着手打破他的防线,可现在他毫无办法,只能寄希望于关跃进不要下出想象中的那步棋。

"没有。"

一念至此,董旸文干脆利落地答道。

"这就奇怪了。"关跃进又开始挠头了,"上次我来找你,下楼的时候,无意中发现了这个——"

关跃进从口袋里掏出一张粉红色的纸,放到董旸文面前,那是一张五月二十日当天的天然气安全检查通知单。

"我们问了天然气公司,五月二十日晚上,他们的工作人员对南岗佳苑进行了天然气安全检查,凡是敲门没人应的家庭,都会在门上贴上这样的通知单。我看了他们的检查记录,你这里,七〇五,他们是没有进门检查的。"

二十日当晚,董旸文回到家里时,在门上发现了这张天然气安全检查通知单。他将这张单子和当天穿的衣服一起处理掉了。

"你不是说一直在家没出去吗?怎么天然气公司的人敲门没人应呢?"

"也许当时我在洗澡,没听见。"董旸文说出了事先想好的答案,"你这么说,我想起来了,第二天早上,我在门上看到了这张单子,当时我也没在意,随手就给扔了。"

"哦。"关跃进露出恍然大悟的表情,"要是洗澡的话,的确有可能没听见,那我再多问一句,你大概几点钟洗的澡呢?"

——就是这个细节,董旸文没办法回答!

"记不清了,大概……晚上十点之前吧。"

二十日当天,董旸文返回南岗佳苑的时间,是二十二点过十分左右。

"真的记不清了吗,再想想呢?"关跃进循循善诱道。

董旸文摇了摇头,说:"那天输了棋,我一整天都没什么精神,很多细节都记不清了。"

"那太可惜了,"关跃进咂嘴道,"要是你能记得具体的时间,和天然气公司记录的上门时间一对上,那你的嫌疑基本就可以洗清了,可惜啊可惜。"

可无论怎么看,关跃进脸上表情传递出的信息,都不是"真可惜啊",而是"早就料到你会这么说"!

"还有一件事。"关跃进似乎没完没了起来,"我看了你们比赛当天的录像,当天你穿了一件深灰色POLO衫,一条奶白色长裤,以及一双黑色皮鞋,对吧?"

董旸文再次紧张起来,沉默地点点头。

"我听你们教练说了,这套衣服,你比赛的时候才会穿,这是你的幸运衣服,对吧?"

说着,关跃进从严缜的背包里拿出一沓照片,这些是董旸文参加各大赛事的照片,照片里的董旸文,无一例外穿着深灰色POLO衫、奶白色长裤配黑皮鞋。

"你看,我专门查了资料,发现你们教练说得没错,你参加重要比赛的时候,都是这个打扮。"关跃进指了指照片说,"照理说,这么重要的一套衣服,你肯定得妥善保存好吧。可是——对了,这个要先跟你道个歉,我绝对不是有意的——那天我借用你家洗手间,走错了门,进了你卧室,我还以为你家洗手间也在卧室里呢,就把柜门都打开了,结果才发现是我走错门了。"

——谁会以为卫生间藏在衣柜里,你个老苞谷[1]分明就是故

---

[1] 四川方言,指玉米。

意的!

董旸文觉得脊背上的冷汗,越来越多了。

"但是我当时注意到一个细节。"关跃进好似一个老练的猎手,不慌不忙地收网,"你的衣柜里,根本没有这套衣服。你门口的鞋架上,也没有照片里穿的那双黑皮鞋。"

董旸文的视线转向门口,他知道鞋架上不可能有那双鞋,因为那双鞋和当天穿的衣服一起,都被他处理掉了。

"这我就不明白了,明明是这么重要的一套幸运衣服,怎么就不见了?"

董旸文扭了扭屁股,冷冷地说:"扔了。"

"啊?"关跃进表情浮夸地问,"怎么扔了?"

"耳赤杯的比赛,不是输了吗,说明这么穿没用。"有那么一刻,董旸文觉得自己差点就坚持不下去了,"所以我一气之下就给扔了。"

"哎呀,你看看你看看,"关跃进发出惋惜的声音,"好好的衣服,你扔了干吗。要是让局里其他人知道,肯定要说,你当天就是穿着这套衣服行凶的,行凶之后顺势把衣服处理了。你说说,我本来是想洗清你的嫌疑的,结果反而越描越黑了,你说说这叫什么事!"

"没办法,只能说清者自清吧。"董旸文站起来,说,"你们还有什么要问的没有,如果没有,我要去俱乐部训练了。"

董旸文知道,再继续坐下去,他这身衣服就要被冷汗浸透了。

第六章 虚实

1

五月二十三日下午,在刑侦大队会议室,"五·二〇"案专案组又开了一次碰头会。

主持会议的依然是赵晓元,会议开始后,他也不说废话,直接点名关跃进,请关跃进给大家讲一下上午和董旸文见面的情况。

关跃进清了清嗓子,将他和董旸文一整个上午"见招拆招"的过程,事无巨细地讲了一遍。听到关跃进装傻充愣用丝巾下套这一节时,就连素来不苟言笑的霍建斌,嘴角也忍不住抽动了一下,赵晓元更是忍不住喷了一口茶。

"师父,可真有你的!"赵晓元竖起了大拇指。

"赵队,你可不知道,我以前听人说相声是'三分逗七分捧',我一直想不明白,当捧哏的翻来覆去就那几句词儿,凭什么要占七分功劳。今天跟关师父这么一配合,你猜怎么着?我总算弄懂了捧哏的重要性!"严缜不失时机地插了一句。

"我可去你的吧!"关跃进闻言,用一句经典的捧哏台词作为回应。

严缜和关跃进的一唱一和,引起会议室内一阵大笑。

"不过玩笑归玩笑,"关跃进恢复了一本正经的表情,"我跟小严,的确是事先演练过好几遍应对话术的。"

"哦?"听到这话,霍建斌来了兴趣,"关师父,这个叫董旸文的小子这么厉害,需要你提前演练?你这辈子什么厉害角色没见过,那瞎话不是张嘴就来吗?"

不了解关跃进的人,或许以为霍建斌这句话是在挖苦讽刺他,事实上霍建斌说得一点没错。关跃进干了一辈子刑侦,最拿手的一招,就是扮猪吃老虎。任谁第一次见到这个絮絮叨叨、其貌不扬的小老头儿,都很难把他当成什么厉害角色,可你一旦轻视他,必定会掉进他为你挖好的"陷阱"。这招之所以屡试不爽,最关键的,是关跃进极强的随机应变能力,他总是能很快抓住对手弱点,然后排兵布阵、设下陷阱,静待对手上钩。

不,说静待对手上钩或许并不准确,霍建斌记得某次破获大案的庆功宴上,关跃进借着酒劲,念叨了一段孙子兵法。霍建斌事后专门查了一下,这段话出自《孙子兵法·虚实篇》,"故善战者,致人而不致于人。能使敌人自至者,利之也;能使敌人不得至者,害之也。"

——熟练利用利害得失,调动敌人而不被敌人调动,也许这才是关跃进真正厉害的地方。

就在霍建斌浮想联翩之际,关跃进摇了摇头,正色道:"霍队,这小子跟我们遇到的其他那些穷凶极恶的犯罪分子不一样。"

"怎么不一样?"

"很多犯罪分子之所以穷凶极恶,是因为法律、规则、道德已经对他们没有约束力了,他们既不把自己的命当回事,也不会把别人的命当回事。这种豁出去的人,常常能造成巨大的伤害与破坏。董昀文不一样，我觉得他不是一个不在乎规则的人，相反他很懂规则，这种人往往还会反过来，利用规则的漏洞为自己牟利。"

"可是，师父，"严缜有些疑惑，"你这话更像是在说徐天睿，俱乐部的人不都说他下棋喜欢用盘外招吗？"

关跃进只说了一句："看人不能看表面。"

"关师父说得对。"霍建斌表示赞同，"这帮职业棋手，都个顶个的聪明，咱们得小心应对。"

"关师父的意见是……？"赵晓元将话题引了回来。

"我建议，对董昀文进行二十四小时不间断的监视措施。"关跃进说出了他早就想好的对策，"要给他持续加压加码，董昀文再怎么天才，也只是一个二十二岁、缺乏社会经验的年轻人，他会有撑不住的那天。"

霍建斌看了赵晓元一眼，后者默默点了点头。思考片刻，霍建斌说："这件事我需要跟分局领导请示一下，你们先准备着。"

"是！"

会议室内众人摩拳擦掌，大家都觉得破案指日可待了，只有关跃进的神情并没有放松下来。刚才开会的时候，他对董昀文的认识并没有全部说出来，而是只说了一半。关跃进之所以有所保留，是因为不知为何，他总觉得董昀文是个和他一样的人——

调动敌人而不被敌人调动。

关跃进深深明白，懂这个道理的人，都会是特别难缠的对手。

2

五月二十四日，碰头会后第二天，T分局正式做出决定，对董昀文采取二十四小时不间断监视措施。"五·二〇"案专案组抽调部分人员，分为三班，轮番监视董旸文。

与此同时，也许是从包全胜那里打听到了一点风声，耳赤杯中国区预选赛组委会负责人崔延龙二十三日从北京赶到成都，提出想见"五·二〇"案专案组的相关负责人。二十四日上午，也就是监视董旸文的决定发出不久，霍建斌在他办公室接待了崔延龙和包全胜两人。

崔延龙是个说话有着浓重东北口音的矍铄老者，长脸、单眼皮，鼻梁高挺，年轻的时候应该是个帅哥。今天成都的最高气温达到了二十九摄氏度，崔延龙手里捏着一柄折扇，边说边扇，颇有棋者风范。

"霍队，知道您工作忙，我也不敢多耽误您的宝贵时间，今天之所以贸然登门拜访，是有件事必须得跟您商量。"

寒暄几句后，崔延龙直入主题。

其实对于崔延龙此行的目的，霍建斌多少猜到了。因为徐天睿之死，耳赤杯决赛圈的参赛名额现在空了一个出来，这个空出来的名额，照理应该是给董旸文的。可是根据警方调查，徐天睿并非死于意外，而是被人杀害，现在警方正在调查徐天睿周边的朋友、同事。在这个当口，董旸文的身份就显得很微妙了，他既是徐天睿的发小，又因为白佳嘉而与徐天睿存在情感上的纷争。如果贸然将参赛名额给董旸文，万一他被调查出有什么问题，那不管俱乐部还是耳赤杯主办方，都会惹上麻烦。恐怕崔延龙正是在请教了包全胜的意见之后，才决定亲自登门，请警方给个准话儿的。

果然不出霍建斌所料，崔延龙要商量的，正是耳赤杯参赛名额的事。

"参赛选手突然遇害，这种事我们也是第一次遇到。"

从进门起，崔延龙就一直哭丧着脸。

"这事情，确实很难遇到。不过你们组委会对选手因意外退赛的情况，应该有一些规定什么的吧？"

"如果选手因为身体问题，或者一些意外情况，不得不退赛，我们确实有相关规定。"

"那按你们的规定，这种情况怎么处理？"

"一般是根据比赛积分排名，由下一位选手顺序递补。"

"那你们让排在徐天睿后面的那个棋手递补就好了啊。"霍建斌装傻充愣道。

"排在徐天睿后面的棋手，是董旸文。"包全胜冷不防插了一句。

"哦——"霍建斌拖长语调，"那确实棘手一些。"

"这就是我们为难的地方。"尽管霍建斌办公室的空调开得很足，崔延龙还是一刻不停地扇着扇子，心中的焦躁显露无遗，"霍队，你也知道，董旸文的身份是很微妙的，目前你们也在对包括董旸文在内的俱乐部人员进行调查。在调查出一个结果之前，如果我们贸然把参赛名额给董旸文，万一后面出现一些不利的情况，那……"

——那谁的脸上都不好看！

霍建斌在心里默默替崔延龙将没说完的话补全。

"是啊。"霍建斌沉吟片刻，"'五·二〇'案，董旸文可以说是一个深涉其中的利益相关人员，我很理解你们的难处。"

"所以啊，"崔延龙顺着霍建斌的话接了上去，"我们有一个不情之请——"

崔延龙边说边偷偷打量霍建斌。霍建斌当然知道崔延龙想说什么，示意他继续。

"我们想请警方给一个准话儿。"崔延龙欲言又止，"我们好决定，到底要不要把这个参赛名额给董旸文。"

霍建斌沉默不语。

见霍建斌不说话，崔延龙急了，冲包全胜使了个眼色。包全胜斟酌了一下，开口道："霍队，我们也没别的意思，主要就是想对棋手负责。如果董旸文是无辜的，我们仅仅因为怀疑就剥夺了他的参赛机会，那对他就很不公平了。"

包全胜说的确实是公允之言，但现实的情况是，警方不仅没有排除董旸文的嫌疑，反而还把他作为重大嫌疑人进行监视。不过这些情况，目前还不适合向外人透露。想到这里，霍建斌缓缓开口道："如果不按比赛积分排名，你们还有其他确认参赛资格的方式吗？"

崔延龙没想到霍建斌另辟蹊径，提出了另外一个解决方案，他思索片刻，答道："我们确实有一条发外卡的规定，可以以组委会的名义，直接发外卡邀请某些棋手参加耳赤杯比赛。"

"那你们看这样行不行，"霍建斌循循善诱道，"你们就以发外卡的名义，直接邀请不涉及'五·二〇'案的棋手参赛，这样恐怕是最稳妥的一个解决方案。"

崔延龙看了包全胜一眼，后者叹了口气，算是默认了这个方案。崔延龙一咬牙，说："行！既然霍队这么说了，那我们就这么办。韩国那边，我负责跟他们协调。"

"等等——"包全胜突然出声，转向崔延龙，细声道，"崔老师，这个解决方案报到韩国那边，还得要几天时间吧？"

崔延龙似乎明白了包全胜的意思，喃喃道："韩国那边，最多也就给一星期时间……"

"一星期也好，崔老师，你就看我老包的面子，稍微等一等！"

崔延龙犹豫了好一会儿，最终还是点了点头。

包全胜仿佛抓住了救命稻草，转向霍建斌，说："主办方这边，崔老师还能再稍微拖几天。霍队，如果这期间你们排除了董旸文的嫌疑，麻烦及时告知我们一声，这样我们也不至于让无辜的人吃亏受委屈。"

看着包全胜一脸诚恳的表情，霍建斌认真地点了点头。

这时崔延龙"啪"地收起折扇，对霍建斌说："霍队，那我们可

虚实　125

说好了，如果一星期内没有您这边的消息，我们就直接给其他选手发外卡了。"

"好。"霍建斌言简意赅地答道。

3

就在霍建斌和崔延龙、包全胜商量之际，关跃进、严缜已经马不停蹄地开车朝绵阳赶了。根据赵晓元的分工，他负责带人三班倒监视董旸文，而关跃进、严缜则前往董旸文老家，深入掌握董旸文的情况。

关、严二人抵达绵阳市区时，已经过了午饭时间。

绵阳地处成都平原北段，背倚川西群山，由于它所处的特殊地理位置——居西南大后方且在山脉平原交会处，在二十世纪轰轰烈烈的大三线建设中，绵阳成为一个建设重点。著名的中国工程物理研究院、亚洲最大风洞及一批极为重要的军工企业都安身于此。中国工程物理研究院，也就是俗称的中科院九院，专门从事核武器的研发。最多时，这里汇聚的中科院院士占四川全省院士总数的百分之九十以上。因此不少人戏称，绵阳的头号特产，既不是米粉，也不是仔二黄锅盔，而是原子弹。

一路上，关跃进都在严缜耳边念叨他在绵阳吃过的干锅、凉粉、罐罐汤……不过说归说，关、严二人的午饭，是高速服务区勉强能充饥的盒饭。刑警的生活就是这样，一旦忙起来，能吃上口热的就已经很不错了，根本没有挑挑拣拣的可能。关跃进、严缜早已习以为常了。

一条涪江从绵阳城中流过，将城区划分为涪城、游仙二区。董旸文的户籍所在地，是涪城分局D派出所的辖区，关跃进事先跟绵阳警方联系过了，所以直接驱车赶到了 D 派出所。D 派出所的所长老谷，是个热情的红脸汉子。

"我们一接到你们的电话，就对董旸文的情况进行了一轮排查。"老谷是个大嗓门，说话中气十足，"董旸文的户籍，是去年才落到我们派出所辖区的，之前他的户籍，是落在绵阳市人才市场的。"

"人才市场？"严缜有些奇怪，"董旸文老家不是在这儿吗，为什么要落在人才市场？"

"是这样的，"老谷耐心解释道，"董旸文以前的户籍，是落在涪城区 S 机械厂的家属区宿舍的，这是他妈贾冬丽的房子，那一片属于 S 派出所的辖区。后来贾冬丽把房子卖了，董旸文的户籍，就落到人才市场了。去年，贾冬丽在我们所辖区买了一套二手房，董旸文的户籍才从人才市场迁到了这套二手房上。"

"董旸文的户籍，是哪一年迁到人才市场的？"

"二〇〇五年。"

关跃进和严缜对视了一眼，据他们了解，董旸文正是在二〇〇五年进入成都石室道场学棋的。这么看来，贾冬丽这一年把房子卖了，或许正是为了凑钱送董旸文去成都学棋。

"从二〇〇五年一直到去年，九年的时间，董旸文的户籍一直落在绵阳人才市场？"

"是的。"

这时老谷接了一个电话，他边讲电话边出了办公室。几分钟后，老谷带着一位五十岁左右的中年妇女走了进来。

"这是唐主任，她是 S 机械厂家属区那片的社区主任，她对董旸文家的情况比较了解。"老谷向关跃进、严缜介绍道，"知道你们要来，我就提前帮你们联系好了。"

对老谷的悉心安排，关跃进心生感激。几人重新落座后，关跃进向唐主任含混地表示，董旸文涉及他们正在调查的一桩案件，所

虚实　127

以想要了解他的一些情况。

"没问题,你们想知道什么尽管问,我就是 S 机械厂出来的,我老公也是 S 机械厂的,我对厂里的情况都熟。"

唐主任操着带四川口音的普通话,这在绵阳这样的地方是挺常见的。当初为了支援三线建设,有大量来自东北、天津、西安、上海等地的技术员、工人携家带口来到四川,这些三线人和他们的子女,大多操着一口夹杂南北口音的普通话。其实关跃进的口音,也是这么形成的。

"董旸文的母亲,叫贾冬丽,是吧?"

"对,贾冬丽,她以前是车间质检员,和我弟是同学。"

"她现在还在机械厂上班吗?"

唐主任摇摇头,说:"她很早就下岗了,应该是一九九九年的时候吧,那年我弟也是同一批下岗的。"

"她下岗以后以什么维生呢?"

唐主任叹了口气,说:"说来也挺不容易的,她就在我们家属区,支了个摊儿,卖卤菜凉拌菜什么的。"

"董旸文的父亲呢?"

"小董他爸早死了。"唐主任想了想,说,"他爸是车间钳工,喜欢喝酒,脾气不好,喝醉了酒就拿老婆孩子撒气。我想想,他们两口子好像是香港回归那年离的婚,当时小董只有几岁,唉,怪可怜的。"

"董旸文他爸是怎么死的?"

"喝酒喝死的呗。"唐主任翻了个白眼,"小董这个爹啊,连带他爷爷奶奶一家,要我说,都不怎么负责任。"

"怎么说呢?"

"这事说来话长,小董爹妈离婚以后,他一直跟着他妈过日子。那几年,小董他爷爷奶奶时不时还支援支援小董母子。后来小董他爹喝酒喝出肝硬化，在医院没治多久就死了。小董他爹一死，他爷爷奶奶就再也不管小董了。当时小董下棋不是下得好嘛，还得过全市少儿围棋冠军，棋校老师劝了贾冬丽几次，说小董是个围棋的好苗子，最好尽早送到成都的棋校培养。贾冬丽当时没什么钱，便上门找小董爷爷奶奶借，结果人家根本不认小董，大过年的，直接就把母子俩赶出门了。"

"这是哪一年的事？"

"二〇〇五年春节。小董他爹是二〇〇四年底走的，来年董家就不让小董进门了。我老公是厂工会的，小董他爹死的时候，前前后后帮着张罗了丧事，所以记得清楚。"

"董旸文的爷爷奶奶，为什么不认他了呢？"

"还不是小董那两个叔叔撺掇的呗，到处跟人嚼舌头根，说贾冬丽在外面跟人好了，小董不是他爹亲生的，这些话自然就传到小董的爷爷奶奶耳朵里了。说到底，他那两个叔叔就是欺负小董没了爹，不想让他分老人留下的房子，呸，不要脸！"

"所以二〇〇五年的时候，贾冬丽把厂家属区的房子卖了，是为了凑钱送董旸文去成都学棋？"

"对，贾冬丽把房子卖了，只能回娘家住。这些年，贾冬丽就一直在家属区摆摊，供小董学棋。母子俩反正都挺不容易的。"唐主任非常同情地说。

"去年贾冬丽又买了房子，对吧？"

"对，就在这附近，一个二手的两居室，不过能看见江景，位置挺好的，她搬新家的时候还请我们去吃了饭呢。"

"买房子的钱，是哪来的呢？"

"应该是小董给的，贾冬丽这些年做小生意，大概也存了一点吧。贾冬丽说小董在外面教棋还挺挣钱的，比上班挣得多多了，这么多年，她算是熬出头了。"

虚实　129

关跃进和严缜对视了一眼，董旸文可从来没跟他们说过，他在外面教棋挣钱。

4

董旸文发现自己被监视了。

这天早上，他像往常一样，收拾整齐，步行前往俱乐部训练。周日早晨的南岗佳苑小区有些冷清，平日忙碌的上班族，此时都躲在家里睡觉，只剩睡眠较少的老年人聚在小区中央，活动腰腿，闲话家常。

自从董旸文走出楼门，就有一个穿着短裤、运动衫的青年，装作慢跑锻炼的样子，不紧不慢地跟着。虽然南岗佳苑租户很多，来来往往总不乏新面孔，可这个慢跑青年董旸文之前从来没见过，他确信这个青年并不是小区住户，因为他发现这一路上不止一个老年人朝那个青年投去关注的目光。如果青年是小区住户，这些天天在小区院子里打发时间的老年人不会这样好奇。

为了证实自己的怀疑，走出南岗佳苑大约五百米后，董旸文走进了路边一间公共厕所。董旸文并不内急，他钻进公厕隔间，在里面等了大约五分钟，然后按下冲水键，走出公厕。在公厕门口洗手时，董旸文借助盥洗台的镜子，果然找到了那个慢跑青年，此时他正在公厕对面的街心小公园假装做拉伸。

董旸文明白，必须要更谨慎了，与白佳嘉的私下联络也要暂时中断，不过警方完全没有怀疑白佳嘉，这对他而言是个好消息。当务之急，是得从警方的包围网中脱身，董旸文又想起了昨天和关跃进的一番交锋。那个叫关跃进的小老头儿，明明心底把其他人都看成笨蛋，却成天一副笑眯眯、点头哈腰的样子，董旸文想起了他妈说过的一句话,"嘴巴蜜蜜甜,心头揣把锯锯镰"[1],要是古代的奸相李林甫生在现代,大概也就是关跃进这副模样了。

董旸文清楚,警方应该还没有掌握什么有力的证据,否则也不会只是暗中监视,早请他去公安局喝茶了。这说明截至目前,他还没犯下什么明显的错误。昨天关跃进的步步紧逼,看似剑拔弩张,其实只是对他进行极限施压,警方希望在层层重压下,董旸文能自乱阵脚,露出破绽。

既然想明白警方在干什么,想要什么,那董旸文下一步要做的,就是给警方他们想要的东西。这个东西是什么,董旸文早有预备,现在他要考虑的,是抓住一个最合适的时机,让警方自己找到它。

5

贾冬丽的年纪比唐主任小,看起来却比唐主任老了好几岁。

晚饭后,太阳将落未落,奔流不息的涪江水反射着粼粼霞光,远处富丽堂皇、巍峨高耸的越王楼清晰可见。关跃进拿着一个脆皮锅盔,细嚼慢咽,江风轻拂,他注视着大约五十米外的江边小广场上,一群中老年人伴随着欢快的音乐,翩翩起舞,其中就包括董旸文的母亲贾冬丽。

贾冬丽似乎是个比较内向的人,一连好几支舞跳完,和周围的人也没有什么交流。关跃进能从贾冬丽身上看到不少董旸文的影子。锅盔吃完,关跃进觉得有点口干,他四下张望,见严缜拿着手机走了过来,连忙向其招手。

"怎么样?"

---

[1] 四川谚语,口蜜腹剑之意。锯锯镰,指刀刃有锯齿的镰刀。

关跃进从严缜包里翻出一瓶矿泉水,喝了一大口。

"挺好吃的。"

"什么挺好吃的?"

"锅盔啊。"

"哪个问你锅盔了,你个宝器[1],我是问对我们掌握的情况,赵晓元怎么说的?"

"哦,"严缜这才反应过来,"赵队说这个情况很重要,明天他会亲自找包全胜了解情况。"

关跃进面露得意之色,冲严缜伸出手来。

"干吗?"

"来一支。"

严缜一愣,随即无奈地从包里摸出一支南京香烟,同打火机一起递给关跃进。

关跃进把香烟放到鼻子下闻了半天,才舍得点燃抽一口。

"师父,说好了一天只能抽一支,你可不能因为出差在外就放纵自己!"

严缜在一旁喋喋不休。

关跃进不耐烦地摆摆手,埋怨道:"你怎么比我老伴儿还唠叨,你这样婆婆妈妈,哪个女娃子会看上你?"

严缜气得直翻白眼,却也拿关跃进这嘴没什么办法。

6

翌日早晨,赵晓元和廖捷在益州银行大厦附近一家咖啡店里见

---

[1] 四川方言,形容像活宝的样子。

到了包全胜。赵晓元不想惊动董旸文,特意约了包全胜在俱乐部以外的地方见面。

一见面,包全胜就迫不及待地问赵晓元,是不是排除了董旸文的嫌疑。赵晓元没想到包全胜惦记的是这事,只得随口搪塞几句。

愿望落空,包全胜有些失望,喃喃道:"我还以为今天能给小董一个好消息呢。"

赵晓元不动声色地说:"包教练对董旸文参赛的事,挺上心的啊。"

"小董这孩子挺不容易的。"包全胜盯着杯中飘着热气的美式咖啡,一口没动,"我总想着,能帮一把就帮一把。"

"董旸文的家庭状况,我们也有所了解。"赵晓元不失时机地切入正题,"据说当初为了供董旸文来成都学棋,他妈把家里房子都卖了?"

包全胜"嗯"了一声,说:"当初蒋老专门跟我提过这事,说小董是个舍得下苦功夫的孩子,让我以后多照顾他,不能让他耽误了。"

"董旸文现在靠打比赛,收入不怎么高吧?"

"是啊。"包全胜叹了口气,说,"俱乐部有保底工资,但那点钱,扣了社保、房租啥的也不剩什么了。除此之外,还有对局费和比赛奖金,每个棋手多少不同,不过总的来说,也不比他们这个年纪在外面上班啥的多多少。"

"我听说,"赵晓元喝了一口咖啡,"去年董旸文在老家买了房子,这事你知道吗?"

"知道。"包全胜干脆利落地承认道,"这事从头到尾我都知道。"

"买房的钱是哪来的?"

"上外面教棋呗,棋手想多挣钱,还能干点啥?"包全胜没好气地说。

"这样不会影响他的比赛成绩吗?"

包全胜苦笑一声，反问道："你以为小董自己不知道吗？没办法呀。他妈把房子卖了以后，这些年就一直住在他姥姥家里。去年小董姥姥去世，据说他几个舅舅都想把老人留下的房子卖了分钱，他妈也就住不下去了。去年小董找我商量的时候，难过得差点哭出来。没办法，那是他亲妈，他得帮忙呀。他妈这些年摆摊做小生意，攒了些钱，加上他姥姥老房子卖了也能分一点钱。想办法凑个十万左右，小董就能给他妈在绵阳买一套小房子。我思前想后，最后还是通过关系，给小董介绍了几个教棋的工作。我跟他约好，凑够买房子的钱，就老老实实回来打比赛，小董也很自觉，他是真的想下一辈子棋的人。"

——大概也是因为如此，包全胜才努力想送董旸文进耳赤杯决赛圈吧。

赵晓元不禁对面前这个貌不惊人的中年男子敬重起来。不过想到包全胜的愿望很可能落空，赵晓元觉得喝进嘴的咖啡，变得更苦了。

7

对董旸文的监视持续了三天，毫无收获。董旸文每天的行动，规律得像时钟一样：早上九点之前，抵达俱乐部开始训练；中午在益州银行食堂吃饭，之后小憩片刻，继续训练；晚上七点左右，离开俱乐部，去益州银行食堂吃晚饭，吃完步行回家；回家后则用电脑上网，主要浏览时事新闻，以及围棋网站，偶尔也会登录围棋平台，匿名跟人下两局。这期间，董旸文除了跟母亲贾冬丽通过一次话，闲聊了几分钟，并没有跟其他人联系过。

五月二十七日，"五·二〇"案专案组再次召开碰头会。

"董旸文自小父母离异，他与母亲贾冬丽相依为命。二〇〇五年，贾冬丽为了供他到成都学棋，把绵阳老家的房子卖了。一直到去年，董旸文才靠到处教棋攒了些钱，帮他母亲在绵阳买了房子，这对母子才算是有了一个属于自己的小家。"

率先做汇报的，是严缜。

"董旸文看不上徐天睿，觉得他始终只是凭小聪明下棋。董旸文觉得自己的比赛成绩被徐天睿压一头，是因为徐天睿家里条件好，可以专注比赛，而他必须要分心教棋，挣钱给他母亲买房子。去年董旸文帮贾冬丽买了房子后，就推掉了所有教棋的工作，专心训练。据俱乐部教练包全胜说，耳赤杯举办的消息一传来，董旸文立刻就定下了杀入耳赤杯决赛的目标，很早就开始了针对性训练。没想到在预选赛，董旸文输给了素来看不上的徐天睿，最关键的是，徐天睿还抢走了他心仪多年的白佳嘉。"

最后，严缜得出结论："常年暗恋的女孩被别人捷足先登，寄予厚望的对局又大败而归，董旸文很有可能出于强烈的嫉妒，对徐天睿起了杀心。"

"大家怎么看？"

严缜汇报结束后，赵晓元询问众人意见。

警察们议论纷纷，不过大多认同这一判断。接着，廖捷对董旸文的监视情况做了汇报，结论是，董旸文近三天的行动毫无异常。

"都说说吧。"

廖捷的汇报结束后，赵晓元照例询问众人意见。

一名从二中队抽调来的刑警建议直接传唤董旸文。"我认为，快刀斩乱麻才是最有效的，前面我们也说过，董旸文再怎么天才，也只是个涉世未深的二十二岁年轻人，我有信心可以当面击破他的心理防线！"

这名刑警的发言，立刻引发了会议室内截然相反的两种意见，

虚实　135

要求直接传唤的是一派，主张不打草惊蛇的是另一派，两派人马彼此争论，莫衷一是。

赵晓元向霍建斌投去征询的目光，霍建斌没有说话，默默望向了一直没发言的关跃进。赵晓元会意，伸手示意大家安静，待声音逐渐平息后，赵晓元开口了："我们别忘了，这个董旸文虽然年轻，毕竟是职业棋手，心理素质比普通人强很多。别的不说，我们把他传唤过来，他要是使出'石佛功'，没有表情，也不说话，就坐那儿撑满二十四小时。你们说，用什么办法撬开他的嘴？"

刚才发言的那名刑警一时语塞，主张不打草惊蛇的人则面有得意之色，不料赵晓元接下来话锋一转："但我们也不能只是静观其变。上次会议我们定下的策略，是对董旸文持续加压加码，这个策略我认为是没问题的。现在我们要讨论的，是怎么更好地加压加码！"

霍建斌微微点头，对赵晓元的发言表示认同。大领导的表态，勉强压住了会议室内的意见分歧。可是大家嘴上不说，心里难免嘀咕：这也不行，那也不行，话都让你赵晓元一个人说了，那你说该怎么办？

赵晓元看向关跃进，笑嘻嘻道："关师父，你别闷着不说话啊，关键时刻，还得你这样的老同志，给我们当定海神针、指路明灯。关师父，关军师，你说说，计将安出啊？"

众人目光集中到关跃进身上。对赵晓元的连番马屁，关跃进很是享受，他清了清嗓子，缓缓说："我听说，前几天耳赤杯组委会的人，找到咱们这儿来了？"

赵晓元看向霍建斌，霍建斌将崔延龙、包全胜的来访经过简单说了一遍。

关跃进点点头，说："打蛇打七寸，这个耳赤杯就是董旸文的七寸。我建议，霍队你就联系组委会那边，让他们别等了，直接给其他棋手发外卡。这张外卡不仅要发，还要敲锣打鼓地发，要第一时间让董旸文知道。"

——能使敌人自至者,利之也。

霍建斌明白,关跃进这是一下就抓住了董旸文的痛处,这个时候想要施压,没有比耳赤杯更适合的了。霍建斌扫了一眼会议室,众人还在议论纷纷,但是多数人已经露出了赞同的神情。

最终,霍建斌一锤定音:"关师父说得对,就这么办!"

8

董旸文已经一个星期没联系过白佳嘉了,这段时间白佳嘉一直在家休息,也没来俱乐部。董旸文知道警察一直盯着他,无论如何,也不能把警察引到白佳嘉那边去。尽管心中焦虑——尤其是那个突如其来的安眠药问题——董旸文还是装出一切如常的样子,此刻正是他和警察比拼定力的时候。

周五这天,董旸文像平常一样,不到九点就到了俱乐部。只是董旸文发现,今天还有比他先到的人,此人正是教练包全胜。董旸文明白,包全胜到得这么早,应该是在等他。董旸文立刻想到了耳赤杯参赛名额的事,从时间上算,也到了该定下来的时候了。

想到这里,董旸文稍微定了定心,主动敲了教练办公室的门。

"是小董啊,正好,我有事想找你。"见董旸文来了,包全胜露出笑容。

董旸文注意到茶几上的烟灰缸,里面横七竖八地躺着好几根烟蒂。每天下班,保洁大妈都会把教练办公室打扫干净,昨天也不例外,这些烟蒂显然是包全胜一早上抽的——看来包全胜接下来想说的,肯定不是什么好事。

董旸文心中微动,在沙发上只坐了半个屁股,屏气凝神,等待包全胜开口。

"小董啊，徐天睿的事情你也知道，这个事情啊，完全出乎我们所有人的预料。"包全胜有些尴尬地挠了挠鼻子，"也包括耳赤杯组委会，他们也是第一次遇到这样的情况。本来呢，参赛选手如果因为身体问题而退赛，是按比赛积分排名来顺序递补的，但是啊，徐天睿这个情况毕竟特殊，他是被人杀害的。针对这样的情况，要不要按照老办法来执行，说实话，组委会那边是存在很大争议的。"

董旸文的心一点一点沉了下去，他看着包全胜，不知道说什么才好。

包全胜也不敢看董旸文，只是低着头自顾自说："俱乐部呢，也在一直帮你争取。组委会负责人老崔，还专门从北京飞过来跟俱乐部商谈这件事。小董，该做的我们都做了，该说的我们也都说了，但最后的结果，是韩国那边决定，绕过积分排名，直接给其他选手发外卡……"

董旸文的心沉到了谷底，他用细不可闻的声音说："我……知道了。"

包全胜摸出一支香烟，安慰道："小董啊，你要理解，这不是你的问题，是特殊情况，运气问题，这个我们谁都没办法。"

"谢谢教练。"董旸文的眼神黯淡无光，整个人仿佛都失了魂儿。

包全胜闷着头抽了几口烟，说："小董，你也别难过，命里有时终须有，命里无时莫强求，想开一点。"

"是。"董旸文艰难地说，"说到底是我输了，本来就没资格参加，这个名额给谁不给谁，得看别人脸色，这也是没办法的事。"

"话也不能这么说。"包全胜犹豫片刻，突然压低了声音，"今天也没外人，就咱们自己关起门来说，其实这主要还是因为案子的事。"

董旸文不解地看着包全胜。

包全胜叹了口气，说："本来我都快说服老崔了，可是好死不死，老崔给公安局打了个电话，那边直接说你是徐天睿这个案子的利益相关人员，就这一句话把我们全给堵死了。老崔给韩国那边一汇报，人家当下就决定直接发外卡了。"

董旸文无话可说，脸色白得可怕。

"你别往心里去，他们这么弄，主要是怕担责任。"包全胜将抽了一半的香烟掐灭，愤愤地说，"他们根本不管你为这个机会准备了多久，付出了多少努力！现实就是这样，你得学会接受。"

说着，包全胜起身走到董旸文身边，拍了拍他的肩膀，说："这样吧，你放两天假，连着周末好好休息一下。最好去哪儿玩一玩，散散心。"

"谢谢教练。"董旸文闻言站起身，小声说，"那我先回去了。"

"行，别想太多了，好好休息，该吃吃该喝喝啊。"

看着董旸文逃也似的离开办公室，包全胜松了一口气，他已经按关跃进的要求，跟董旸文谈过话了——包括"私下"透露的信息，也是关跃进要求的。他不知道董旸文是否能承受这样的打击，更关键的是警方的态度，让他对董旸文原本无条件的信任，开始出现松动。

一想到这个，包全胜忍不住又点燃了一支香烟。

9

董旸文快步离开俱乐部，得知参赛无望，说不难过肯定是假的，但他内心难过的程度远不及外表看上去的那样强烈。董旸文最想要的是什么，他一直都很清楚。

董旸文很了解包全胜，他向来有事说事，不讲废话，今天不但絮絮叨叨说个不停，还刻意透露搅黄比赛的是警察这种"内幕"，实在太反常了。董旸文认为，包全胜之所以这么说，是因为有人要他这么说，而这个人，十之八九就是那个口蜜腹剑的老苞谷关跃进。

此时董旸文要做的，就是扮演好一个失望到极点、茫然不知所措的脆弱青年——既然这是关跃进想要的，不妨给他好了。想到这里，董旸文知道，他一直等待的那个时机终于来了——

关跃进已经布下了一张大网，现在是时候，给这张大网送上董旸文准备好的"猎物"了。

第七章 傻子

1

  自从董旸文得知参赛无望后,已经整整两天没有出门了,门口的外卖垃圾也越堆越多——董旸文似乎连下楼扔垃圾的心情也没有。
  一辆银色捷达车停在董旸文家单元楼门不远处的露天停车位上。周日的最高气温是三十二摄氏度,现在虽然只是上午,高悬的太阳依然把捷达车的铁皮晒得滚烫。车载空调已经开到最大挡了,发动机因为长时间原地怠速,像肺痨鬼一样"喀喀喀"个不停。坐在主驾上的严缜不断扭动身体,尽管屁股下垫着麻将凉席,可是他依然能感觉到一股股热浪顺着凉席缝隙自下而上、喷涌而出,不断炙烤他的裆部。
  严缜的内裤已经汗湿了,粘在屁股上湿乎乎的非常难受,他打开收音机,电台播放的,是张学友的《天气这么热》。
  这歌应景是应景,就是越听越烦,严缜连忙换了一个频道,一个苍老的声音传来:"保持男性生殖健康,一定要注意,不能让睾丸长期处于温度高的环境——"

"啪"！

严缜心烦意乱地关上收音机，真是怕什么来什么，他连婚都还没结呢！

就在严缜为生殖健康忧虑之时，一个拎着一堆外卖垃圾的身影出现在单元门口，是董旸文！

董旸文穿着一件松垮垮的老头衫、一条大裤衩，脚上趿着一双旧凉鞋，头发乱蓬蓬的，脸似乎也没怎么洗，总之要多邋遢有多邋遢。董旸文扔了垃圾，没有回单元楼门，而是转身朝小区外走去。

严缜拿起对讲机，向指挥中心汇报了这一情况。今天和严缜搭班的，是廖捷，他负责步行跟踪，严缜负责车辆跟踪。廖捷远远跟着董旸文，走到南岗佳苑附近的公交站，严缜也开车到公交站附近待命，看起来董旸文要搭公交车外出。

很快，董旸文上了一辆公交车，这趟车是开往世纪城地铁站的，廖捷也跟了上去，严缜则开车远远跟在后面。董旸文的目的地并不是世纪城地铁站，他在天府大道的左岸花都站下了车。

董旸文摇摇晃晃过了马路，沿着华府大道走了一段路，然后拐进了街边一家绵阳米粉店。严缜开车顺着天府大道跨过锦江，在天府五街路口掉了个头，开回到华府大道上，停在路边。

"这娃娃点了二两粉，牛肉加圆子，清红汤对浇，妈哟，弄得老子也想吃了。"

对讲机里传来廖捷的声音。

"这家味道应该不错吧，不然他一个绵阳人也不会坐那么久公交车，专门过来吃。"

"我给你说，龙舟小区那边，有家绵阳米粉味道可以，二天[1]我带你去吃。"

---

[1] 四川方言，指今后。

"我还是更喜欢吃面，对米粉感觉一般。"

"嘿，山猪吃不来细糠。"

"米粉再细能细到哪儿去！"

就在严缜、廖捷通过对讲机互相调侃的时候，董旸文已经三口两口吃完了米粉。走出米粉店，董旸文没有原路返回天府大道，而是过了马路，朝街对面的会龙公园走去。

会龙公园是沿着锦江堤岸修建的一个南北走向的长条形公园，董旸文从华府大道这一侧进入公园，如果一直向南走，会从天府大道西侧的另一个门走出公园。严缜决定再等等，视廖捷反馈的情况，看是提前到天府大道等着，还是跟着开进会龙公园。

很快，廖捷的声音从对讲机里传来。

"董旸文在公园里……和一个小伙子在说话……他们两个好像认得。"

"要我开过来吗？"

"他们在河边亭子头，你可以开过来，找个空车位停起。"

"明白。"

严缜发动汽车，左拐进了会龙公园。会龙公园有一条车道贯穿南北，车道旁有许多停车位，现在不到中午，停车位大多空着。严缜挂着一挡，缓缓向前，很快就看见车道右侧方向，在河边一片小树林里有一座凉亭。董旸文和一个差不多年纪的小伙子，两人在凉亭里盯着地面，不知道在干什么。

严缜停好车，车头正对着凉亭，这时廖捷从一旁的树荫里钻出来，打开车门。

"哎呀，热得遭不住了，空调开大点！"廖捷屁股还没挨到座椅，就开始嚷嚷。

严缜才没心情关心廖捷热不热，反正他内裤早就湿透了。

"妈哟，我坐墩儿[1]——"

廖捷在后座一坐下，嘴里就发出了酸爽的声音。捷达车的后座直直晒了一上午，不烫屁股是不可能的。

"他们干吗呢？"严缜从副驾驶位子上拿起相机，一边拍照一边问。

"下棋。"廖捷没好气地答道，"欸，你空调开大点嘛！"

"这破空调就这么点风，你想凉快坐局长的帕萨特去！"

廖捷骂了一句"三字经"，喃喃道："老子还以为车上凉快点，结果比外头还热！"

严缜指着自己满脑门子汗说："你看我像凉快的样子吗？"

"算了，我还是下去算了。"

廖捷推门想下车，被严缜拦住。

"你先说说，他们下的什么棋？"

"还能是啥子棋，围棋噻！"

"我看董旸文身上也没带棋啊。"

"两个人拿粉笔在地上画的线。"

"哦。"严缜恍然大悟，"就像我们上学的时候，在作业本上偷偷下五子棋一样。"

"那个娃娃，看起来不太正常。"廖捷指了指自己的脑袋，"好像这儿有点问题。"

这时远处传来一阵欢呼声，严缜抬头望去，只见凉亭内那个陌生小伙儿，像是下了一步好棋，竟然原地跳起舞来，一边跳还一边唱歌，刚才那阵欢呼声就是他发出来的。

"我下去盯着。"

廖捷推开车门，走了出去。

---

[1] 四川方言，指臀部。

2

董旸文和那个小伙儿在凉亭里下了一个多小时棋。这期间,小伙儿的状态一直不稳定,一会儿蹙眉沉思,一会儿手舞足蹈,跟个三岁孩子似的。

最终,两个人似乎分出了胜负。小伙儿输了棋,哭丧着脸,不断跺脚撒泼,董旸文拍了拍小伙儿的肩,似乎在安慰他。两个人又说了一会儿话,董旸文便起身离开了凉亭,朝会龙公园南侧大门方向走去。

"廖哥你跟着董旸文,我去问问那个小伙儿。"

"要得。"

严缜将对讲机揣进挎包,下车朝凉亭走去。小伙儿依然蹲在凉亭里,盯着地面出神。

严缜走到凉亭边,只见凉亭正中地上,有白色粉笔整整齐齐地画的横竖十九条线。"棋盘"交叉点上,密密麻麻地画了许多小圆圈和小三角。小伙儿和董旸文,应该是用圆圈和三角,分别代表黑棋和白棋。小伙儿盯着粉笔棋局冥思苦想,丝毫没注意到严缜已经站到他身后了。

"看什么呢?"

严缜一开口,吓了小伙儿一跳,他猛地站起身来,警惕地打量着来人。严缜这才发现,这个小伙儿个子还挺高,戴着一副厚厚的黑框眼镜,嘴唇周围长了一圈稀稀疏疏的小胡子。小伙儿穿了一件脏兮兮的T恤,短裤磨出了毛边,脚上是一双大一号的凉鞋,手指缝里全是黑泥,看起来十分邋遢。

"我……我下棋。"

小伙儿说起话来有点口吃。

"你刚才和谁下棋呢?"

傻子

"和……和小文下……下棋。"

看来董旸文果然和这个小伙儿认识，严缜继续问道："你是小文的朋友？"

小伙儿点点头，说："我……我经常和……和小文一起耍！"

"你叫什么名字？"

"我……我……"小伙儿刚要说自己名字，忽然想起什么，打量着严缜，"你……你是哪个？"

"我也是小文的朋友，我叫严缜。"

"我……我没听小文说……说过你。"

"你还没说你叫什么呢？"

"罗……罗青云，我……我叫罗青云。"

"你住在哪儿啊？"

"我……我住那……那边。"

罗青云指了指华府大道方向。

严缜刚要说话，挎包里的对讲机传来声音——

"董旸文上公交车了，往南岗佳苑方向的，我也准备上车。"

"他这是要回家？"

"应该是。"

"明白，我随后就到。"

严缜放下对讲机，发现罗青云从地上捡起粉笔，揣进兜里，正要离开。

"走啦？"

罗青云点点头，说："我……我要回去吃……吃饭了。"

严缜挥挥手，说："行，改天找你玩。"

"你……你也喜……喜欢下棋？"

"我不会，我们可以玩别的。"严缜从包里摸出一盒薄荷糖，倒了两颗在罗青云手里，"来，请你吃糖。"

罗青云一把塞进嘴里，张口要嚼。

"不用嚼，含着就行。"

罗青云听话地嘬了两下，露出笑容，说："好吃，我……我也送你个东西！"

说罢，罗青云掏了半天裤兜，摸出一枚白棋子，放到严缜手上："给你！"

这是一枚光滑洁白的围棋棋子，摸起来凉冰冰的，仔细看，棋子上还有着淡淡的、珍珠一般的纹路。严缜心想，现在的玻璃棋子做得还挺精美的，他抬头想谢谢罗青云，这才发现罗青云已经走出凉亭好长一截了。

严缜将棋子放进挎包，想了想，又掏出手机将凉亭地上的棋局拍了下来。做完这些后，严缜快步朝捷达车走去，他还有跟踪任务要执行呢。

3

当天下午，严缜、廖捷结束了他们这一班任务，返回刑侦大队。由于是董旸文两天以来首次外出，严缜、廖捷将这次外出经过向赵晓元详细汇报了一遍。

"也就是说，"听完汇报后，赵晓元慢悠悠地说，"董旸文来回坐了一个小时公交车，就是为了去吃碗绵阳米粉？"

"那家米粉那么好吃吗？"关跃进不太相信的样子。

"应该还可以，我搜了一下，网上评价都说味道不错。"廖捷显然有备而来。

"对了，跟董旸文下棋的那个人，叫——"

"罗青云。"

赵晓元对廖捷说:"回头找辖区派出所,了解一下这个罗青云的情况。"

"好嘞。"

"这个罗青云,看起来老实巴交的,不像惹事的人。"严缜想了想,说,"我请他吃了个薄荷糖,他还要送我一个礼物。"

"什么礼物?"关跃进好奇地凑了过来。

"就是玻璃棋子,不值钱。"严缜摸了半天,终于从挎包里找到了那枚白棋子。

关跃进看着严缜手里的棋子,突然心中一动,他拿过棋子,顺手打开赵晓元办公桌上的台灯。灯光下,棋子通体晶莹剔透,发出如牛奶般润白的光泽,棋子上的纹路也更显清晰,一条条一道道细密连贯,像是能工巧匠画上去的一样。

"怎么了?"严缜不解地问,他不明白关跃进为啥要盯着一颗玻璃棋子看这么久。

"你马上打电话,叫那个谁来一趟队里。"关跃进用不容置疑的语气说。

"是。"严缜应下足足两秒之后,才反应过来,问道,"叫哪个谁啊?"

"老子……"关跃进瞪圆眼睛,急出了四川话,吼道,"卖雪茄那个颤灵子[1]!"

"是!"

4

高谦戴着白手套,左手托着棋子,右手举着一个放大镜,屏气

---

[1] 四川方言,指爱出风头、好表现的人。

凝神地打量了半天。关跃进、赵晓元、严缜三人也跟着不吭声不出气，静待高谦发话。

高谦掏出一支手电筒，打开最强一档，将棋子举到手电筒前。在强光照射下，白色棋子竟然变得半透明起来，而棋子周身的纹路并不透光，圆形棋子上一道黑一道白，像光晕一般，说不出地漂亮。

说时迟那时快，高谦放下手电，用右手食指和中指夹起棋子，"啪"地拍在办公桌上。你别说，高谦这人说话没边儿没遛儿的，可是落子这一刻，突然浑身上下都有了几分威仪感，仿佛是在国际大赛上挥斥方遒的新晋棋王一般。

"没错，肯定没错！"高谦拿起棋子，说，"这可是极品的蛤碁石棋子哪！"

"什么石？"

严缜一副难以置信的样子。

"há，qí，蛤碁石。"高谦耐着性子解释，"是用日本特产的一种贝壳打磨成的白棋子。你看，我们中国的围棋子，一般是一面平，一面凸，这种棋子叫单面鼓。日本的围棋子，两边都是凸起来的，叫双面鼓。这种蛤碁石棋子，就是双面鼓棋子里的极品！"

众人凑上去一看，这枚白棋子果然如高谦所言，两面凸起，圆滚滚的像一个小飞碟。

"这玩意儿贵吗？"

"这个也分档次，十多块钱到几十块钱一颗不等吧。"

"那这个呢？"

"这个当然是最贵的那种啦。"

高谦不厌其烦地开始了科普。原来，日本日向市小仓浜海岸有一种特产的贝壳，叫日向本蛤，用这种贝壳打磨成的白棋子纹路细腻、光滑度高，被人们叫作蛤碁石棋子。后来日向本蛤被捕捞得太多，资源枯竭，就改用墨西哥蛤贝代替，做出来的也叫蛤碁石棋子。

蛤碁石棋子根据花纹粗细疏密，又细分了好几个档，最珍贵、最稀有的那档，叫雪印。

"我敢肯定，这个是百分之百正宗的日向本蛤，不是墨西哥蛤贝，而且是雪印级别的。"高谦激动不已，咂着嘴说，"你看这成色，你看这光泽，啧啧啧，多漂亮！"

确认这枚白棋子绝不是什么便宜货后，关跃进吩咐严缜把高谦送了出去。

赵晓元盯着办公桌上的棋子，伸手想拿，被关跃进拦住了。关跃进掏出一个小证物袋，抓起一支圆珠笔，将棋子拨了进去。

"赵队，你记不记得，我们请徐天睿父亲清点过他家收藏的名贵棋具。"

"是有这么回事。"

关跃进摸出手机，打开一张照片，放到赵晓元面前。照片照的是徐天睿书房一角，靠墙的架子上摆了两个形制古朴的黄檗木棋笥。关跃进指着照片，说："徐天睿父亲说，这两个棋笥连同里面的棋子，都是徐天睿在日本比赛的时候带回来的，值不少钱。里面装的黑色的，是那智石棋子，白色的，就是蛤碁石棋子。"

赵晓元心中一动，立刻抓起桌上的电话。

"我马上叫技侦的人来！"

5

技侦人员连夜对这枚白棋子进行了检查，并与徐天睿家里的那副蛤碁石棋子进行了比对。经过清点，徐天睿家的蛤碁石棋子只有一百七十七颗——一副围棋有一百八十一颗黑棋子，一百八十颗白棋子，有时候难免会破损、遗失一两颗，只要定期补足就行了。

通过形状、材质、工艺、花纹等多方面对比，技侦人员认为，这枚白棋子很可能来自徐天睿家里那副蛤碁石棋子。技侦人员在白棋子上检测到了几组指纹，排除严缜、关跃进等内部人员后，只剩下一组疑似罗青云的指纹。

与此同时，专案组也从辖区派出所那里掌握到了罗青云的一些情况。罗青云一九九一年出生于四川邛崃市，今年二十四岁，父母双亡，目前跟着姑妈住在华府大道会龙公园附近的H小区。罗青云并不是生下来就像现在这样，三年前，他因为溺水导致大脑受损，才变成这个样子的。据辖区派出所民警反映，罗青云出事之前也是下围棋的，据说还得过名次。

这条线索立刻引起了专案组的重视，看来董旸文很可能是通过下棋认识的罗青云，但是两人之间究竟是什么关系，徐天睿的棋子又是怎么到了罗青云手里，这些问题必须得弄清楚。

专案组做出决定，一方面继续对董旸文进行监视，另一方面由关跃进出马，针对罗青云这条线进行调查。

6

六月一日儿童节，距离"五·二〇"案已经过去了整整十一天，对董旸文的监视也超过了一周，专案组急需一个案情的突破点。这天下午，关跃进、严缜来到华府大道H小区，小区大门斜对的，就是会龙公园北门。H小区已经建成十多年了，小区内都是没有电梯的多层住宅楼，在这一片算是入住率较高、配套也比较齐全的小区。

罗青云姑妈家在一楼，有一个很大的花园，花园里还砌了鱼池，十来尾肥硕的锦鲤在水池里悠闲地游来游去。罗青云姑妈坐在花园凉亭里。她大约五十岁，长方脸，右嘴角有一颗黑痣，顶着一头深棕色的短卷发。她是一个小个子妇人，肩膀瘦削，身高可能连一百五十五公分都不到。

"我们家青云，太可怜了。"一说到侄子，罗青云姑妈先是叹了长长一口气，又沉吟了好一阵后，才说出这么一句。

"罗青云的爸爸，是你弟弟，对吧？"关跃进喝了一口罗青云姑妈端来的菊花茶，很喜欢这个味道。

罗青云姑妈点了点头。据她说，他们家原先在邛崃，是经营小酒坊的。邛崃位于成都平原西部，古称临邛，是西汉才女卓文君的故乡，自古就有酿酒的传统。司马相如和卓文君当垆卖酒的故事，就发生在邛崃。

罗青云姑妈说，她父母生下她后，想要个儿子，可是很长一段时间都怀不上，到处求医问药，后来还是跑到温江，看了一个退休老中医才终于怀上，生下了罗青云爸爸。因此罗青云姑妈和自己的弟弟，年龄差了整整十二岁。

罗青云爸爸从小就聪明，读书成绩非常好，高中毕业后顺利考上了四川化工学院。没想到罗青云爸爸到了大学，和学校食堂打杂的一个女孩好上了。两个年轻人禁不住荷尔蒙的诱惑，偷尝禁果，女孩就这样怀上了。那时还是二十世纪九十年代初，女方家闹到学校，导致罗青云爸爸被学校开除了。要不是女方家同意结婚，罗青云爸爸差点就因为流氓罪被关进大牢里去。两个年轻人生下的小孩，就是罗青云。

罗青云爸爸被学校开除，只能回邛崃帮着家里经营酒坊。罗青云爸爸在大学学的就是发酵工程，他肯下功夫，又善于钻研，几年下来，竟然把家里的小酒坊搞得有声有色，慢慢做成了一间有六十多个员工的小型酒厂。

罗青云从小也跟他爸似的，学习从来不用家里人操心。罗青云爸爸一心希望他将来考上名牌大学，弥补自己没能读完大学的遗憾。

罗青云初二的时候，偶然接触到了围棋，一下就迷上了。他先是让爸爸帮他买了许多棋谱，自己在家琢磨，后来开始在网上下棋，棋瘾也越来越大。到最后，罗青云连高中也不想考了，让他爸爸送他去专业的道场学棋。

罗青云爸爸一开始说什么也不同意，奈何罗青云态度异常坚决，不管谁去劝，都坚持要去道场学棋，甚至还开始绝食抗议。罗青云爸爸实在没办法，只能把罗青云送到成都的道场学棋。

"那个道场，是不是叫石室道场？"听到学棋这一节，关跃进眼前一亮。

"我想想，"罗青云姑妈认真回想了一会儿，"好像是叫这么个名字，教青云下棋的老师，姓蒋。"

"是不是叫蒋渝？"

"对，是叫蒋渝，好像还是个挺有名的棋手。"

据罗青云姑妈说，想要成为职业棋手，必须从很小的时候就开始培养。罗青云初三才开始学棋，实在太晚了。一开始蒋渝说什么也不愿意收下他，是罗青云爸爸到处找人托关系才把罗青云硬塞进了道场。

"是吗？"关跃进感到十分惊讶，"罗青云是哪一年进石室道场的呢？"

"二〇〇六年，他读高一。当时我弟本来也想把青云送到成都读高中，就跟他约好，如果一年内下不到道场前十，就老老实实回去读书。我们全家都觉得青云就是一时冲动，道场那些娃娃都是从小接触围棋，又在道场学了几年，青云一个青沟子[1]，不可能下到前十的。"

说到这里，罗青云姑妈顿了顿，脸上突然有了几分神采，提高

---

[1] 四川方言，本指婴幼儿臀部青色的胎记，引申为指年龄小、不懂世事的人，又可指新手。

傻子　153

音量说:"没想到我们家青云是个天才,才半年的时间,就杀进道场前五名!"

关跃进想了想,这段时间似乎董旸文、徐天睿、白佳嘉也在石室道场学棋,看来他们和罗青云是道场同学。

"当时和罗青云一起学习的同学你都认识吗?"关跃进问道。

"只认识几个。"罗青云姑妈说,"青云出事以后,精神状态越来越不好,最后变得哪个都不认识了。以前的同学也渐渐没了来往。"

关跃进拿出手机,翻出董旸文、徐天睿、白佳嘉的照片,请罗青云姑妈辨认。

罗青云姑妈只看了一眼,就连连点头,说:"这几个娃娃我都认识,他们和青云是朋友,青云出事那天他们都在!"

关跃进和严缜对视一眼,看来他们已经找到了这几个人之间的关键联系。

据罗青云姑妈说,当时在道场,成绩最好的学生就是罗青云、徐天睿、董旸文和白佳嘉四人,他们经常一起切磋棋艺,后来这四个孩子都成功定段,成为职业棋手,那也是石室道场历年来最好的一次冲段成绩。

"这几个娃娃是同时定段的,也是一种缘分。"回想往事,罗青云姑妈的脸上明亮了几分。

"是什么时候的事?"

"二〇〇九年,那年我儿子结婚,双喜临门。"

罗青云姑妈很肯定地说。

和大家想的不一样,学棋的孩子定段后,并不会直接进入俱乐部或者国家队。职业棋手,只能是在围棋这个领域位于金字塔尖的,屈指可数的一小撮人,绝大多数人都在各个阶段一轮一轮地被淘汰掉了。因此定段之后,有的棋手会在道场继续训练。对他们而言,训练就是换了水平更高的对手,其他与冲段时的生活差不多。等级分高的有补助，等级分低的，有的还要继续交钱学棋，继续上小课。也有的棋手先去读大学，读完之后再决定未来方向，好些大学也特别喜欢招有围棋特长的学生，可以让他们代表学校参加大学生赛事，这也算一种出路。当然其中也有佼佼者，直接考上国家队或者国青队，或者拿到各个地方的运动员编制，直接鲤跃龙门，成为万众瞩目的职业棋手。

据罗青云姑妈说，罗青云等四人定段之后，都留在石室道场继续训练。这些初生牛犊的目标是参加国际比赛，争取拿到名次。二〇一二年，韩国举办了一个专门针对青年棋手的国际大赛。这对罗青云他们几人来说，是一个非常难得的机会。

"这个比赛是不是叫耳赤杯？"关跃进问道。

"对对对，是叫这个名字。"罗青云姑妈连连点头，"耳赤这个名字好像是围棋历史上的一个啥子典故，我以前听青云讲过。"

关跃进找包全胜了解过耳赤杯的历史。二〇一二年，韩国 GBC 电视台举办了第一届耳赤杯比赛，原计划每两年举办一届，后来因为资金问题，第二届比赛拖到今年才举办。

罗青云姑妈说，那一年参加耳赤杯的青年棋手非常多，竞争激烈，整个西南区域只有罗青云和徐天睿两人先后杀进了预选赛。预选赛最后一场，是罗青云对阵徐天睿。罗青云获胜，淘汰了徐天睿，获得耳赤杯决赛圈的参赛资格。

比赛结束后，为了安慰徐天睿，罗青云、董旸文、白佳嘉陪他一起到郊外散心。天气炎热，几个人稀里糊涂跑到一个水塘里游泳，没想到罗青云腿抽筋了。慌乱中，罗青云被水草缠住，沉到了水底。等闻讯赶来的村民把罗青云救起来的时候，他已经因为长时间缺氧，大脑受到了永久性的损伤。

"当时我弟弟都急疯了。"罗青云姑妈视线低垂，眼神中透露着悲伤，"厂子也不管了，生意也不做了，每天只有一件事，就是带着

傻子

青云到全国各地四处找医生看病！西医看中医也看，就连偏方都不晓得试过多少了，可是莫得一个医生能治好青云的病。"

二〇一三年的一天，罗青云父母因为疲劳驾驶，在高速上遭遇了车祸，不幸双双去世。一夜之间，罗青云成了孤儿。罗青云爸爸的酒厂，原本生意做得有声有色，自从罗青云出事以后，酒厂的生意就每况愈下。罗青云父母的突然离世，成了压倒骆驼的最后一根稻草。最终，酒厂因为经营不善，资不抵债，被竞争对手兼并了。

罗青云父母去世后，罗青云先是交给邛崃的奶奶照顾，可是罗奶奶岁数大了，身体也不好，根本照顾不了二十多岁活蹦乱跳的罗青云。家里亲戚商量后，只能把他送到成都，由罗青云姑妈代为照顾。

"我儿子、儿媳工作都忙，平时他们把孙女送到我这儿照看，我和老伴儿每天还要轮流接送小孙女上下幼儿园。"说到这里，罗青云姑妈有些不好意思，"屋头老人、娃娃都不方便，我在小区头给青云单独租了一个房子，平时青云就自己一个人住。"

"平时罗青云都干些啥呢？"

"他呀，每天来我家吃饭，穿脏的衣服什么的，也拿到我家来洗。其余的时间，他要不就在房子里自己和自己下棋，要不就跑到马路对面的公园头耍。其他的地方他也认不到，也不敢走远。"

说到这里，罗青云姑妈忽然想起什么，补了一句："有的时候，青云也会去找朋友耍。"

"朋友？"关跃进好奇地问。

"就是那个小董，一起学棋的同学。"罗青云姑妈感叹道，"青云出事以后，一开始还经常有同学来看他，后来他状态越来越不好，渐渐就没人来了。只有这个小董，和那个叫白佳嘉的女娃娃，还一直坚持隔三岔五过来陪青云聊天下棋。有的时候，青云还会专门去找小董耍，耍晚了就在小董那儿住。反正只要青云去了小董那儿，小董都会给我打电话说一声，让我放心。"

关跃进大感奇怪，问："董旸文住的地方离这里挺远的，罗青云是怎么去的？"

"坐公交，门口就是公交站，青云有残疾证，可以免费坐公交。"

"他自己认识路？"

"认得到，小董专门教了青云，咋个坐公交去他家。"

关跃进从口袋里掏出那枚蛤碁石棋子，说："你在罗青云那里，见过这个吗？"

罗青云姑妈接过去，仔细看了看，摇头道："青云房子里有几副围棋，是他以前用过的，但都不是这样圆鼓鼓的棋子。"

关跃进并未向罗青云姑妈说明他们的真实来意，只含混地说他们是公安局的，上门走访了解点情况。因此罗青云姑妈有些忐忑，将棋子还给关跃进，试探着问："青云是不是在外面闯了啥子祸？"

"没有没有。"关跃进收起棋子，指着严缜说，"这是昨天他捡到的，这个棋子不便宜呢，一颗要几十块，我就问问是不是罗青云丢的。"

罗青云姑妈连忙摆手，说："青云没得这么贵的棋子，这不是他的。"

关跃进笑了笑，说："罗青云现在在哪儿，我们能去看看他吗？"

"在他自己那里呢，我带你们去。"

7

罗青云住在 H 小区最靠里的一栋楼，关跃进跟着罗青云姑妈气喘吁吁地爬上六楼。这是一个堆满杂物的两居室，客厅里连台电视机都没有，冰箱也是坏的，家具大多也都旧得不像样子。客厅饭桌上放了一副围棋棋盘，上面横七竖八地摆放了许多棋子，看不出来是打谱,还是罗青云胡乱摆放的。

"青云,这两位叔叔是专门来看你的。"一进门,罗青云姑妈便亲切地说。

罗青云一个人站在阳台上,直愣愣地看着天空,听到姑妈说话也没有回头。

"他这人就这样,有的时候哪个说话都不理,你们不要见怪。"

罗青云姑妈边说,边把堆在沙发上乱七八糟的衣服、袜子卷了起来收到卧室里去。招呼完关跃进、严缜在沙发上坐下,罗青云姑妈又跑到阳台,把罗青云拉了进来,按着他在凳子上老老实实坐下来。

罗青云看着关跃进、严缜,眼神放空,一言不发。

"罗青云,你还认识我吗?"严缜指着自己的鼻子说。

罗青云茫然地摇摇头。

"你不记得了?"严缜有些惊讶,"昨天在公园,我还请你吃糖呢。"

罗青云看了看严缜,又看了姑妈一眼,依然摇着头。

"你们见过?"罗青云姑妈好奇地问。

"昨天在公园里见过。"严缜答道。

"哦。"罗青云姑妈恍然大悟,叹了口气,"青云这娃娃就这样,见过的人啊转头就忘,莫得办法。"

这时罗青云姑妈的手机响了,她接起电话说了几句,扭头略带歉意地对关跃进说:"我孙女午觉睡醒了,我们说好了,睡过午觉要带她去游乐园。今天是六一儿童节,幼儿园放假,她早就吵着要我们带她去游乐园耍了。那个……我要走了,实在不好意思。"

关跃进摆摆手,说:"没事儿,你有事就先走吧,我们坐一会儿也就走了,你不用管我们。"

罗青云姑妈连连嘱咐罗青云,要他好好听话,这两位叔叔问什么就答什么。罗青云似懂非懂地点点头。

待罗青云姑妈走远后。关跃进掏出那枚蛤碁石棋子，放到罗青云面前，问道："你认得这个棋子吗？"

罗青云盯着棋子愣了好一会儿神，突然呵呵笑了起来，大声说："围棋！围棋！"

"你见过吗？"关跃进耐心地问。

"你……你要下棋吗？"罗青云完全不理关跃进手里的蛤碁石棋子，真诚地问。

"不下。"

"我要下……下棋！"

罗青云起身，从茶几上抓起一支白色粉笔，在客厅地板上刷刷刷地画了横竖几条线，指着画好的"棋盘"说："你们哪……哪个和我下棋？"

关跃进苦笑着摆手说："我们都不会下，你自己下吧。"

罗青云也不恼，蹲在地上，真的自己跟自己下起棋来。

关跃进冲严缜使了个眼色，两人开始在房子里到处找了起来，想看看除了这枚蛤碁石棋子外，罗青云这里还有没有别的可疑的东西。

罗青云住的是顶楼，太阳直晒之下，非常热。房子里没装空调，就连电风扇也没有一个。没过一会儿，关跃进和严缜的衣服，就汗湿了一大片。关跃进热得不行，最后只能瘫在沙发上，气喘吁吁。严缜一个人把房子翻了个遍，什么可疑的东西也没找到，罗青云在外面东淘西拣的垃圾玩意儿倒是翻出来不少。

这时罗青云下完了一局棋，高兴得一蹦三丈高，拍着手嚷道："赢了！赢了！我……我赢了！"

关跃进连忙掏出手机，翻出董旸文、白佳嘉、徐天睿的照片，拿到罗青云面前，问道："这几个人你认识吗？"

罗青云呆呆地看着手机，突然指着董旸文的照片，嚷道："小……小文！他是小文！"

傻子　159

接着，罗青云又指着白佳嘉的照片，喊道："佳嘉！佳嘉！"

"这个人呢？"关跃进指着徐天睿的照片问。

"认……认不到！"罗青云不耐烦地推开手机。

关跃进不死心，又掏出蛤碁石棋子，对罗青云说："你想想，这个棋子，是从哪里拿来的？"

这次罗青云盯住了蛤碁石棋子，看了好一阵，然后伸手接过了棋子。

关跃进、严缜屏气凝神，生怕打断罗青云。

突然，罗青云一把将蛤碁石棋子丢到地上，哈哈大笑起来："赢……赢了！我……我赢了！赢了！"

严缜连忙上前捡起蛤碁石棋子，反复检查，生怕这个重要证物被罗青云摔坏。

见罗青云什么都问不出来，关跃进失望至极，折腾了这一阵，他嗓子热得快冒烟了。关跃进烦躁地对严缜说："你带水了吗？"

"没有，水在车里呢。"

"热死了，你帮忙买点冰水上来吧。"

严缜指着罗青云说："不问了吗？"

关跃进苦笑一声，说："他这个样子，现在问也问不出什么来，先喝点冰水，凉快一下再说。"

严缜点点头，打开门刚要走出去，没想到迎头差点撞到一个人！

来人是白佳嘉，她也没想到撞见的是严缜，吓了一跳。

"不好意思！"严缜脸红了，刚才撞那一下的时候，他闻到了白佳嘉身上香水的味道。

"你这是……？"白佳嘉疑惑地盯着严缜的手。

严缜这才注意到手里还拿着装有蛤碁石棋子的证物袋，他连忙将证物袋塞回包里，指着白佳嘉身后说："我去买点水。"

说罢，严缜飞也似的逃了。

8

白佳嘉的头发扎在脑后，长长的马尾垂至腰际，她穿了一件黑色的无袖纱裙，白皙的脖颈上挂着一串玛瑙项链，整个人显得素雅文静。

天气很热，尽管已经喝了一整瓶冰水，严缜的额头还是沁出汗水，关跃进也拿着小卖部搞来的、印着广告的塑料扇子，不停地扇着。只有白佳嘉仿佛来自另一个世界，完全不受酷暑的影响，脸上一点汗也没出。

此时白佳嘉和罗青云坐在桌子两端，两人面前是棋盘，白佳嘉正陪着罗青云下棋。见到关跃进时，白佳嘉一度很紧张，她完全没想到会在罗青云家碰见警察。关跃进当然也没说明真实来意，只说是来了解徐天睿在道场学棋时的一些情况。听到关跃进这么说，白佳嘉显得更加困惑了，一副心事重重的样子。

"我这么问话，不影响你下棋吧？"关跃进在一旁问道。

白佳嘉摇摇头，说："不影响，你问吧。"

"你经常来这里陪罗青云下棋吗？"

"有空就来。"白佳嘉顿了顿，"这几天我都待在家里，没去俱乐部训练，也没去公司拍视频，就想着过来看看大罗哥。"

罗青云比董旸文、徐天睿大两岁，比白佳嘉大三岁，白佳嘉一直管罗青云叫"大罗哥"。

"昨天董旸文也来了，在对面会龙公园陪罗青云下了一盘棋。"

"是吗？"白佳嘉没有抬头，拈了一颗白子落在棋盘上，"小文也经常来看大罗哥，还会带大罗哥到他家去玩。"

"罗青云不是这里出了点问题吗？"关跃进指了指自己脑袋说，"他下棋水平还跟以前一样吗？"

白佳嘉苦笑道："怎么可能一样呢！以前学棋的时候，大罗哥是我们几个人里面棋下得最好的，要不是出了事，他有很大希望能考上国家队。现在的大罗哥也就棋瘾还跟以前一样大，下棋的水平，完全变得像小学生一样。"

关跃进不知道白佳嘉说的"小学生"，是真的指普通的小学生，还是说只是处于小学生年龄的棋手。他冲严缜使了个眼神，严缜会意，拿出手机，向白佳嘉展示昨天在会龙公园拍下的凉亭棋局的照片。

"昨天罗青云和董旸文，就直接拿粉笔在地上画了个棋盘，就像这样。"严缜指着照片，说，"看起来好像下得难解难分的样子，你看看他们俩的对局，下得怎么样？"

白佳嘉只看了一眼，便叹了口气，低声道："小文是陪大罗哥玩呢，你看白棋，明明有很多次赢的机会，都故意不走。"

白佳嘉说的白棋，正是董旸文画的三角形。

关跃进挠挠头，说："怪不得我看你跟他下棋，下得这么轻松。"

原来关跃进注意到，白佳嘉一边说话，一边下棋，显得游刃有余，罗青云从始至终都眉头紧皱，一言不发，全部注意力都集中在棋盘上。

"以前我跟大罗哥下棋，只有大罗哥让先，我才有可能赢他。可是现在，就算我让九子，大罗哥也赢不了我了。"

白佳嘉幽幽说罢，又落下一颗白子。

"我听说，罗青云初二的时候才接触围棋？"

白佳嘉点点头，感慨道："大罗哥就是接触围棋太晚了，如果能更早些学棋，那他一定就是下一个世界冠军了。"

"罗青云这么厉害吗？"

白佳嘉点点头，说："我们都是从小就学棋，一路千军万马挤独木桥，花了至少十年的工夫才定段成功。而这一切，大罗哥只用了短短不到三年的时间，这样的人，绝对算得上天才了。"

又是天才，关跃进想到包全胜对徐天睿的评价，看来这些当职业棋手的，就没几个不是天才。

"定段以后，你们都继续留在石室道场学棋，对吗？"

"嗯。"白佳嘉轻声说，"当时我们还小，小天、小文只有十六岁，我只有十五岁，想要在职业棋手的道路上更进一步，还得继续磨炼才行。"

"罗青云呢，他当时已经十八岁了吧？"

"大罗哥家里想让他上大学，当时好像云南有个大学，想特招大罗哥进他们校队，可是大罗哥不同意，他一心想打比赛。最后大罗哥家里拗不过他，只能同意他继续留在道场学棋。那个时候，大罗哥家里经济条件挺好的，他父母对他也好，只要他自己愿意，其实干什么都没太大问题。"

"你们几个，同时定段，又都留在石室道场继续学棋，关系一直都挺好的吧？"

"嗯。"

"那为什么只有你和董旸文经常来看罗青云，徐天睿呢，他怎么不来？"

白佳嘉拈棋的手停在半空，急得罗青云大叫："你……你快下呀！"

白佳嘉叹了口气，落下白子，说："小天因为那件事，非常内疚，他不来，是因为他不敢看大罗哥，他怕大罗哥怪他。"

"罗青云怪他吗？"

白佳嘉摇摇头，说："大罗哥已经什么都想不起来了。"

"听罗青云姑妈说，出事的时候，你们几个都在一起？"

"是。"白佳嘉的声音逐渐细了起来，"那天跟今天一样热，大家都喝了酒，要是我们没有走那条小路，没下那个池塘游泳……"

"那天到底发生了什么，能给我们说说吗？"

白佳嘉看了一眼罗青云，眼神黯淡下去，缓缓说："那一次，输棋的人是小天……"

第八章 狼狈

1

二〇一二年八月十日星期五，最高气温三十五摄氏度，那是成都这个月最热的几天之一。

耳赤杯预选赛已经结束好几天了，可是徐天睿依然把自己锁在道场宿舍里，不愿出门。徐天睿爸爸想带他回重庆住几天，他说什么也不愿意，又哭又闹。徐父徐母没办法，只能叮嘱道场老师多关注多照顾一下徐天睿，然后依依不舍地回了重庆。

周五这天，道场老师给罗青云、董旸文、白佳嘉三人放了假，特意嘱咐他们带徐天睿一起出去散散心。就这样，三人不由分说地把徐天睿拽出宿舍，拉着他上了一辆从市区开往双流县华阳车站的长途公交，他们打算在那里搭车去黄龙溪古镇游玩。黄龙溪古镇是一个位于锦江和鹿溪河交汇处的千年古镇，毗邻眉山市仁寿县，近些年已经被打造成了旅游景点。白佳嘉很早就想去黄龙溪古镇玩了，这次正好叫上几个人一起陪她。

周五的黄龙溪古镇游人并不多，镇子里的商家也大多在为即将到来的周末做准备。整个古镇不大，一两个小时也就全逛遍了。古镇景区从锦江引了一条小溪，穿过整个镇子。夏天天气炎热，来古镇游玩的游客大多带着孩子，在这条小溪里玩水嬉戏。

吃过午饭，几个青年挑了个阴凉处，站在小溪里玩了一会儿。徐天睿始终没什么精神，只是坐在一边，看着罗青云他们几个玩水，也不说话。罗青云知道徐天睿喜欢喝酒，就去小卖部买了几罐冰镇啤酒塞给徐天睿。徐天睿也不客气，烈日炎炎，扬起脖子"咕咚咕咚"就喝完了一罐，不到半小时，又接连喝了好几罐啤酒。

见徐天睿实在没什么兴致，只是一个人坐在那里喝闷酒，罗青云便提议他们几个到镇子外面去转转。天气炎热，四人又凑钱买了一些冰镇啤酒和零食，穿过黄龙溪廊桥，边吃边喝，朝锦江对岸的村子逛了过去。

也许是几杯黄汤下肚，徐天睿渐渐有了一些精神。他顶着大太阳，在田地间追蜂逐蝶，热得全身都湿透了也不在乎。就这样，徐天睿在前面跑，三个人跟在后面，沿着田间小路，翻过一座无名小丘，来到一处树林旁。紧邻树林的，是一个巨大的池塘。池塘不是死水，有一条暗渠与别处相连，源源不断的活水让池塘丝毫不显混浊。在炽热的阳光下，水面像镜子一样倒映出茂密的树林。

徐天睿站在树荫里，望着平静幽深的水面，喝干了手里的最后一罐啤酒。他扭头招呼走在后面的三人，提议大家一起下去游泳。罗青云、董旸文都会游泳，夏天的时候，他们几个男生偶尔也会约着去游泳馆游上几圈。

这时徐天睿已经喝了不少啤酒，肚皮鼓了起来，脸也有些发红。罗青云不放心，拉着董旸文一起劝徐天睿不要下水，安全第一。徐天睿根本听不进，不管不顾，直接就把身上的衣服脱了，穿着内裤跳进了池塘。

午后的太阳，晒在每个人身上都火辣辣的，汗早就流了一遍又一遍，手里的冰镇啤酒没喝几口就不再冰了。看着在池塘里肆意嬉戏的徐天睿，罗青云和董旸文也心动了，他俩耐不住热，也先后脱了衣服跳进池塘。白佳嘉不会游泳，更不好意思当着男生的面脱衣服，就坐在岸上，守着三个男生的衣服。

连接池塘的水渠是一条暗渠，暗渠的水温和被太阳晒得暖烘烘的池塘水温自然是不一样的。可能是无意之中靠暗渠太近，水温骤然发生变化，也可能是喝了太多啤酒，导致身体出了变化，总之，徐天睿游着游着，突然大声喊叫起来。

他腿抽筋了！

徐天睿抽筋时，离罗青云、董旸文都很远。最先发现异状的，是白佳嘉。她立刻大声呼喊，引起了罗青云和董旸文的注意。

"小天出事了，快救人！"

几人当中，董旸文水性最好，他听到白佳嘉呼喊后，立刻一马当先，朝徐天睿游去。罗青云毕竟年龄最大，他没有第一时间急着救人，而是挥手让白佳嘉赶快去附近求救。

听到罗青云的呼喊，白佳嘉在原地愣了好几秒才反应过来，毕竟她也是第一次遇到这么紧急的情况。白佳嘉转头朝来处跑去，她记得翻过小山丘有一个农家乐，在那里肯定能找到帮忙的人！

白佳嘉不管不顾地闷头快跑，连鞋跑掉了也不知道。很快，她气喘吁吁地跑到了农家乐向老板求助。农家乐老板很有经验，赶紧打了报警电话，又叫上几个年轻力壮的伙计，跟着白佳嘉一起跑回了池塘。

池塘边，只见董旸文泡在浅滩里，拽着奄奄一息的徐天睿，正艰难地朝岸上爬。农家乐老板和伙计赶忙上前，齐心协力将董旸文和徐天睿拖了上来。白佳嘉看到徐天睿的胸膛还在上下起伏，不禁松了一口气。这时她突然注意到，罗青云不见了踪影！

"大罗哥呢？"

经白佳嘉提醒，董旸文这才发现，跟他一起救人的罗青云，好像还在池塘里。热心的农家乐老板和几个伙计赶忙下水，众人合力，在池塘深处找到了被水草缠住的罗青云。当农家乐老板把罗青云拽上岸时，罗青云面无血色，已经没了呼吸。好在农家乐老板当过兵，学过一些急救技术，又是人工呼吸，又是心肺复苏，总算把罗青云呛在肺里的水给压了出来，救了他一命。

罗青云被送到医院后，昏迷了好几天，等他醒过来的时候，竟然谁也不认得了！医生说，罗青云淹在水里太久，长时间缺氧，造成了大脑永久性损伤，他的智力和记忆力都受到了严重影响。

2

"就像这样，"白佳嘉看着对面傻呵呵的罗青云，怅然若失地说，"一个聪明绝顶的天才，一夜之间，竟然变成了只相当于几岁小孩智力的傻子。"

"这确实是人间悲剧啊。"关跃进的声音也跟着沉了下去。

"出事以后，最害怕的人，是小天。"白佳嘉收回眼神，随手落下一枚白子，"那天坚持下水游泳的是他，大罗哥也是因为要救他才被水草缠住的。小天怕大罗哥怪他，更怕大罗哥家里揪着他不放。"

"罗青云家里怪他了吗？"

白佳嘉摇摇头，说："大罗哥根本什么都记不住了，他连小天都认不出来了。大罗哥家里也没揪着这件事不放，他们家那个时候不缺钱，大罗哥父母只关心一件事，那就是怎么才能治好大罗哥的病。可是到最后，什么方法都用尽了，还是没能治好。"

关跃进想到什么，说："那年罗青云出事，最后代替他参加耳赤杯决赛圈比赛的，是谁呢？"

"是小天。"白佳嘉轻轻说,"大罗哥因为身体问题退出比赛,比赛积分排在他后面的棋手就是小天,替代大罗哥参加比赛的自然是小天。"

"原来第一届耳赤杯的时候,徐天睿杀进了决赛圈啊。"

"大罗哥的事也给了小天很大刺激,他的状态很不好,进决赛圈的第一场比赛就输了,而且输得非常难看。"

"可是罗青云毕竟是因为徐天睿才出事的,"严缜突然插话道,"徐天睿就这么不闻不问,一点表示也没有吗?"

"也许他一直都在害怕,害怕见到大罗哥,害怕想起那天发生的事,害怕这些过往纠缠着他。"白佳嘉的脸色变得很差,甚至肩膀也开始微微抖了起来,"棋手一旦背上这样的心理负担,是不可能打好比赛的。"

"比赛比赛,"严缜不忿地说,"比赛就那么重要吗?"

白佳嘉突然狠狠地盯住严缜——吓了他一跳,激动地说:"你知道对一个棋手来说,能打比赛,是多难的事吗?"

严缜被问住了,讷讷无言。

关跃进挠挠下巴,疑惑地问:"可你们不都是职业棋手吗,难道还打不上比赛?"

白佳嘉叹了口气,说:"关警官,你知道通过去年的全国围棋定段赛,获得职业初段的棋手,是多少人吗?"

"不知道。"

"二十五人,男子二十人,女子五人。"

"这么少?"关跃进有些意外。

"全国学围棋的孩子数以百万,可是每年通过定段赛获得职业段位的孩子,不过区区二三十人。"

"每年就二三十人的话,"关跃进在心里默算了一下,"那全国的职业段位棋手,总共也没多少人啊?"

"一九八六年到现在，获得职业段位的棋手总共不到六百人。"

"一九八六年？"关跃进有些疑惑，"我看《围棋三千问》上面说，我们国家是在一九六四年的时候搞段位制的呀。"

"《围棋三千问》？"

"是我看的一本围棋入门书。"关跃进有些不好意思地说，"我不会下围棋，只能临时抱佛脚。"

白佳嘉点点头，说："我们国家第一次举办围棋定段比赛，的确是一九六四年。本来计划根据成绩授予段位，可是后来因为一些事情，取消了段位授予。"

关跃进若有所思地"哦"了一声。

白佳嘉继续说道："一九八二年，我们国家恢复了全国围棋段位比赛。当时全国的围棋选手都没有段位，所以是根据棋手过往成绩，将他们分为不同的'段位格'，再按'段位格'内的比赛成绩授予段位。那次给一百多名棋手授予了从七段到初段不等的段位。"

"我记得。"关跃进眼睛一亮，"当时我还在部队，从报纸上看到的，第一个七段，是马晓春，对吧？"

"对。"白佳嘉平缓了一下情绪，"一九八六年开始，有了面对无段选手的定段赛，头几年的定段赛也仅面向各省体工队的推荐选手，后来才开始向社会选手开放。所以从一九八六年到去年为止，二十八年间获得职业段位的棋手，也就五百多人。就算加上今年新定段的，也才刚刚六百出头。"

关跃进一拍大腿，说："这么说来，二〇〇九年的时候你们四个同时定段，这一下就占了当年总人数的六分之一，怪不得说是石室道场历史最好的成绩呢！"

"五分之一。"白佳嘉纠正关跃进道，"二〇〇九年的时候，每年获得职业初段的棋手只有二十人，后来才增加到二十五人的。"

"那就更厉害了！"关跃进表情夸张地说。

想起过往,白佳嘉的脸色平复如初,说:"我看过一组关于棋手现状的调查数据,在这五百多名棋手当中,真正靠打比赛为生的职业棋手,不到四分之一。"

"这么少?那其他棋手都在干吗?"

"教棋是最多的,比打比赛的棋手人数还多。剩下的,有创办棋社的,有担当围甲教练或是棋协管理人员的,还有就是像我这样,"白佳嘉露出自嘲的神情,"做所谓的围棋普及、推广工作。"

"打比赛的棋手这么少,是因为比赛机会难得吗?"

"这是一方面的原因,另一方面的原因,是打比赛对棋手精力的要求很高。棋手年龄大了,精力也就逐渐分散了,很多棋手过了二十五岁,棋力就很难再提高了,打不出成绩,就只能去教教棋。一个棋手的窗口期,是很有限的。你们现在知道,对我们这些人来说,想要打上比赛,成为真正的职业棋手,有多难了吧!"

白佳嘉的话引来一阵沉默,关跃进正想说什么,突然被一声大叫打断——

"哈哈哈,我……我赢了!"

一直沉默不语的罗青云大叫起来,他大力地拍着巴掌,神采飞扬。

白佳嘉低头看了看棋盘,笑了,对罗青云柔声道:"大罗哥,我输了。"

罗青云跳起来,更加卖力地拍着巴掌,嘴里不断嚷着:"赢……赢了,我……我赢了!"

白佳嘉微笑着抬头看向罗青云。

关跃进当然知道,白佳嘉是故意让罗青云赢的,而她这么做,似乎也是在弥补着什么。

3

二〇〇九年,成都石室道场的罗青云、徐天睿、董旸文、白佳嘉四个孩子共同获得职业初段段位。所谓初生牛犊不怕虎,他们不约而同地选择留在石室道场继续训练,他们的目标是打入国际大赛,成为真正的职业棋手。其中,训练成绩最好,也是最有希望的,是罗青云和徐天睿。

二〇一二年,命运给了早有准备的几个孩子一个机会——韩国举办了第一届耳赤杯中日韩新星围棋赛。给予青年棋手更多机会,本身就是耳赤杯创办的初衷,而这个珍贵的机会他们自然谁也不愿意错过。

罗青云和徐天睿不负众望,分别在预选赛中杀出重围,可是谁也没想到,最终是他们两个人"同门对决",争夺中国区最后一个决赛名额。那场比赛,罗青云执白,徐天睿执黑,两人苦斗263手,罗青云以半目险胜。

比赛结束时,徐天睿当场哭了出来。那个场景被记者拍下,作为新闻配图发到网上。白佳嘉说,事后徐天睿足足有一个多月的时间连网都不敢上,他不想回忆起那个因为痛苦而失控的瞬间。

罗青云的出现,让"五·二〇案"的案情变得愈发复杂起来。

——罗青云手里的那枚蛤碁石棋子,是什么时候被从徐天睿家里拿走的?

——罗青云当年遭遇的意外,与徐天睿之死,有关联吗?

关跃进在心中盘算着这两个问题的同时,隐隐觉得,在徐天睿、董旸文和白佳嘉的三角关系之间,罗青云也扮演着一个重要的角色。不过最先需要搞清楚的,还是罗青云与徐天睿的关系。

抱着这样的打算,关跃进和严缜马不停蹄地去了重庆。在重庆歌乐山附近的一家茶馆里,关跃进见到了徐天睿父母。徐父徐母来刑侦大队认尸的时候，关跃进见过他们一面，没想到短短半个月的时间，两人一下苍老了许多。徐父的白头发如雨后春笋一般冒了出来，徐母脸上的皱纹也肉眼可见地多了。

一见面，徐父就激动地问关跃进，是不是抓到了害死徐天睿的凶手。关跃进只能含含糊糊地表示，他们正在调查，请徐父徐母放心，他们一定尽快抓到凶手。

关跃进的话让徐父很失望，不断指责他们办案效率太低。关跃进无话可说，好不容易才逮着一个机会，摸出了罗青云的照片，问道："这个人你们认识吗？"

看到照片，徐父徐母愣住了。

徐父指着照片，神情复杂地说："怎么，这个罗青云，和天天的死有关系吗？"

徐父徐母一下子就能认出罗青云，还能准确叫出他的名字，看来罗青云的事给徐家带来的影响并不小。关跃进一边想，一边沉着地问道："第一届耳赤杯的时候，和徐天睿争夺决赛名额的，就是这个罗青云吧？"

徐父的眼神闪躲了一下，说："这个罗青云赢了我们家天天，但是他因为身体问题退赛了，后来我们家天天是根据比赛规则自动递补上去的。"

"身体问题？"关跃进挑了挑眉毛，"罗青云是溺水了，据我所知，他是为了救徐天睿才溺水的。"

"谁说的？"徐母突然高声叫道，"大夏天的，几个小娃娃下水游泳，都抽筋了，都很危险的，哪有什么谁救谁！我们家天天也差点淹死，这个罗青云就是运气不好，跟天天没关系的！"

严缜忍不住了，刚想开口，被关跃进用眼神制止了。

"罗青云和徐天睿，是在一个道场学棋的好朋友。我听说罗青云出事以后，徐天睿一次都没去看过他。"

"怎么没去看过？"徐父激动地说，"我和天天他妈都去看过这孩子的，还去了好几次！"

"怎么不带着徐天睿一起呢？"

"那不行的。"徐父的头摇得像拨浪鼓，"天天得准备比赛，不能分心。"

"什么比赛？耳赤杯吗？"

"对呀。"

"可是你们有没有想过，如果不是罗青云出了事，徐天睿是不可能进耳赤杯决赛的。"

"这跟我们没关系啊，天天进决赛，是规则的安排，又不是我们想这样的！"

"我看你们是怕徐天睿和罗青云的事故扯上关系，影响他进决赛吧。"严缜实在忍不住了，插了一句。

徐父的脸色一阵红一阵白，徐母愤怒地指着严缜，嚷道："你这人怎么这么说话！我们是受害者家属，你个当警察的，怎么指责起我们来了！"

"我们不是那个意思。"关跃进好说歹说才劝住了情绪激动的徐父徐母，"我们就是想搞清楚一件事，罗青云出事以后，他跟徐天睿还见过面吗？"

"没有没有没有！"徐父暴躁地答道，"那样天天会做噩梦的，不能让他受影响！"

关跃进点点头，他想起包全胜说过，徐天睿是一个被惯坏的孩子，现在他知道徐天睿是怎么被惯坏的了。

4

关跃进这次来重庆,除了徐天睿父母外,还有一个重要的人要见,那就是石室道场的前总教练蒋渝。蒋渝住在鸿恩寺森林公园附近的一个别墅小区,他是重庆人,自从去年检查出胃癌之后,就辞了道场教练的职务,回重庆养病了。

走出茶馆,重庆的天气阴沉沉的,恰如关跃进和严缜的心情。原本他们对身为受害者家属的徐父徐母是怀着很大同情的,可是徐父徐母自私自利的态度、推卸责任的做派,又让他们十分看不惯,这种复杂的情绪让关跃进心里一时五味杂陈。从歌乐山到鸿恩寺森林公园,一路上关跃进都沉默不语,严缜开着车,也没怎么说话。

"我能问你一个问题吗?"

昨天和白佳嘉一起从罗青云家走出来时,关跃进酝酿了半天,还是决定将藏在心底多时的问题问出来。

"什么?"

白佳嘉有些紧张,身子一颤。

关跃进一笑,安慰说:"别紧张,我就是有件事挺好奇的,算是个私人的问题吧,你要不想回答的话,可以不说。"

"什么事?"因为警觉,白佳嘉的声音有些干涩。

关跃进挠了挠鼻子,将视线转向一边,说:"你跟徐天睿两个人,性格差别还挺大的,我想知道他身上哪点是最吸引你的。"

白佳嘉没想到关跃进问的是这个问题,表情放松下来,促狭地看着关跃进,说:"你是想说,小天这个人又任性,脾气又差,我到底看上他什么了,对吧?"

关跃进笑而不语,算是默认了白佳嘉的说法。

"因为钱。"

"真的吗?"关跃进一脸不相信。

"骗你的。"白佳嘉的身体完全放松了下来。她弯下腰,一只肥嘟嘟的三花流浪猫从草丛里钻了出来,在白佳嘉的手心蹭来蹭去。"我喜欢小天棋下得好。"

"这么简单?"

"嗯。"白佳嘉点点头,揉了揉流浪猫的脑袋,小猫立刻听话地躺倒,发出"呼噜噜"的声音,露出肚皮。"你知道为什么棋手说话一般都比较直接吗?"

关跃进想了想,说:"我听包教练说过,好的棋手需要把全部精力放在棋上,不应该在人情世故上浪费时间,对吧?"

"对。"白佳嘉站起身,目送心满意足的流浪猫缓缓离去,"棋手只要棋下得好,想要的东西早晚都能得到。脱离围棋,去搞人情世故那套,对棋手而言,是舍本逐末的做法。关警官,你明白我的意思吗?"

"明白了。"关跃进看着白佳嘉,若有所思地说,"徐天睿身上是有挺多毛病的,可他是一个优秀的棋手,这是他最吸引你的,对吧?"

白佳嘉颔首一笑,算是回答了关跃进的问题。

"师父,我们到了。"抓着方向盘,一直没说话的严缜突然开口了。

"嗯?"关跃进猛地收回思绪,才发现他坐的车子,已经开进了一个绿树成荫的别墅小区,这里应该就是蒋渝的家了。

5

蒋渝和儿子一家住在一起,是个干瘦干瘦的小个子老头儿,头发全白了,脸色很灰暗,背也有些驼,眼睛半眷着,没什么精神。重庆当天是阴天,不算很热,但也有二十九摄氏度,可是蒋渝不仅穿着长袖衬衣,还披了一件夹克,十分怕冷的样子。

一见面,蒋渝就指着自己的肚子,操着一口重庆话,说:"半个胃都遭切了,现在吃点东西就跟猫儿食一样,恼火啊。"

也许是大病初愈的缘故,蒋渝的声音又细又小。

蒋渝家客厅有一整面照片墙,寒暄几句后,关跃进好奇地上前打量。照片的主角基本都是蒋渝,从他年轻时参加围棋比赛,到退休前在石室道场教棋,这些照片几乎涵盖了蒋渝的整个职业生涯。

其中一张八寸大小的照片,是在石室道场的教室里拍的。偌大的教室里,大约有二三十个青春期的孩子正在捉对厮杀,蒋渝站在照片中心,注视着其中一盘棋。照片里的蒋渝比现在胖了一圈,头发也还是黑的,看起来很有精神。关跃进注意到,教室的墙上挂着一块巨大的匾额,上面笔走龙蛇地写着八个字:"棋虽小道,品德最尊"。

"纹枰对坐,从容谈兵。研究棋艺,推陈出新。棋虽小道,品德最尊。中国绝技,源远根深。继承发扬,专赖后昆。敬待能者,夺取冠军。"蒋渝轻声吟出一首小诗。

"这是你写的吗?"关跃进转头问道。

蒋渝笑着摇摇头,说:"哪是我写的哟!嘞[1]是陈毅元帅写的。我最喜欢中间这句,'棋虽小道,品德最尊',就请我认识的一位书法家朋友帮我写了匾额,挂在教室头。"

这时,蒋渝家的保姆给关跃进、严缜端上沏好的热茶,宾主双方落座。蒋渝小心地按摩着胃部,细声细气地说:"徐天睿他们这几个娃儿,二〇一二年的时候,我就全部托付给小包了。嘞两年他们也就是逢年过节给我打个电话、发个短信问候一下。去年我生病,做手术,化疗,折腾来折腾去,算是在鬼门关上走了一圈,也没得

---

[1] 川渝方言,这或者这么。

狼狈

精力管学生的事了。我也不晓得能帮到你们啥子。"

关跃进喝了一口热茶，说："其实我们想了解的，是一个叫罗青云的学生。"

蒋渝"啊"了一声，喃喃道："嘞个娃儿太可惜了，太可惜了……"

"我听说，他是你们道场学习时间最短，也是进步最快的学生？"

"嗯……"蒋渝停下按压胃部的手，望着照片墙愣了一会儿神，才开口道，"想成为国手，定段要趁早。现在跟我们那个时候不一样，能下出名堂的棋手，通常在幼儿园就开始学棋了，读小学就已经成业余高手了。这样才能在中学的时候有实力冲击职业段位。"

"这么早？"关跃进扬了扬眉毛。

蒋渝点点头，说："参加定段赛的棋手，年龄不能超过十八岁，这两年又放宽到二十五岁了。不管十八岁还是二十五岁，窗口期就恁个点儿[1]。嘞些年，一直有人吼要取消年龄限制，给更多棋手定段的机会，就是雷声大、雨点小，一直不见动静[2]。"

窗口期，关跃进想起白佳嘉也提到过这个词。徐天睿他们定段的时候，也都只是十五六岁的少年。白佳嘉说，棋手过了二十五岁如果还没打出成绩，那窗口期就关闭了。如此算来，一个棋手，如果十五岁定段，到二十五岁窗口期关闭，他的运动生涯其实也只有短短的十年而已。

果然运动员都是吃青春饭的呀，关跃进在心中感叹道。

蒋渝不知道关跃进心里想的什么，自顾自地说："罗青云初二的时候才接触围棋，全靠看书自学，半年就有了业余四五段的棋力。当然嘞个水平在我们道场不算啥子。但是他自学的速度，确实吃皮[3]。

---

[1] 川渝方言，恁，这么，多用于形容词前，表程度，或者动词之前，表方式。恁个点儿，即这么一点的意思。
[2] 2010年，中国围棋定段赛设置了U25组，将参赛棋手年龄最大放宽至二十五岁。2019年，中国围棋定段赛设置了成年组，不限制年龄，面向成绩合格的成年人授予围棋职业段位。
[3] 川渝方言，指一个人或一件事很占优势，也指赢钱、挣钱。

嘞个娃儿是个神童。"

"听说一开始道场还不想收他?"

"是啊。"蒋渝收回视线,"他毕竟接触围棋太晚了,刚来的时候,成绩在道场五十多个娃儿头排名倒数第一。那个时候我不想收他,是怕他跟不上进度。当时他老汉儿天天扭到我说情,还拐弯抹角找了很多关系。最后我确实抹不开面子,就答应了他们屋头,让罗青云在我这儿试读半年。我完全没想到,就这半年时间,罗青云就从道场最后一名,进步到了前五名。"

关跃进想到,罗青云姑妈也讲过这段经历,看来罗青云进步之快,是所有人都没有预料到的,怪不得白佳嘉说他是一个天才。

也许是一口气说了太多话,蒋渝喘气喘得厉害,他歇了半晌,又嘟囔了一句:"太可惜了,如果嘞个娃儿没出事,也许又是一个世界冠军。"

——敬待能者,夺取冠军。

关跃进在心中默念着陈毅元帅小诗的最后两句。

"时也命也,一个人的际遇,有时候是很难讲清楚的。"蒋渝颇为感慨地说。

"徐天睿呢?"关跃进换了一个话题,"听包教练说,你把徐天睿他们交到俱乐部的时候,还特意嘱咐过,要好好磨炼他的心性。"

"对头,对头,他也是一个好苗子。"蒋渝眼神低垂,小声说,"他的问题,不在棋艺上头。"

"那在哪里?"关跃进问道。

"关警官,你听过耳赤局的故事没得?"

"知道知道。"关跃进连连点头,这个故事董旸文给他讲过。

"秀策下出了一步绝世妙手,把幻庵的耳朵都吓红了。从那以后,有哪个棋手不想下出像秀策一样的耳赤妙手呢。但是真正的耳赤妙手,只是在棋盘上吗?"

狼狈 179

蒋渝这个问题问得有些莫名其妙，关跃进不解地问："不在棋盘上，那在哪里？"

令关跃进没想到的是，蒋渝又抛出了一个看似毫无关联的问题："关警官，你说人为啥子会有烦恼？"

关跃进一时语塞。

蒋渝笑了笑，说："生病以后，我一直在读佛经。我发现人世间的很多疑惑，都能在经书里头得到答案。佛经上说，人世间有三种毒害，分别是'贪、嗔、痴'。嗰三毒是人世间一切痛苦、烦恼、迷惑的根源。"

关跃进对宗教向来没什么研究，也不感兴趣，只是静静地看着蒋渝，等待他说下去。

"棋手对普通人来说，往往意味着天才，而天才，又好像总是不食人间烟火。"蒋渝自嘲地笑了起来，"哪有啥子不食人间烟火的天才？锤子！棋手也是人，也喜欢抽烟，也喜欢喝酒，也喜欢美女，也会得病，也要吃药。普通人有的毛病，棋手也有！"

也许因为激动，说到这里，蒋渝接连咳嗽了好几声，呛得脸色都白了几分。歇息片刻，蒋渝恢复了一点精神，小声说："但是棋手又不能只是普通人，棋手必须过得比普通人纯粹。只有纯粹了，才能一心扑在围棋上，才能成为真正伟大的棋手。"

纯粹，关跃进记得包全胜好像也是这么说的。

"一个棋手想纯粹，说简单也简单，说难也难。"蒋渝喘了几口气，定了定神，"像我，说得好听，其实活了大半辈子，也没能做到。"

"那要怎么样，才是纯粹呢？"关跃进问道。

"戒贪、戒嗔、戒痴。"蒋渝言简意赅地答道。

关跃进一时不知道蒋渝究竟是在说下棋，还是在说修佛。他不喜欢这种神神道道的回答问题的方式，于是提出了一个具体的问题：

"蒋老师，你有当初罗青云他们在道场时候的照片吗？"

蒋渝想了想，说："有的有的，那年他们四个定段，我和他们拍了一张合照。"

说罢，蒋渝叫来保姆，吩咐她去书房取出一本厚厚的相册。蒋渝打开相册翻了半天，从里面取出一张照片交到关跃进手上。

这是蒋渝带着罗青云、徐天睿、董旸文、白佳嘉四人，在石室道场大门口拍的一张合影。蒋渝站在正中间，四个孩子分别站在他左右手，老少五人对着镜头，笑得很开心。照片上，徐天睿、董旸文和白佳嘉都稚气未脱，罗青云看起来和现在倒是区别不大，只是脸上多了几颗青春痘，神情也生动一些。

关跃进突然注意到一个细节，照片中，徐天睿和董旸文站在蒋渝右手边，而罗青云和白佳嘉，则一起站在蒋渝左手边。白佳嘉穿着一件无袖连衣裙，贴着罗青云站得很近，两个人的手臂已经挨到了一起。

"这些孩子在道场学棋的时候能谈恋爱吗？"

"原则上不允许。"蒋渝皱皱眉头，"学棋压力这么大，耍朋友会分散嘞些娃儿的精力，时机不等人哦。"

关跃进指着照片上的白佳嘉，说："她在道场学棋的时候和谁关系最好，是罗青云吗？"

蒋渝瞥了一眼关跃进，说："我晓得你啥子意思，但是他们两个只是走得比较近而已。白佳嘉那个时候成绩不太理想，情绪也比较低落。罗青云经常陪她一起练棋，其实徐天睿和董旸文，也经常陪白佳嘉练棋。可能罗青云年纪大了两岁，更成熟些，白佳嘉对他更信赖些。"

关跃进回想起白佳嘉看罗青云的眼神，这眼神背后，除了怜悯，或许还包含着其他的什么东西。

这时客厅里突然响起了一阵激烈的手机铃声。严缜接起电话，没听几句，脸上就露出了紧张的神色。

关跃进看了严缜一眼，隐隐有不好的预感。

果然，匆匆几句之后，严缜挂掉电话，凑过来在关跃进耳边小声说："赵队的电话，说董旸文失踪了！"

6

董旸文是从益州银行大厦失踪的。

这些天，董旸文的行动一直都很规律，规律得令警方都放松了警惕。负责监视他的刑警，只是把车停在大厦门口，等着董旸文结束一天的训练。

吃过午饭没多久，赵晓元突然接到了包全胜的电话，包全胜很紧张地说他联系不上董旸文了。每天中午，董旸文在食堂吃过午饭总要回俱乐部小憩一会儿，可是这天中午董旸文离开俱乐部去吃午饭后一直不见踪影，打他电话也一直没人接。

得到消息后，赵晓元立刻拨打董旸文电话，果然无人接听。察觉情况有异，赵晓元立刻带着廖捷直扑南岗佳苑，同时让益州银行大厦那边负责监视的刑警去调取监控录像。

董旸文的房东也住在南岗佳苑，所以没花多少时间，赵晓元和廖捷就进入了董旸文的家。一进门，赵晓元就意识到了事态的严重性。董旸文家里非常凌乱，衣柜门大开着，乍眼一看，里面少了好些衣服，放在衣柜里的一个旅行箱也不见了。除此之外，卧室床头柜的抽屉也开着，里面翻得乱七八糟，看起来董旸文走得非常匆忙。

此时赵晓元接到了益州银行大厦的电话，那里的刑警调取了监控录像，发现董旸文在中午十二点过十分的时候，从大厦后门的货运通道走了出去。监控画面里，董旸文戴着棒球帽，空着手，上了一辆出租车。

看来董旸文从益州银行大厦出来后，直接打车回了家，然后带上行李匆匆逃走了。赵晓元立刻联系了刑侦大队，要求技侦人员定位董旸文的手机。技侦人员告诉赵晓元，董旸文的手机定位显示，他正处于 G5 京昆高速德阳路段上，朝绵阳方向快速移动。

——看来董旸文是打算逃回绵阳老家。

赵晓元立刻让刑侦大队那边联系高速交警，请他们根据手机定位信息，拦截相关车辆。就在赵晓元准备先返回刑侦大队坐镇指挥时，接到了关跃进的电话。

此时关跃进正在从重庆赶回成都的路上，赵晓元将目前所掌握的情况，向关跃进做了一个简要的说明。

"董旸文没有关机？"电话里关跃进的声音，听起来有些疑惑。

"嗯，董旸文没有驾照，也不会开车，他应该是打车逃回绵阳的，我们已经联系了高速交警，准备直接把他拦截下来。"

关跃进沉默了一下，又问道："董旸文从家里拿了什么东西？"

赵晓元环顾四周，说："拿了一个行李箱，应该装了一些换洗衣服。卧室床头柜的抽屉也开着，我想他应该把银行卡、身份证什么的也带走了。"

"银行卡、身份证董旸文早上出门的时候，直接带在身上就好了……"也许是在高速上信号不好，关跃进的声音听起来有些模糊，"时间这么紧张，他干吗还要专门回家一趟拿衣服呢？"

关跃进的问题，一下点醒了赵晓元，他犹豫道："你的意思是说……"

7

与此同时,在成渝高速上,一辆闪着警灯的捷达正在以超过每小时一百四十公里的时速飞驰。严缜神情紧张,双手紧握方向盘,恨不得把油门踩进油箱里面。

关跃进眉头紧锁,对着手机另一头的赵晓元说:"你们去罗青云家看看。"

"明白!"

赵晓元瞬间明白了关跃进的意思,事不宜迟,他决定亲自赶过去看看。

挂掉电话,关跃进的眉头锁得更深了。

"师父,什么情况?"严缜一边说,一边猛地超过了一辆慢吞吞占着超车道的宝马。

"我怎么有点晕车了……"关跃进没头没脑地说了一句。

8

就在关跃进、严缜在成渝高速上一路狂奔之时,赵晓元开着警车,也一路连闯好几个红灯,呼啸着赶到了华府大道 H 小区。

罗青云姑妈完全不知道发生了什么事,胆战心惊地帮赵晓元开了罗青云家的门。罗青云家里倒是一如既往地乱糟糟,看不出有什么异样。

"罗青云呢?"赵晓元扭头问道。

"我……我不晓得,他中午没过来吃饭,我也找不到他。"罗青云姑妈急得快哭出来了。

"赵队,你看这里!"廖捷在客厅里发现了什么,指着桌子喊道。

赵晓元上前一看，只见餐桌中间专门被清理出了一块地方，整整齐齐地摆放着一叠东西。再仔细一瞧，原来是董旸文的身份证、银行卡，以及一张写着银行卡密码的纸条。

——董旸文果然来过这里！

"赵队，他们把车拦下来了！"

此时赵晓元接到了来自刑侦大队的电话。高速交警、德阳警方根据董旸文的手机定位，及时出动，在高速上拦截下了一辆川A牌照的出租车。警察在出租车上找到了一个银色旅行箱，旅行箱里装着董旸文的衣服和他的手机。据完全不明白是什么状况的出租车司机说，一个疑似董旸文的年轻人，在南岗佳苑门口给了他一千块钱，让他立刻把这个旅行箱送到绵阳的S机械厂，还说到了绵阳会有人联系他。

"锤子！"

董旸文果然耍了个花招！想到此处，赵晓元气不打一处来，狠狠地捶了桌子一下，他脸上那表情，像是要把董旸文抓住以后直接生吞活剥一样，把罗青云姑妈结结实实吓了一跳。

"到底咋回事？青云出了啥子事？"

罗青云姑妈脸色煞白，眼泪止不住地往下掉。

赵晓元顾不上安慰罗青云姑妈，随即拨通了关跃进的电话。

"他把罗青云也带走了？"电话里，关跃进的声音听起来非常遥远。

"嗯，但是他把银行卡、身份证都留下了！"赵晓元阴沉着脸。

关跃进没有说话，手机里不断传来高速上的噪声。

"他没有自己一个人跑，而是把罗青云也带走了，他们两个能去哪儿呢？"赵晓元自言自语地说。

沉默了一阵，手机里再次传来关跃进的声音——

"你马上带人去一个地方……"

第九章 猎物

1

下午三点四十分左右，赵晓元带着大队人马，抵达了黄龙溪古镇附近的 Y 村。根据辖区派出所提供的信息，罗青云出事的那个池塘，就在距离 Y 村村委会大约一公里的一个小山坳里。

"就在前面！"

在 Y 村村支书的带领下，警察们沿着田间小路快步朝池塘赶去。转过一个弯，赵晓元突然看见一个熟悉的身影远远朝他们走来——是罗青云！

"董旸文呢？"

面对一拥而上的警察，罗青云根本不知所措。陌生的环境让他万分紧张，下意识地朝后退了好几步。

"别怕，我们是警察，是来接你回家的。"赵晓元放缓语气，"你从哪儿来？"

罗青云皱着眉，默默指了指身后的方向。

赵晓元注意到罗青云只穿了一双拖鞋，脚上沾了很多泥土，显然，他是沿着这条土路，一路跌跌撞撞走过来的。

"先把他带到村委会。"赵晓元吩咐身后警察，"剩下的人跟我来！"

找到罗青云，警察们精神为之一振，他们知道董旸文应该就在这附近。赵晓元一马当先，加快脚步跑了起来。警察们顺着土路爬上一座小丘，一片茂密的树林出现在眼前，树林边就是那个出事的池塘。

"看！"廖捷指着池塘方向，压低声音说道。

一个身影在池塘边徘徊，正是董旸文。

小丘上同时出现这么多人，发出的声响也立刻惊动了董旸文。他抬头看向这边，脸色大变，立刻转身朝树林里逃去。

"拦住他！"赵晓元拔腿跑下小丘，身后警察们立刻默契地分为两路，左右包抄拦截。

天气又闷又热，赵晓元额头的汗又淌了下来，差点流进眼睛里。他挥手一抹，甩掉汗珠，一头扎进树林。读警校的时候，赵晓元是全校短跑冠军，他全力奔跑，速度越来越快，完全不顾层层叠叠的树枝、荆棘打在手上、脸上，拉出一道道血口。

跨过一个树丛，董旸文仓皇逃窜的身影出现在赵晓元视线中。赵晓元深吸一口气，发力冲刺起来。虽然董旸文比赵晓元年纪小了一轮还多，可是长期缺乏户外锻炼，跑起来完全不是赵晓元的对手。

二十米，十五米，十米，五米……赵晓元一点一点缩短着与董旸文的距离，终于，眼看就要摸到董旸文的后背了。

说时迟那时快，赵晓元大喝一声，猛地跳起来，飞身向前，一把将董旸文扑倒在地。

被两倍体重的"赵铁塔"死死压在地上，董旸文只来得及发出一声闷哼。

"别动！别动啊！"赵晓元反钳董旸文的双手，厉声警告道。

猎物　187

因为痛苦，董旸文脸涨得通红，大口喘着气，一声不吭。

赵晓元摸出手铐，将董旸文铐了起来，然后又快速检查了一下董旸文的衣服口袋，除了几百块现金外，什么都没有。这时其余的警察赶到了，赵晓元松了一口气，用力将董旸文拽了起来。

"怎么样，没事吧？"廖捷注意到赵晓元的T恤被树枝剐破了一个口子。

赵晓元稍微检查了一下，只是一些皮外伤，他挥挥手，示意不要紧。

两个刑警一左一右押着董旸文，他垂着头，全身的力气都被抽走了似的，几乎是被警察架着朝前走。赵晓元打眼看去，只见董旸文两只眼睛直勾勾地盯着地面，仿佛作弊被当场逮到的学生一样，面如土色，毫无生气，完全失去了一个职业棋手的神气。

——案子要破了。

赵晓元欣慰地想。

2

与此同时，疾驰在成渝高速上的关跃进，得知了董旸文被捕的消息。

"董旸文被抓了。"

听到这个消息，严缜松了口气，车速也降了下来。

"太好了。"严缜一拍方向盘，"这下算是破案了！"

关跃进抓着手机，完全没有严缜那般喜悦的心情，他心里还有很多疑问没有解开。董旸文从来就不是一个好对付的人，关跃进觉得他有必要提醒一下赵晓元，接下来的审讯工作，恐怕不会轻松。

这时关跃进突然感到一阵头晕，他降下一点车窗，从汽车手套箱里摸出了香烟。除了刚当兵那会儿，挤在沙丁鱼罐头一样的老解放卡车货斗里吐得一塌糊涂外，关跃进再没晕过车，他觉得严缜的驾驶技术实在有待提高。

"慢点开吧。"

关跃进点燃香烟，吸了一口，这是他在失去意识之前，说的最后一句话。

3

霍建斌穿过长长的走廊，进门之前还特意看了一眼病房号，确认没有走错，可是病房里只有一个乐呵呵看电视的胖老头儿，另一张病床空空如也。

霍建斌走进病房，床头放着一本《围棋三千问》，已经被翻得有点旧了。

"人呢？"霍建斌四下看了看，卫生间也是空的。

严缜连忙上前问道："大爷，二号床的病人呢？"

一号床的胖老头儿看《走近科学》看得正起劲儿，根本没空搭理严缜，只是用手指了指隔壁。

霍建斌、严缜走到隔壁病房，才发现小小的病房里挤了好几个人，有穿着病号服的白胡子老头儿，也有拎着保温饭盒的家属。众人围成一圈，圆圈正中是一个折叠的磁吸围棋盘，关跃进和一个戴着黑框眼镜的小男孩坐在棋盘两边。只见关跃进手里捏着一枚黑棋，满面愁容，似乎正在盘算这枚棋子要落在哪里。

"认输吧。"小男孩志得意满，笑嘻嘻地说，"你太轻敌啦，我就说让四子不行！"

关跃进叹了一口气，刚要落子，突然抬头看见霍建斌，如蒙大救,连忙起身道:"有朋友来看我了,等会儿再下!"

还没等小男孩反应过来,关跃进已经逃也似的跑回他的病房了。

"你耍赖——耍赖!"

小男孩冲着关跃进的背影大声叫道,急得都要跳起来了。

霍建斌不明所以,赶紧又走回隔壁,只见关跃进已经好端端地躺在病床上,正在好整以暇地剥香蕉。

因为这段时间的高强度工作,关跃进原本就不怎么好的身体,终于沉疴复起。在从重庆赶回成都的路上,严缜闻到香烟烧灼衣服的焦臭味后,才发现关跃进已经晕倒了。严缜连忙打开双闪,紧急靠边停车,弯过身子,从关跃进大腿上捡起香烟,扔出窗外。

严缜警灯警笛全开,一路呼啸着把关跃进送进了医院。关跃进是过度疲劳导致的短暂性脑缺血发作,尽管医生成功控制住了关跃进即将"爆表"的血压,但是这段时间依然是脑卒中的高风险期。就是再不情愿,关跃进也只能老老实实地待在医院,努力调养身体,平稳血压。

"你现在迷上围棋啦?"

霍建斌是代表刑侦大队来医院看望关跃进的。

关跃进嘴里塞着香蕉,含混不清地说:"护士把我手机没收了,玩不了俄罗斯方块,不下棋还能干什么?"

"隔壁小朋友哪儿来的?"

"他爸做心脏病手术,小鬼上完兴趣班过来看他爸的。"

"围棋兴趣班?"

"嗯。"

霍建斌微微一笑,说:"现在小朋友很聪明的,别小看人家,你随随便便让人家四子,托大了吧。"

关跃进脸色更难看了,小声说:"是他让我四子。"

严缜忍俊不禁,要不是顾忌到关跃进的血压,差点笑出声。

霍建斌也有点尴尬，连忙转移话题："身体怎么样，感觉还好吧？"

"无聊！"关跃进将香蕉皮扔进垃圾桶，气鼓鼓地说。

"还想着案子的事？"

关跃进立刻问道："董旸文那边到底什么情况？"

霍建斌避而不答，说："你放心吧，晓元他们进展很顺利，董旸文全都撂了，我看案子很快就可以移交检察院了。"

"我现在挺好的，降压药吃着，血压也很稳定，就是闲得没事干。"关跃进急不可耐地说，"你让我看看笔录吧。"

"医生都说了，让你好好休息。"

"霍队，你不给我找点事做，待会儿隔壁小鬼又要来缠着我下棋了。"关跃进哼哼唧唧地说，"要是他让我五子我还赢不了，这一激动，血压又要高了。你还是让我看笔录吧，我看笔录比吃降压药还来劲儿。"

面对关跃进的歪理邪说，霍建斌哭笑不得，不过他事先已经问过医生了，关跃进情况比较稳定，如果只是看看笔录，问题应该不大。霍建斌确实也想让关跃进看一眼笔录，这件案子从头到尾，关跃进都发挥了极为重要的作用，临到结案，霍建斌还是想让老师父再掌掌眼。想到这里，霍建斌装作为难的样子，说："可以是可以，不过我有一个条件。"

"什么条件？"关跃进急切地问。

"你不能再抽烟了！"霍建斌严肃地说。

"我保证，绝不再抽！"关跃进郑重其事地答道。

这次严缜真的没忍住，笑出了声。

4

第二天下午,严缜带着笔录来到医院,一号床的胖老头儿不在。独守空房的关跃进早就等得不耐烦了。

"你二十分钟前就说到医院了,怎么磨蹭到现在才上来?"

"刚下车接了个电话。"严缜含含糊糊地说。

关跃进接过笔录,正要打开看,突然瞥见严缜扭捏的神色,问道:"你脸红什么?"

"没有啊。"严缜慌忙摸了摸脸,"可能上来跑得急了一点。"

"不对。"关跃进连连摇头,"你刚才接谁的电话?"

"……白佳嘉。"严缜有些不好意思地说。

"白佳嘉?"关跃进促狭地看着严缜,"她找你干什么?"

"这不罗青云也进去了嘛,她着急,就给我打电话了。"

"她怎么有你电话?"

严缜挠挠头,说:"我这不是想着,她有什么线索,可以直接联系我们嘛。"

"是联系你吧,你怎么不给她留我的电话?"

"你这不是生病了吗?"

"现在案子还没结呢,什么该说,什么不该说,你心里有数吧?"

"那肯定!"严缜拍着胸脯说,"师父你放心,违反纪律的事我肯定不干!"

关跃进点点头,说:"她都问什么了?"

"她问能不能去看看罗青云,说罗青云姑妈都急坏了,天天在家抹眼泪。"

"还有呢?"

"她还问了你,我说你生病住院了。"

关跃进想了想,没有说话。

"我感觉她有话想跟我们说。"严缜补了一句。

关跃进点点头,什么也没说,他躺倒在病床上,拿起笔录看了起来——

问:五月二十日中午,你离开聚餐的川菜馆以后,去了哪里?

答:直接回家了。

问:南岗佳苑十九栋二单元七〇五?

答:是的。

问:步行回家吗?

答:是的。

问:到家的时候,大约几点钟?

答:十二点四十左右吧,记不太清了。

问:回家以后你干什么了?

答:复盘,研究上午我跟徐天睿的比赛。

问:之后呢,有人来找过你吗?

答:白佳嘉来了。

问:白佳嘉什么时候来的?

答:四点钟的样子吧。

问:她来干什么呢?

答:她来看我怎么样了,她怕我比赛输了,不开心。

问:你们俩还说什么了?

答:我问她是不是跟徐天睿在一起了,她说是。

问:你是什么时候知道白佳嘉和徐天睿在一起的?

答:今年情人节,当时我想约她看电影,被拒绝了,我感觉她好像跟别人在一起了,就去了她家,在她家停车场看见了她和徐天睿。

问：你约白佳嘉情人节的时候看电影,是想追求她吧?

答：是的。

问：白佳嘉和徐天睿在一起,为什么没有告诉你呢?

答：她说怕影响我比赛。

问：影响了吗?

答：是的。

问：白佳嘉还和你说什么了?

答：没什么了,后来徐天睿就打电话了。徐天睿挺不高兴的,要白佳嘉赶快回去。

问：你怎么知道徐天睿不高兴呢?

答：白佳嘉的手机音量开得比较大,我能听到徐天睿的声音。

问：然后呢?

答：白佳嘉不放心我,我说我没事儿,要她赶快回去,后来白佳嘉就走了。

问：白佳嘉什么时候走的?

答：四点半吧。

问：白佳嘉走了以后呢,你干什么了?

答：我心情不太好,说实话挺难受的,就一直在客厅里发呆,可能坐了快两个小时吧。我肚子有点饿了,就起来泡了个方便面,刚吃完面,罗青云就来了。

问：这个时候是几点钟?

答：七点左右吧,我当时问罗青云吃饭了没有,他说吃过了。

问：罗青云找你干什么?

答：下棋。

问：罗青云经常找你吗?

答：有时候会来，从H小区到我家，有一趟直达的公交车。罗青云有残疾证，可以免费搭公交，他也认得来我家的路。

问：罗青云来找你，就只是下棋吗？

答：是的，他棋瘾非常大，平时又没人陪他玩儿，只有我和白佳嘉有时陪他下几局棋。

问：罗青云下棋的水平怎么样？

答：他出事以后脑子就不行了，现在就是个业余爱好者的水平。有的时候还记不住棋路，乱下一气。我和白佳嘉说是和他下棋，其实主要就是陪他玩儿，大罗哥挺可怜的。

问：罗青云经常晚上来找你吗？

答：他一般都是吃完晚饭来，白天我在俱乐部训练，家里没人。

问：你们平时下棋一般下多久？

答：至少两三个小时吧，主要是陪罗青云过过棋瘾。

问：要是下得晚了，罗青云赶不上回去的公交车怎么办呢？

答：那趟公交晚上十点半收车，要是赶不上了，我就让罗青云在我家住一晚，第二天一早再让他回去。

问：罗青云有手机吗？

答：没有，他不会用。

问：那他在你家留宿，他家里人知不知道呢？

答：要是太晚赶不上公交了，我一般会给他姑妈打电话通知一声。

问：罗青云来了以后你们干了什么？

答：一开始是下棋，下了一会儿，我就接到了白佳嘉的电话。接起来一听，才发现打电话的人是徐天睿。

问：徐天睿说什么了？

答：他说他已经和白佳嘉在一起了，让我离白佳嘉远一点，不要再纠缠她。他还警告我，如果再私底下见白佳嘉，就要弄死我。

问：你们吵起来了吗？

答：没有，我没怎么还嘴。

问：为什么呢？

答：徐天睿喝醉了，说胡话呢。

问：后来呢？

答：我听到电话里有白佳嘉的声音，他们两个应该是吵起来了，然后电话就挂断了。我挺担心的，徐天睿这个人酒品很差，我怕他喝醉了，控制不住脾气，会伤害白佳嘉，就想过去看一看。

问：去徐天睿家吗？

答：是的。

问：你怎么知道他们在徐天睿家？

答：徐天睿在电话里说了，说他们已经住在一起了。

问：你去徐天睿家，就只是想看一看吗？

答：我还想把话说清楚。

问：什么话？

答：白佳嘉选择和徐天睿在一起，我愿赌服输，我不会再纠缠白佳嘉的。我希望徐天睿以后能好好对待白佳嘉，我想跟他们俩把这件事说清楚。

问：你怎么去徐天睿家的？

答：走路去的，他家就在俱乐部附近，没多远。

问：你和罗青云一起吗？

答：是的。

问：为什么要带罗青云呢？

答：我要他先回家他不肯，非要跟着我一起，我没办法，只能带着他了。

问：你到徐天睿家是几点？

答：应该不到九点，大概八点四十、四十五分吧。

问：你是电话挂断以后立刻出发的吗？

答：没有，一开始我想让罗青云回家，他棋没下完死活不干，我俩纠缠了一会儿。

问：你从哪个门进琥珀溪岸小区的？

答：他们小区有个侧门，我从那儿进去的。

问：为什么不走正门？

答：正门有保安，访客要登记，还要业主打电话才能放行。我怕徐天睿不让我们进，就走的侧门。

问：侧门没有保安？

答：没有，业主刷卡就能进，我带着罗青云，跟在一个业主后面进去的。

问：你怎么知道侧门没有保安？

答：我以前来过徐天睿家，这还是他跟我说的。

问：徐天睿给你开的门吗？

答：是的。

问：见到白佳嘉了吗？

答：没有，房子里只有徐天睿一个人。我问徐天睿才知道，白佳嘉跟他吵了一架，已经回家了。

问：你跟徐天睿怎么说的？

答：没说两句，徐天睿就开始骂人了。

问：他骂什么？

答：他骂我，说我癞疙宝[1]想吃天鹅肉，让我看清楚自己几斤几两。

问：他为什么骂你？

答：他喝多了，又跟白佳嘉吵了架，就是想找人发泄，我正好送上门来。

问：你还嘴了吗？

答：一开始没有，我只想把话说清楚，结果徐天睿越骂越难听，还骂到了白佳嘉身上。我听了实在有些生气，就说了他几句，徐天睿一下就火了，冲上来就打我。

问：他打你哪里？

答：头，身上，喝多了乱打一气。

问：你还手了吗？

答：没有，我只顾护着脑袋，没想到罗青云冲上来了。他看我被打，一时着急，想帮我，就推了徐天睿一把——是徐天睿先动手的。

问：然后呢？

答：我听到徐天睿叫了一声，再抬头，发现他已经倒在地上，一动不动了。

问：他在哪儿倒下的？

答：客厅。

问：徐天睿是被罗青云推倒的？

答：是的。徐天睿摔倒的时候，脑袋刚好磕在茶几上，一下子就不动弹了。我吓坏了，赶紧上去想把他拉起来，结果怎么也拉不动。拉了好半天，我才发现，徐天睿已经没有气了，他摔死了。

---

[1] 四川方言，指癞蛤蟆。

问：罗青云呢？这个时候他在干什么？

答：他也吓坏了，愣在那儿不敢动。

问：你为什么不报警？

答：我一开始想报警的，但是我怕罗青云受牵连。这件事本来跟他没关系的，罗青云太可怜了，明明是徐天睿先动手的。罗青云只是想帮我，我不想他再惹上什么麻烦。我想了个办法，要是能把现场伪装成意外死亡，那我和罗青云就都不用受牵连了。

问：你受什么牵连？动手的不是罗青云吗？

答：要是事情闹大了，我怕会影响我打比赛，再说我也不忍心让罗青云一个人承担，我欠他的。

问：你具体是怎么做的？

答：我先让罗青云回家了。

问：怎么回的？

答：坐公交，琥珀溪岸那里有一趟公交可以到 H 小区，我把罗青云送上公交的。

问：罗青云什么反应？

答：他一开始也被吓到了，后来我安慰他，说徐天睿是喝醉了，睡一觉就好了。我让他先回家，今晚的事谁也别说。

问：罗青云说什么呢？

答：他相信了。

问：你怎么知道他不会说出去呢？

答：他记不住事，罗青云的脑子受伤挺严重的，头一天发生的事，他第二天就忘得干干净净的。其实哪怕我不说，他也记不住那天晚上到底发生了什么事。

问：你把罗青云送上公交之后干了什么呢？

答：我回到徐天睿家，从厨房拿了一双橡胶手套，把徐天睿拖到卧室里,把他的衣服都脱了,放进洗衣机,又给浴缸放了水。然后我抓着徐天睿的头,像这样,在浴缸里磕了一下。我想伪装成徐天睿洗澡的时候不小心滑倒摔死的。

问:你到徐天睿家的时候,他吃了或者喝了什么东西吗?

答:没有,他连水也没给我倒,一见面就指着我骂。

问:徐天睿当时醉得很厉害吗?

答:我觉得挺厉害的,路都走不稳了。

问:做完这些之后呢,你又干了什么?

答:我就赶紧回家了,我挺害怕的。

问:你是怎么回去的?

答:走回去的。

问:路上碰见什么人了吗?

答:没有,我专挑小路走的。到家时候,我看见门上贴了一张天然气检查的通知单,我怕别人知道我不在家,就给撕了。

问:你从徐天睿家出来的时候是几点钟?

答:不知道,当时太紧张了,应该不到十点吧。

问:你到家的时候是几点?

答:十点半、十点四十的样子吧。

问:然后呢,你都做什么了?

答:我把身上的衣服都脱了,拿剪刀剪碎了,装到几个垃圾袋里扔了,然后我洗了个澡。我以前看过一个纪录片,说警察能从人的衣服还有指甲缝里提取出微量物质,来确认这个人去过什么地方。我特别害怕,全身上下都仔仔细细地洗了一遍,我怕警察查出来我去过徐天睿家。

问:之后呢?

答:之后我就上床了,可是我怎么也睡不着,就在床上躺了一个晚上。脑袋昏沉沉的,特别难受,但是我怕别人看出异常,第二天还是按时去了俱乐部。我没想到你们这么快就盯上我了,尤其是那个关警官,他几乎认定了,凶手就是我。

问:你就没想过自首吗?

答:我想过,但是我还存了一点侥幸心理,我想你们没什么证据,说不定我还有机会参加耳赤杯比赛。

问:耳赤杯比赛就那么重要吗?

答:对我挺重要的。我那个时候太糊涂了,猪油蒙了心。

问:可是耳赤杯没有让你进决赛,给其他选手发了外卡,是吗?

答:是的。我很受打击,我觉得我这辈子简直一事无成!我这么拼命,这么努力,到头来什么也没得到!我太失败了,我已经不想再挣扎了。我去看了罗青云,那天晚上发生的事,他果然什么都不记得了,我放心了。

问:你什么时候去看的罗青云?

答:五月三十一日。

问:你去了罗青云家吗?

答:没有,我在会龙公园见到他的。

问:你怎么知道他在会龙公园?

答:他白天没事就在公园玩。他本来是在小区里玩的,后来小区那些业主传闲话,说他是精神病,怕他在小区里伤害小孩。他姑妈没办法,就让他白天没事时去公园玩。

问:这些事你是怎么知道的?

答:罗青云姑妈跟我说的,有的时候碰上了,她会跟我聊几句。

问:见面的时候,你还跟罗青云说了什么?

答:没说什么,那个时候我已经下定决心了。

问:什么决心?

答：我想死，我不想活下去了。我知道你们在监视我，我想你们很快就要抓我了，我不想进监狱，我想一个人静静地死。

问：那你为什么要逃跑？

答：我没逃跑。

问：你没逃跑，为什么要故意打车，想把我们引开？

答：我只是想回到罗青云出事的地方，我要在那个地方，向罗青云坦白，这两年，这件事情压在我心里太深了，几乎要把我压垮了。死之前，我想跟罗青云说清楚。我想向他忏悔，我怕你们阻拦我。

问：你跟罗青云说了吗？

答：说了。

问：罗青云什么反应？

答：没有反应，他不知道我在说什么。

问：然后呢？

答：然后我就让罗青云走了。我让他顺着小路一直走，我知道前面有人，能把罗青云送回去。

问：你准备自杀？

答：是的。

问：怎么自杀？

答：投水。

问：你不是会游泳吗？

答：我准备在衣服里装上石头，我还带了胶带，可以把我的手脚都绑起来。

问：你看见我们的时候，为什么要跑？

答：我不想被你们抓，我不想进监狱。

笔录到这里就结束了，关跃进随手把笔录放到床头柜上，揉了揉鼻梁，脸上疲惫尽显。

"师父，你要休息一下吗？"

关跃进摇摇头，说："没事儿，我在想事情。"

严缜见状从包里又掏出一份笔录，说："这是董旸文第二次审讯的笔录。"

关跃进没有接，他躺在床上，闭着眼睛小声问："第二份笔录都说什么了？"

"董旸文主要交代了二〇一二年八月那次溺水事件。"

"他怎么说的？"

严缜将第二份笔录的内容简要叙述了一遍。据董旸文交代，当时他和罗青云同时发现徐天睿抽筋，两个人都想游过去救人。董旸文从小就在涪江游泳，水性是几个人中最好的，他率先游到徐天睿身边。当时徐天睿呛了几口水，眼看就要沉下去了。董旸文托起徐天睿，奋力朝岸边游去。好不容易游到浅滩时，董旸文终于松了一口气，这时他突然发现，罗青云不见了。

董旸文让徐天睿自己上岸，他要游回去找罗青云，可是当时徐天睿吓得浑身发抖，紧紧抓着董旸文，说什么也不让他走。董旸文没办法，只好拽着徐天睿先上岸。这个时候，白佳嘉带着村民赶来了。事后虽然救起了罗青云，可是因为溺水时间太长，罗青云大脑受了永久性的损伤。董旸文很后悔，他觉得当时要是能当机立断丢下徐天睿，直接去救罗青云，说不定罗青云就不会变成现在这样。

从那以后，董旸文一直觉得对不起罗青云，这也是他在第一份笔录里说的，他在死前想对罗青云坦白的事。

"我看就是因为董旸文心怀愧疚，才会在徐天睿死的时候搞出这么大一摊的事。可是他万万没想到，当天罗青云竟然从徐天睿家里拿走了一颗蛤碁石棋子。天网恢恢疏而不漏，正是这颗棋子，让董旸文露了马脚。"严缜总结道。

关跃进脸色越来越难看,他冷冷地问:"罗青云怎么说?"

严缜耸耸肩,说:"罗青云还是那个样子,一问三不知,什么也说不出来。"

关跃进哼了一声,没有说话。

"师父,你哪儿不舒服?"严缜紧张地问。

"我没事儿。"关跃进不耐烦地挥手,"我就是心里堵得慌。"

"怎么了?"

"说了半天,谁能证明董旸文的话呢?"关跃进猛地睁开眼睛,从床上坐了起来,掰着指头说,"徐天睿吗?他已经死了。罗青云呢,是个傻子!董旸文的话完全是孤证。真的是徐天睿不让他去救罗青云吗?真的是罗青云把徐天睿推倒的吗?"

严缜一怔,随即喃喃地说:"可是我们也没证据能证明董旸文说的不是真的呀。"

关跃进闷声闷气地说:"董旸文说那天晚上,徐天睿死了以后,是他把罗青云送上公交车的。公交车上的监控呢?你们查了没有?"

"公交车上的监控只保留七天,我们去公交公司的时候,二十日当天的监控早就被覆盖了。"

关跃进露出早知如此的表情,他背着手,绕着病床烦躁地走来走去。突然,关跃进停下脚步,扭头对严缜说:"安眠药呢?安眠药的事怎么说?"

"董旸文完全不知道安眠药的事。"

严缜从包里掏出几张照片,放到关跃进面前。这几张照片是在徐天睿客厅拍摄的,镜头正对卧室门口的高脚柜。高脚柜的抽屉开着,里面装的是各种各样的药物。

严缜指着照片一角说:"这个就是徐天睿吃的唑吡坦。"

严缜所指的,是一个十片装的吸塑药片板,板上只剩下三颗药了。关跃进注意到,在这个吸塑药片板旁边,还有一个相似的十片装吸塑药片板，两个板上的药长得很像，都是细长的白色药丸。只不过唑吡坦旁边的吸塑药片板上只剩下两颗药丸。

严缜指着旁边的吸塑药片板说："这个是一种日本进口的解酒药，据白佳嘉说，二十日当天，徐天睿回家以后，曾经吃过解酒药。我们怀疑，是徐天睿酒后吃错了药。"

"什么？徐天睿自己吃错药了？"

关跃进回想起他在案情分析会上看过高脚柜的照片，只是他当时没有注意到旁边这个和唑吡坦很像的吸塑药片板里装的，是解酒药。

"赵队专门让我把白佳嘉带到队里，反复跟白佳嘉确认过，徐天睿当天确实吃过解酒药。"

"这么重要的细节，白佳嘉为什么一开始没说？"关跃进有些恼怒地说。

严缜挠挠脸颊，说："白佳嘉不知道徐天睿吃过安眠药，所以她也没把这件事和解酒药联系在一起。是赵队反复问她，二十日当天徐天睿回家以后，到底吃过、喝过什么东西，她才想起来徐天睿吃过解酒药。"

关跃进沉默了，事先服下的安眠药恰好证明徐天睿的死是有预谋的，可是白佳嘉的证词，却让董旸文的交代显得更加完整了。关跃进盯着照片，突然一个念头闪过脑海，他叫道："电梯！电梯呢？"

"什么？"严缜吓了一跳。

关跃进激动地说："我们检查过琥珀溪岸的电梯监控。你记得吗，当天监控只拍到了徐天睿和白佳嘉回家，以及白佳嘉坐电梯离开。监控录像里，从头到尾都没有董旸文和罗青云坐电梯的画面。"

"他们没有坐电梯？"严缜似乎有些明白了。

"对！"关跃进露出笑容，"你想想，董旸文带着罗青云去徐天睿家的时候，如果只是像他说的那样，是去把事情说清楚的，为什么一开始不坐电梯呢？"

5

审讯室比看守所凉快多了。

董旸文面色平静地坐在审讯室里，他对面坐着的，是赵晓元和廖捷，赵晓元负责提问，廖捷负责记录。

"五月二十日，你和罗青云到徐天睿家的时候，是坐电梯上去的吗？"赵晓元问道。

——终于要问到这个问题了。

董旸文摇摇头，答道："没有，走的楼梯。"

赵晓元眼中闪过一道精光，紧接着问："徐天睿家在十五楼，你们为什么不坐电梯？"

"罗青云从来不坐电梯。"

赵晓元有些惊讶："他为什么不坐电梯？"

董旸文老老实实地说："罗青云出事以后，每次坐电梯都说头疼，他来我家的时候，也是直接走楼梯。"

赵晓元和廖捷交换了一下眼神。

"所以那天我带着罗青云直接走的楼梯。"董旸文一脸诚恳地说，"你们要是不信，可以去问罗青云姑妈，他们家人都知道。"

董旸文没有说谎，罗青云确实不愿意坐电梯，他正是知道这一点，才把那颗蛤碁石棋子，塞到了罗青云的口袋里。

6

白佳嘉挂断了 MCN 公司老板打来的电话。

距离徐天睿之死已经过去半个多月了。这段时间白佳嘉一直请假，既没去俱乐部，也没去 MCN 公司。今天是周一，MCN 公司老板终于忍不住了，打电话过来假意关心白佳嘉身体，实则拐弯抹角地打听她什么时候能够重新开工。

白佳嘉清楚，根据她和 MCN 公司签署的协议，她必须要定期拍摄足够数量的视频，否则是违约的。休息的时间的确足够多了，可是无论如何，她也没有重新开工的心情。比起合同违约，摆在她面前的情况更加严重——从五月二十日到现在，事情的发展已经远远超出了她的预料。

白佳嘉的思绪回到了一个星期前，那是六月二日下午，她接到了一个陌生来电。

"喂。"

"是我。"是董旸文的声音。

"你在哪儿？"

"你别管了。"电话里传来董旸文急促的呼吸声，背景音里还有连绵不断的聒噪蝉鸣，"快没时间了，警察马上就要来抓我了！"

"……"

听到这句话，白佳嘉绷紧了身体，手也不由得抓紧了手机。董旸文上一次跟她联系还是五月二十三日，那次董旸文被关跃进打了个措手不及，有些慌乱。她告诉了董旸文解酒药的事，董旸文要她放心，这些事情改变不了大局。

"别怕，这都是我计划好的，警察不会查到你身上的。"董旸文语速很快，但是语气不见慌乱，"接下来不管发生什么事，你都不要乱，警察问你什么，你就照我教的，老老实实回答他们好了。"

"接下来会发生什么?"

"你别问了,你要知道,我做的所有一切,都是为了帮你。不管付出什么代价,我都愿意!"

"可是……"

"不管警察查到谁身上,你都是安全的。记住千万不要冲动,你只要照我说的做,一切都会过去的。"

"警察还会查到谁?"白佳嘉捕捉到了董旸文的言外之意。

董旸文沉默了,他重重喘息了几下,耐着性子说:"你知道得越少越好。"

"不行,你要告诉我!"白佳嘉出乎意料地强硬,她心里隐隐有了不好的预感。

董旸文叹了一口气,犹豫了一下,说:"警察除了抓我,应该还会抓大罗哥。"

"为什么?和大罗哥有什么关系?"白佳嘉急了。

"你听着,"董旸文果断打断白佳嘉,"你的事,我和大罗哥会共同替你分担,一个责任,两个人分担,这样我和大罗哥就都还有机会。你放心,大罗哥没有民事行为能力,他肯定会比我先出来的。"

"你到底干了什么?警察怎么会抓大罗哥?"白佳嘉不依不饶地问。

董旸文强调道:"你知道得越少越安全。"

"那天你是不是从小天家里拿了什么东西?我在大罗哥家,看到警察手里有一枚白棋子,是小天的吗?"

见避无可避,董旸文叹了一口气,低声说:"我拿了一枚蛤碁子。"

——都对上了。

白佳嘉瞬间明白了董旸文的计划是什么。她感到非常难受,这一切不是她想要的,她完全没想到事情会变成这样。

见白佳嘉没有反应,董旸文焦躁地说:"没时间了,答应我,照我说的做！只要你没事，我怎么样都没关系。"

白佳嘉没有说话，她的眼泪止不住地流了出来。

似乎听到了白佳嘉的哭泣声，董旸文的情绪也有些激动，他吸了吸鼻子，提高音量说："再见了，佳嘉。我希望到了那个时候，你能来看看我。"

此时白佳嘉已经哭得说不出话了。

7

这一切，是董旸文早就计划好的。五月二十日当天，董旸文从徐天睿家里拿走了一颗蛤碁石棋子。拿走棋子的时候，他并没有想好这枚棋子究竟要发挥什么作用。围棋里，有一个概念叫"余味"，这是指下棋时在某一个地方保留变化，埋下伏笔，一旦有机会，就立刻引发对自己有利的变化。保留余味是棋手的一项必要能力，也是一种重要的思维方式。

这枚蛤碁石棋子，就是董旸文保留的余味。

董旸文没想到，警察这么快就识破了他的伪装，认定徐天睿是被人杀害的，更没想到关跃进一开始就盯上了他，几次三番给他下套儿。董旸文以为他把所有情况都考虑到了，可是真丝衬衫的疏忽，以及他事先并不知情的安眠药，彻底打乱了他的阵脚。

董旸文清楚地意识到，一张大网越收越紧，而他正是那个处在大网中心的猎物。董旸文必须要出手了，他要让那处保留的余味，发挥作用。恰在此时，关跃进说服了耳赤杯组委会的人，取消了董旸文的参赛资格。这对董旸文来说，是个绝佳的机会。

关跃进是个精明的猎手，眼光毒辣，思维敏捷，是个非常难欺骗的对手，但是董旸文从来没把自己当作猎物。董旸文玩的不是猫鼠游戏，他一直以猎手的身份，和关跃进进行着博弈。现在关跃进想收网，董旸文必须要给关跃进送上一个猎物，这个猎物将取代董旸文，成为关跃进这个老辣猎人餐桌上热气腾腾的晚餐。

这个完美的猎物，正是罗青云。

董旸文故意当着警察的面去见罗青云，把早就准备好的蛤碁石棋子偷偷塞进罗青云的口袋。一个简单的动作，就能让罗青云成为董旸文的替罪羊。就在关跃进紧锣密鼓围绕罗青云展开调查的时候，董旸文行动了，他带着罗青云演了一场逃亡大戏，给这场狩猎画上了一个圆满的句号。

董旸文盘算过，警察手里并没有掌握什么有力的证据，说到底，他只用承担包庇和伪造证据的罪责，最坏的结果是三年有期徒刑。像他这样的情况，是有可能判缓刑的。除了三年铁窗生涯，董旸文还会失去什么呢——

耳赤杯比赛？

——耳赤杯再怎么重要，也只是一场比赛而已，它不值得董旸文赌上全部。

棋手的职业生涯？

——棋协很可能会取消董旸文的职业段位，这个损失确实非常大，可是打不了职业比赛，以董旸文的实力，去打业余比赛，或许另有一番天地。

是的，董旸文会失去很多，可是他会得到一样东西——

白佳嘉。

利用这个余味产生的变化，董旸文不仅能逃脱杀死徐天睿的罪责，更重要的是，他永远掌握着白佳嘉不可告人的"秘密"。

——有了这个秘密，白佳嘉这辈子再也不可能离开他了，这就是董旸文最想要的。

围棋的确很重要，但是对董旸文来说，白佳嘉这个大眼睛、圆脸蛋，笑起来如阳光一般灿烂的女孩，是包括围棋在内的任何东西，都不能替代的。

无论如何，他也要得到她！

十二岁那年，董旸文在石室道场第一次见到白佳嘉时，就在心里默默地决定了。

这天走出审讯室时，董旸文知道他就要赢了，他脸上没有任何表情，可是心里一直在笑，不停地笑。

董旸文笑得十分放肆。

第十章 棋子

1

甘肃定西市，是一个位于黄土高原丘陵沟壑地区的小城市，这一带历史上又被称作"陇中"。一八七六年，陕甘总督左宗棠在给光绪皇帝的奏章中说："陇中苦瘠甲于天下"。

定西是个非常缺水的地方，一年平均降水量三四百毫米，蒸发量却高达一千四五百毫米。这里的老人说，定西吃水最难的地方，得靠政府从百里外定期运水来。送水车的喇叭一按，乌鸦、麻雀黑麻麻一片，跟着汽车一起飞，牛马猪羊都追着汽车跑。老人还说，过去夏天下雨，山上就起"浪疙瘩"[1]，冬春干旱，连根草也长不出来。就算长出了牛羊吃的苜蓿草，头茬嫩叶也要先割下来，留给人吃。这里流传的一句话是："山是和尚头，沟里无水流，十年有九旱，岁岁人发愁。"一九八二年，联合国粮食计划署官员考察过定西后，甚至认为这里"不具备人类生存的基本条件"。

---

[1] 当地方言，指泥石流。

定西没什么工业基础，大一点的企业，只有一个敬东机器厂。二十世纪八十年代这个厂曾经引进日本生产线，生产洗衣机电脑控制器，九十年代还一度开发出中英文电脑学习机，红极一时。后来因为经营不善、技术迭代等问题，敬东厂每况愈下，入不敷出。进入新世纪，敬东厂已经没有产品生产了，苟延残喘到二〇〇八年，正式宣告破产。

九十年代的普通定西人挤破头都想进的单位，除了敬东厂，就是石油公司、烟草公司和电力局了。一九九四年，白佳嘉出生在定西电力局一个职工家庭，她父亲是变电站技术员，母亲是运输公司的长途客车售票员。白佳嘉母亲人长得漂亮，又会说话，父亲端着电力局的金饭碗，这是一个让很多普通定西人羡慕的小家庭。

一切的变故，都始于白佳嘉开始展露出围棋天赋的时候。白佳嘉父亲常年要在变电站值班，只有周末才回家。待在变电站的时候，白父全靠下棋消磨时间，他是资深围棋迷，也是当地一个小有名气的业余高手。当白父发现女儿有围棋天赋时，立刻下定决心，一定要把女儿培养成职业棋手。

白佳嘉刚上小学，白父就把她送到兰州学棋，还说服白母辞了工作，到兰州陪读。如果只待在定西，以白父的收入，肯定能让这个小家庭的生活过得相当不错。可是一到外地学棋，白父既要负担母女俩在兰州的生活费，还要负担白佳嘉学棋的学费，日子就过得有些捉襟见肘了。

这几年因为学棋，白佳嘉父母没少吵架。白母觉得女孩学棋，考上职业段位的概率太低了，把孩子的出路赌在这条独木桥上，失败的风险是他们这个家庭承担不起的。可是白父认定女儿是天才，一定可以定段成功，眼前的困难只是暂时的，咬咬牙就挺过去了。白父是个倔脾气，只要他认定的事，任谁也改变不了。

白父的眼光的确不错，可是他对困难的估计严重不足。在兰州学了几年棋后，白佳嘉的成绩确实越来越好，可是白母也越来越不愿意回定西的家了。后来白母跟兰州一个开饭馆的老板好上了，把一纸离婚协议书寄回了定西。

离婚以后，白父更加执拗了，考虑到甘肃没有特别好的围棋道场，白父就请了长假，带着白佳嘉全国各地到处找老师找道场，最后终于考上了石室道场。之所以考成都的道场，是因为白父实在负担不起送女儿去北京或是杭州学棋的费用。为了凑学费，白父还找亲戚朋友借了一圈钱，算是赌上了这个家的所有。

其实白佳嘉没有那么喜欢围棋，但是她知道她根本没有退路，只能硬着头皮一路向前。进了石室道场，因为第一次来南方生活，又没有家人陪在身边，刚刚进入青春期的白佳嘉，既痛苦又迷茫，成绩也一落千丈，经常在道场排名倒数。在石室道场学了一个学期后，老师对白佳嘉说，以她的成绩，连续考四十年也考不上职业段位。

白佳嘉崩溃了。

这天晚上，白佳嘉偷偷溜出宿舍，一个人来到了道场天台。白佳嘉幻想她是一只挣脱了牢笼的飞鸟，只要从天台跳下去，与这茫茫黑夜融为一体，一切的烦恼就都消失了。临死前，她想给父亲打个电话，可是又不知道有什么可说的。白佳嘉压在心底的话太多了，她找不到人诉说。

就在白佳嘉爬上天台的女儿墙，准备一跃而下之时，一只大手猛地将她拽了下来。

这个救了白佳嘉的人，就是罗青云。

2

说到这里的时候，白佳嘉的眼睛有些湿润了，她抬起头，努力避免眼泪夺眶而出。

严缜递过来一张面巾纸。

"谢谢。"

白佳嘉接过面巾纸,微微侧身,擦了擦眼睛。

这是在医院住院大楼旁边的一个小花园里,关跃进和白佳嘉并排坐在长椅上,严缜站在关跃进身后。天气很热,严缜已经出了一身汗,但是关跃进病房里一号床的胖老头儿看电视看得正起劲儿,他们只能移步到小花园谈话。

白佳嘉是跟严缜一起来的,她给关跃进带了一个果篮。严缜表示,白佳嘉有话想跟关跃进说。

"那天晚上大罗哥一直在天台陪着我,我们两个说了很多话。"白佳嘉抽了抽鼻子,说,"大罗哥问我,我想要什么样的生活。我一下就愣住了,直到那天之前,我从来没想过这个问题。我爸一直跟我说,我要考上职业段位,我要当上职业棋手。可是这到底是他的目标,还是我的目标呢,我搞不清楚。"

"毕竟那个时候你只有十二岁嘛。"关跃进感慨道。

"其实大罗哥那个时候也只有十五岁,可是他好像什么事都能想明白,什么问题都能找到答案。在我心里,他一直是一个非常可靠的大哥。"

关跃进想起在蒋渝那里看到的那张合照,或许对那时的白佳嘉来说,她对罗青云的感情,是一种介于亲情与爱情之间的,既朦胧又暧昧的微妙情愫。

"你想要什么样的生活呢?"

"什么?"

"你还没说你想要什么样的生活呢?"严缜突然问道。

白佳嘉十分认真地说:"我想有一个自己的房子,不需要很大,但是要有一个阳台,我可以养花种草。我还要养一只柴犬,会对着

棋子　215

我笑的那种。"

"可是你现在住的地方,既没有养花,也没有养狗啊。"严缜不解地问。

"那也不是属于我的房子。"白佳嘉微微一笑,说,"我现在太忙了,没有时间养花,也没有时间照顾小狗。"

严缜露出理解的表情,连连点头,说:"我小的时候想当飞行员,可是体检不过关,最后只能上警校。"

关跃进扭头上下打量着严缜,不怀好意地问:"你到底是哪里不过关?"

"你看哪儿呀,"严缜下意识地退后一步,"我是视力不过关,我眼睛有点散光。"

关跃进翻了个白眼,对白佳嘉说:"你看他宝里宝器[1]的样子,就知道他肯定是脑子不过关,你别搭理他,继续说。"

白佳嘉尴尬地笑了笑,说:"那天晚上,大罗哥跟我说,我想要的生活,只有围棋能给我。大罗哥还说,围棋不是冷冰冰的,它是有温度的,你怎么对围棋,围棋就怎么对你。是大罗哥救了我,他帮我找到了生活的目标。"

"所以你一直都很感激罗青云?"

"是啊,我能考上职业段位,对我帮助最大的人就是大罗哥。大罗哥是一个好人,他连只蚂蚁都不愿意踩死,他怎么可能杀人呢?我……"白佳嘉不断摇头,欲言又止,"不管怎么样,大罗哥都不会主动伤害别人的,他是无辜的,关警官,你一定要相信我!"

"你想说的就是这个?"

"嗯。"白佳嘉点了点头,犹豫了一下,"这话之前我跟赵队长也说过,可是他们不当回事儿,他们说警察办案是要讲证据的……有

---

[1] 四川方言,形容像活宝的样子。

什么证据能证明大罗哥杀了人呢？我不相信！"

关跃进看着白佳嘉的眼睛，他发现这个女孩的眼神异常坚定，而这坚定的眼神背后，似乎还藏着什么话没说。关跃进抓着病号服的衣领用力扇了扇，喃喃道："太热了，你口渴吗，想喝咖啡吗？"

被关跃进突然一打岔，白佳嘉有些意外，连连摆手说："我不渴。"

"我渴了。"关跃进咂着嘴，扭头对严缜说，"你帮我买杯咖啡吧，医院后门就有家卖咖啡的，我要冰美式。"

关跃进想起什么，又回头问白佳嘉："你喝冰的吗？"

白佳嘉点点头。

"两杯冰美式。"关跃进拍了拍严缜的屁股，"你想喝什么自己买，我请！"

严缜点点头，刚走了两步，突然转回来对关跃进说："你不是在吃降压药吗？不能喝咖啡吧。"

关跃进嘿嘿一笑，说："偶尔喝两口，没关系的。"

"不行，你得谨遵医嘱，不能胡来！"严缜态度坚决地说。

关跃进叹了口气，抱怨道："自从得了糖尿病，我就一口蛋糕都没吃过了，现在连咖啡也喝不成了！"

"一杯冰美式，一杯冰水。"说完，严缜大踏步朝医院后门走去。

看到严缜走远了，关跃进朝白佳嘉靠了过来，尽管周围已经没有别人了，他还是压低了声音，说："我知道你和罗青云的感情不一样。"

白佳嘉有些惊慌地摇摇头，说："不，你误会了，我跟大罗哥不是男女朋友。"

"没误会。"关跃进看着白佳嘉，说，"你们可能没有在一起过，但是你喜欢罗青云，他在你心里很重要，对吗？"

白佳嘉犹豫了几秒钟，点了点头。

"我相信你说的，罗青云是个很善良的人，连只蚂蚁都不愿意踩死，可是赵晓元说得没错，我们警察办案是要讲证据的。我们在罗青云那里，找到了切切实实的证据——赵晓元没跟你说过吗？"

"没有，什么证据？"白佳嘉紧张地看着关跃进。

关跃进轻轻叹了口气，说："照理来说呢，我现在是在休病假，不应该跟你聊案子上的事。我也理解你的心情，你跟罗青云关系不一般，不相信他会干出那样的事。但是证据就是证据，这个谁也改变不了。"

"关警官，你也不能告诉我吗？"

关跃进被白佳嘉看得有些不好意思，转过头去，小声说："也不是不能跟你说，只不过不该我这个泡病号的暴蔫子老头儿跟你说。"

白佳嘉失望地低下头。

关跃进贼兮兮地看了看左右，说："不过反正我也要退休了，严缜那个哈儿[1]也不在，这里就你和我。我跟你说，你可千万别让别人知道了。"

"放心，我绝对不说出去！"白佳嘉猛地抬起头，眼睛都亮了。

"其实吧，"关跃进字斟句酌地说，"我们在罗青云那里，找到了一枚棋子，这枚棋子是徐天睿家里的。你想想，罗青云要是没去过徐天睿家，棋子是哪儿来的？罗青云要是和徐天睿的死没关系，棋子怎么会在他那儿？这枚棋子，就是证据。"

白佳嘉捂着嘴，努力压制激动的情绪，她知道关跃进说的，就是那天她在罗青云家门口看到严缜证物袋里装的那枚蛤碁石棋子。

"铁证如山啊。"关跃进摇头晃脑地说，"而且证据和董旸文的供词都对上了，不由得我们不相信。"

"……"

关跃进发现，白佳嘉正陷入严重的焦虑之中，她几度张口，想

---

[1] 四川方言，指傻瓜。

说些什么，可是又什么都说不出来。关跃进静静地等着，或许白佳嘉一时还无法接受这个残酷的现实吧。

"大罗哥为什么要拿棋子呢？"沉默许久，白佳嘉突然喃喃地自言自语道。

"好玩吧，他那么喜欢玩。"关跃进随口答道。

"如果只是好玩，"白佳嘉盯着远处的草地，疑惑地说，"大罗哥为什么专挑最贵的棋子呢？"

"什么意思？"关跃进全身一僵。

白佳嘉看着关跃进，表情认真地说："大罗哥根本分不出棋子的好坏呀。"

一道灵光在脑海中闪过——

关跃进再也坐不住了，他意识到必须马上出院了，有一件事急需他去做。

一个非常重要的问题被关跃进忽略掉了。

3

第二天一早，关跃进和严缜就赶到了琥珀溪岸十栋一五〇三号，徐天睿的家。

昨天白佳嘉前脚刚走，关跃进后脚就嚷嚷着要办出院手续。关跃进跟霍建斌、赵晓元都打了电话，讲了他的想法——他要做一次案件的现场重演。霍建斌一开始并不同意关跃进提前出院，要不是关跃进的想法实在难以反驳，霍建斌无论如何也不会开这个口子。

徐天睿的家和案发时比，除了地板上积了薄薄一层灰外，没有任何变化，依然处于警方的封控当中。地板被水泡过之后，过了这么多天，房子里还是有一股霉味。关跃进坐在客厅里，慢条斯理地吃着严缜刚刚买来的包子、豆浆，胃口倒是一点也不受影响。

"赵晓元他们出发了吗？"关跃进大口嚼着包子，问道。

严缜看了看手机，说："十分钟前廖哥发信息说已经出发了，我看再有二十分钟差不多就该到了。"

关跃进喝了一口豆浆，瞄了一眼严缜，优哉游哉地说："你准备好了吗？"

"准备好了！"严缜很有精神地答道，"我在警校的时候，做过很多次案件重演，可是在实际工作中，这还是第一次。"

"那就好好看着。"关跃进把喝完的豆浆杯子递给严缜。

严缜屁颠屁颠地起身去扔垃圾。关跃进全身放松地瘫坐在沙发上，盯着面前六十五寸的电视发愣。也许是干坐着太无聊，关跃进拿起遥控器，打开电视——

"夫人们，小姐们，先生们，该收场了。我赫克尔·波洛，现在很清楚地知道，是谁杀死了多尔太太，路易丝和奥特伯恩太太。开始我错误地用事先想好的一套进行调查……"

这个频道正在播放的，是一九七八年的经典电影《尼罗河上的惨案》，彼得·乌斯蒂诺夫扮演的侦探波洛，正挺着肚子，神气活现地说着大段的台词。《尼罗河上的惨案》是关跃进最喜欢的电影，他第一次看，是还在部队的时候，在驻地操场上。关跃进至今仍然清楚地记得，当他在奥特伯恩太太被杀那一节就说出凶手是谁时，身边战友那难以置信的眼神。

那一刻，关跃进无比享受。

这段戏从关跃进年轻时起不知道看了多少遍，到后来连台词都能背下来了，可每次重看，关跃进还是看得津津有味。曾经有一段时间，关跃进还特别幼稚地模仿波洛的语调说话，后来他才知道这个语调其实属于上海电影译制厂的配音演员毕克。

关跃进毕竟不是那个闻名遐迩的比利时大侦探，他没有鹅蛋脑袋，也没有两撇可笑的小胡子，更不会说法语。关跃进就是一个说话喜欢说半截，总是贼兮兮看人的嘴狡[1]暴蔫子。现在这个暴蔫子老头儿马上要退休了，他很珍惜还能办案子的这段时间。

关跃进不止一次地跟霍建斌谈过退休后返聘的事，可是每次都被霍建斌以身体状况为由婉拒。破案是关跃进的工作，也是他最喜欢的事，他完全不知道退休以后能干什么，每次一想到这个问题，关跃进就头疼得厉害。最近两年，关跃进发现他的记忆力大不如前，经常话到了嘴边却老是想不起来要说的究竟是什么。他想趁身体还没彻底垮掉，再多破几个案子，多抓几个凶手。他不想休息。

就在关跃进浮想联翩的时候，几个人走了进来。走在最前面的是赵晓元，他身后跟着廖捷，他们身后还跟着一个人，是白佳嘉。

白佳嘉是关跃进特意叫过来的。昨天在医院，关跃进对白佳嘉说，她提的那个问题非常重要，如果搞清楚这一点，案情将会发生重大变化。关跃进诚恳地邀请白佳嘉配合他做这次案件重演，白佳嘉答应了。

见白佳嘉来了，严缜连忙迎了上去。关跃进关掉电视，站起身来，露出微笑，说："一大早就把你叫过来，辛苦了。"

白佳嘉化了妆，穿了一件非常修身的白色真丝旗袍。旗袍下摆位置有两只色彩斑斓的刺绣蝴蝶，随着白佳嘉的脚步摆动，翩翩起舞。她的长发盘在脑后，头上戴了一个飞鸟形的珍珠发夹。白佳嘉这身打扮温柔典雅，又不失性感，像是随时要出镜一样，看得严缜直发愣。

白佳嘉有些不安地对关跃进说："关警官，你昨天不是还在住院

---

[1] 四川方言，形容能言善辩，或强辩。

吗，你没事吧？"

"没事没事，我还不到爆血管的时候。"关跃进打量着白佳嘉，由衷地赞叹道，"你今天打扮得真漂亮。"

白佳嘉不好意思地低下头，说："这段时间我休息得够久了，我想过了今天就重新开始，所以稍微打扮了一下。我想提醒自己，要调整好状态。"

关跃进连连点头，说："这件旗袍很好看，我特别喜欢女孩穿旗袍，非常有中国特色。对了，告诉你一个秘密——"

"什么？"

"我年轻的时候，也穿过一次旗袍。"关跃进认真地说。

"啊，真的吗？"

别说严缜了，就连赵晓元和廖捷的眼睛都瞪大了。

白佳嘉憋笑十分辛苦，脸都憋红了，说："关警官，我实在想象不出来，你穿旗袍是个什么样子。"

"师父，你这个爱好真是独辟蹊径啊。"严缜愣了半天，幽幽地来了一句。

"你瞎想什么呢，我哪有那种爱好！"关跃进急了，"我那次穿旗袍，是因为要化装侦查！执行任务你懂吗？"

严缜更乐了，说："我们化装一般也就是戴个假发，换个眼镜啥的。师父，不是我说，你这化装风格真是剑走偏锋啊。"

"你哪儿来那么多成语。"关跃进翻了个白眼，"那次要不是我化装骗过了犯罪分子，那个棒老二[1]差点就把望江楼炸了！"

"这么刺激？"严缜目瞪口呆。

"我还破过更刺激的案子呢。"关跃进摆摆手说，"那才真的是'脱了裤子打老虎，又不要脸又不要命'，唉，好汉不提当年勇，咱

---

[1] 四川方言，指土匪。

们今天还是先干正事。"

"现在就开始吗?"白佳嘉有些紧张。

"不用紧张,就像我们昨天在医院聊天一样,只不过中间需要你来帮一点小忙。"关跃进和颜悦色地说。

白佳嘉点点头,拘谨地站在原地没有动。

"现在开始吧。"关跃进挺着肚子,摆出了一个赫克尔·波洛的姿势,"昨天在医院,我跟白佳嘉进行了一次非常重要的谈话。这次谈话为什么重要?因为它让我发现了之前我一直忽略的一个问题——赵队,我们为什么认定罗青云与徐天睿的死有关?"

"因为我们在罗青云那里找到了一枚棋子。经过检查,这枚棋子是属于徐天睿的。有了这枚棋子,就能从侧面印证董旸文的供述。"赵晓元老老实实地答道。

"没错,我们警察办案,是讲证据的,这枚棋子就是非常关键的证据。所以我们今天的重演,就从这枚棋子开始。"关跃进转向白佳嘉,"昨天在医院,你问了我一个问题——罗青云为什么要拿这枚棋子?这个问题非常好,大家看看徐天睿的家——"

关跃进指向书房的位置,书房的架子正是摆放蛤碁石棋子的地方。接着关跃进又指了指书房旁边正对餐桌的一长列柜子,柜子里陈列着徐天睿收藏的各式各样的围棋棋具。

"这个柜子里,放了大大小小十二副围棋。书房架子上,也放了四五副围棋。这些围棋有日常用的,也有徐天睿专门收藏的。说到棋子,更是五花八门,有最便宜的用陶瓷做的,也有贵的用玛瑙、贝壳做的。这个家里,有这么多各式各样的棋子,罗青云为什么拿的是那枚棋子?是随机的,还是有什么非拿不可的理由?这个问题我昨天想了很久,也没想到什么令人信服的解释。"

"我不懂。"严缜挠了挠头,说,"罗青云就是看着好奇,随手拿了一枚棋子,这有什么想不清楚的?"

关跃进很嫌弃地撇撇嘴，说："这个问题我演示给你们看，你们立刻就能明白。"

说到这里，关跃进转向白佳嘉，说："这里就需要你帮我一个忙了。"

"怎么帮？"

"我要你帮我扮演罗青云。"

"啊？"白佳嘉有些不解，问，"要换衣服吗？"

"不用不用，你只用在思想上扮演罗青云就可以了，身体就不需要扮演了。"

白佳嘉似懂非懂地点点头。

"你认识罗青云快十年了，一起学棋的同学里，你跟他关系最好。罗青云出事以后。除了董旸文，就是你最常去看他了。罗青云的父母已经不在了，可以说这个世界上最了解罗青云的人，就是你了。所以这个忙，非你不可。"

"明白了。"

"好。"关跃进拍了拍手，对白佳嘉说，"现在你不是白佳嘉，你是罗青云。你被董旸文带到了一个十分陌生的地方。这个地方你从来没来过，可是这里有很多好玩的东西——你看，到处都是围棋。你好奇地四处张望，董旸文和一个你看着有点眼熟，但是叫不出名字的人正在说话，顾不上搭理你。你环顾四周，这些围棋太有意思了，你想看一看摸一摸。你看来看去，有一副围棋最吸引你，你忍不住拿起了一枚棋子。"

这时关跃进对白佳嘉做了个手势，说："现在你去拿棋子。"

白佳嘉先是一愣，随即点了点头，朝书房走去。白佳嘉走到书房架子边，这个架子对她来说稍微有点高，她踮起脚，打开两个黄檗木棋笥中的一个，拿出一枚蛤碁石棋子捏在手里，盖上棋笥盖子，走出书房。

"好！"关跃进露出满意的笑容，"现在回答我，你为什么要拿那枚棋子？"

白佳嘉看着手中的棋子，说："我不知道，我觉得如果是大罗哥，肯定最先被客厅里的这些围棋吸引。大罗哥就是个小孩，只要看见喜欢的东西，就迈不开腿，他应该顾不上书房里的棋子。"

关跃进若有所思地点点头，说："你说得很有道理，但是我刚刚的那个问题，不是问罗青云，而是问你的——白佳嘉，你为什么拿那枚蛤碁石棋子？"

"啊，"白佳嘉愣住了，她求助似的看了看严缜，又看了看关跃进，说，"你什么意思，我不明白……"

关跃进走到白佳嘉面前，从她手里拿走蛤碁石棋子，然后将棋子举到白佳嘉面前，说："我的问题很简单，徐天睿家里有这么多棋子，你为什么单单要拿蛤碁石棋子？"

"不是……不是你让我拿的吗？"

尽管化了妆，现场的人依然能清楚地看到，白佳嘉的脸瞬间没了血色。

关跃进笑眯眯地说："我只让你拿棋子，并没有说让你拿什么棋子。"

"可是，"白佳嘉的脸色越来越差，磕磕巴巴地说，"你……你不是让我扮成大罗哥，拿走棋子吗？这就是大罗哥拿走的棋子呀。"

关跃进的笑容愈发意味深长起来，说："我们在罗青云那儿找到的，的确是一颗蛤碁石棋子。问题是，你怎么知道呢？"

"不是你告诉我的吗？昨天在医院里说的，你还让我不要说出去。"

说到这里，白佳嘉有些心虚地看了看赵晓元。

赵晓元和廖捷一言不发，安静地看着关跃进与白佳嘉。严缜显然对这一幕事先毫不知情，在一旁急得抓耳挠腮，几番欲言又止。

棋子　225

"我的确说过。"关跃进收起笑容,十分做作地耸了耸肩膀,"可是我从头到尾,只说过我们在罗青云那里找到一枚棋子。我从来没有跟你说,我们找到的棋子是蛤碁石棋子。"

白佳嘉一时语塞,她再次向严缜投去求助的眼神,可是严缜比白佳嘉还惊讶,他张着嘴愣在原地,表情滑稽。

突然,白佳嘉想起了什么,她仿佛抓住救命稻草一般抓住严缜,急切地说:"那天在大罗哥家,你开门的时候差点撞上我,那个时候你手上拿的,就是蛤碁石棋子!我看到了,所以自然而然地认为大罗哥拿的,是蛤碁石棋子。"

严缜点点头,恳切地看向关跃进。

关跃进不慌不忙地从口袋里掏出两枚棋子,两只手各拿一只,摆到白佳嘉面前,说:"这两枚棋子,你能认出哪个是蛤碁石棋子吗?"

白佳嘉打眼一看,两枚棋子长得很像,棋子通体洁白,散发光泽,两枚棋子都有细腻的贝壳状条纹。白佳嘉还想看得再仔细一点,情不自禁凑近了几分,关跃进突然合上手掌,把两枚棋子藏到身后。

"那天严缜见到你,也是像这样,马上就把棋子收起来了,对吧?"

关跃进瞄了严缜一眼,严缜愣愣地点了点头。

"现在回答我,哪个是蛤碁石棋子?左手,还是右手?"

白佳嘉有些迟疑,犹豫了足足半分钟,才下了决心,说:"左手。"

关跃进伸出左手,摊开手掌,刚要开口,猛地被白佳嘉打断——

"不对!是右手。"

"你确定吗?"

关跃进伸出右手,将两只手都放到白佳嘉面前。

"确定,是右手。"

白佳嘉再次看了看两枚棋子,这次她没有犹豫,表情坚定地答道。

关跃进看着左手的棋子，幽幽地说："这枚棋子有光泽，有花纹，也是贝壳做的，但是你说得对，它不是蛤碁石棋子，是砗磲棋子。"

白佳嘉和严缜同时松了一口气。

"可是我右手这枚，"说到这里，关跃进突然露出狡黠的笑容，"也是砗磲棋子。"

"你耍赖！"白佳嘉有些恼怒，脸红了起来。

关跃进再次做作地耸了耸肩，说："我耍不耍赖不是重点，重点是你并不像你说的那样，能一眼认出蛤碁石棋子。这两枚砗磲棋子是我从客厅柜子里拿的，光是这么晃眼一看，你根本分辨不了蛤碁石棋子和砗磲棋子。那么请问，你是怎么认定，那天严缜手拿的，就是蛤碁石棋子，而不是砗磲棋子呢？"

白佳嘉低着头，沉默不语。

"赵队，"关跃进转向赵晓元，"你跟白佳嘉提过，我们在罗青云那里找到的，是什么棋子吗？"

"没有，从来没说过。"赵晓元肯定地摇了摇头。

"赵队没有跟你说过，我也没跟你说过，严缜，你说过吗？"关跃进突然严肃地看向严缜。

"没有。"严缜脸色苍白，但还是坚定地给出了他的回答。

"嗯，孺子可教。"关跃进满意地点点头，对白佳嘉说，"你能告诉我，你是怎么知道，我们在罗青云那里找到的，就是蛤碁石棋子——是董晌文告诉你的吗，又或是你亲眼见到的？"

有那么一瞬间，关跃进觉得他就要把白佳嘉逼哭了。可是白佳嘉没有哭，相反地，经过短暂的慌乱后，她整个人突然放松下来。白佳嘉长长地舒了一口气，捋了一下头发，轻声说："是我杀了徐天睿。"

——朋友们，我说完了。

关跃进忍不住在心底默念了一句赫克尔·波洛的台词。

4

"你们在一起了吧。"

二〇一五年春节假期后的第一个工作日,在益州银行围棋俱乐部的对弈室里,董旸文和徐天睿相向而坐,正在下一盘训练棋。

"什么?"徐天睿头也没抬,他快速落下一枚白子,按下比赛计时器。

"你和佳嘉,"董旸文随即落下一枚黑子,狠狠地按了一下比赛计时器,"你们在一起了。"

"你怎么知道?"徐天睿故作惊讶地说。

"别装了,你故意的吧。"

"什么故意?"白子落定,徐天睿抬头问道,同时不忘按下计时器。

"你昨天回家的时候,和佳嘉一起走的,你故意让我看到的。"

董旸文没提情人节那天他去白佳嘉小区停车场的事。

"你想多了。"徐天睿咧嘴一笑,"我根本就没想过要瞒你,是佳嘉不要我说出去,她不想你分心。"

"你这种小伎俩对我没有用。"董旸文落下一枚黑子。

"什么伎俩?你在说什么?"徐天睿低头看着棋盘,落下白子。

"我说什么,你心里清楚。"董旸文恨恨地拈起一枚黑子,刚要落下,对弈室的门突然开了——

"哦,你们在下棋啊?我还以为没人呢。"队医老钱拿着手机站在门口,见董旸文和徐天睿同时瞪着他,老钱连忙举手表示歉意,讪讪地关上门走开了。

董旸文收回视线,落下黑子,用力摁了一下计时器,说:"我不准你们在一起。"

徐天睿笑了,他一边落子一边说:"什么时候我谈恋爱要你来批准了？"

"你跟谁谈都没关系，就是不能跟佳嘉在一起。"

徐天睿明知故问："我为什么不能跟佳嘉在一起？"

此时黑白双方的胜负聚焦在棋盘一侧，黑棋如果能够顺利围成大空，白棋则只能缴械投降。董旸文果断落下一子，说："你心里清楚，要不是你，大罗哥不会变成傻子。"

徐天睿脸色微变，警惕地说："你什么意思？"

"那个时候，是你拽着不让我回去找大罗哥的。要不是你，大罗哥就能早一点被救起来，他也不会变成这个样子。这件事我谁都没说，这是你欠我的。"董旸文挑衅似的直视徐天睿。

"你这么说就没意思了。"徐天睿不为所动，低头打量着棋盘，"你买房子的时候，是谁借钱给你的？"

董旸文不卑不亢地说："借的钱我都还了。"

"那我欠你的也还了。"徐天睿慢悠悠地说。这时他落下一枚白子，断——

这是一个巧妙的应对，所谓"棋从断处生"，经过这手后，黑棋已经很难避免白棋在空中出棋了。

"你不怕我告诉佳嘉吗？"董旸文有些慌乱，匆忙落下一子应对，他的心思似乎已经不在棋盘上了。

"你说呀，想说就说呀。"

徐天睿的回答，是董旸文完全没想到的。

"佳嘉喜欢大罗哥，她要是知道了，肯定不会跟你在一起了。"

徐天睿耸耸肩，说："那又怎么样呢？我已经和白佳嘉睡过了，分手就分手呗，我反正不亏。倒是你，你以为说了这些破事，把我搞了，就能和白佳嘉在一起了？"

"我不会放弃的。"董旸文神情坚定地说。

"你真的是因为我，才不去救罗青云的吗？"

"你别反咬一口！"董旸文生气了。

"你自己说的，佳嘉是喜欢罗青云的，你早就知道。我看你根本是因为嫉妒，才不去救罗青云！"

"你胡说！"董旸文涨红了脸。

徐天睿冷笑一声，指着棋盘提醒道："该你啦。"

董旸文低头看着棋盘，这才惊觉，几轮交手后，黑棋原本的巨空满目疮痍，白棋形势瞬间逆转。

"被我说中了吧。"徐天睿悠悠自得地说。

董旸文浑身一僵，闭口不言。

徐天睿恶狠狠地警告道："我跟白佳嘉分了，你也别想跟她在一起！咱们可是一条船上的，这事说出去，对谁都没好处！"

董旸文拈起一枚黑子，犹豫良久，迟迟没有落定。

"认输吧，你赢不了啦。"徐天睿得意地跷起二郎腿。

突然，一阵微风拂过。徐天睿和董旸文同时察觉到异样，他们扭头看去，发现对弈室的门不知道什么时候开了一道缝。

"操！"

徐天睿快步走到门口，打开门朝外看去，走廊里一个人也没有。徐天睿松了一口气，刚想转身回去，突然想起什么，他看向对面的后勤办公室，门关着。徐天睿心里一动，后勤办公室的门平时都是敞开的，很少见到关着的时候。想到这里，徐天睿蹑手蹑脚地走到后勤办公室门口，轻轻转动门把手。门没锁，徐天睿猛地按下把手，推开办公室的门——后勤办公室空空如也！

徐天睿这才放下心来，关上后勤办公室的门，回到对弈室门口。对弈室里，董旸文还不知所措地愣在座位上，面无血色，跟个木头人似的。

"别怕，外面没人。"徐天睿关上门，走回到座位，一脸轻松地说，"是老钱那个龟儿子关门的时候没关好。"

董旸文彻底泄气了，他看了看棋盘，将手中的黑子在桌边敲了两下，然后翻过来放在桌上。这是棋手对局时表示认输的动作。

徐天睿得意地笑起来。

第十一章 视频

1

"当时我就躲在后勤办公室门背后,差点就被徐天睿发现了。"

审讯室里,白佳嘉脸上挂着泪痕,两只乌黑的眼睛也失去了光泽。

"你为什么不当场揭穿他们?"赵晓元问道。

白佳嘉摇了摇头,说:"那个时候我脑子乱极了,根本不知道怎么办才好!我原本一直以为大罗哥的遭遇只是命运对他的捉弄。我怎么也想不到,他们两个,竟然……竟然能做出那样的事来!我……我还答应了徐天睿,做了他的女朋友。我简直就是世界上最蠢最笨的人,我竟然没看出他们原来……原来是这么自私,这么虚伪的人!"

眼泪又流了下来,白佳嘉泣不成声。

关跃进默默起身,递给白佳嘉一张面巾纸。

白佳嘉接过纸巾,小声说了句"谢谢"。

"你说你不后悔杀死徐天睿,就是因为这件事吗?"几分钟后,待白佳嘉的情绪稍微稳定了一点,赵晓元继续提问。

"不是，"白佳嘉用力吸了一下鼻子，说："那个时候我太天真了，太愚蠢了，我根本不知道，一个人究竟能坏到什么程度！"

赵晓元和关跃进对视一眼，说："徐天睿吗？"

白佳嘉点点头，神情痛苦地说："其实当时，我用手机录下了他们两个的对话……我以为有了这个录音，我就能让徐天睿承认他犯下的错误……虽然这样什么都弥补不了，但是做错了事，就一定要承担责任。他们欠大罗哥的，他们欠大罗哥一个真诚的道歉，一个发自内心的忏悔。"

"录音还在吗？"

白佳嘉深吸一口气，整个人陷入了一种激烈的摇摆状态，脸上的神情愈发痛苦了。

"录音还在吗？"

见白佳嘉没有回应，赵晓元提高音量又问了一遍。

白佳嘉不说话，只是摇头，她紧紧抱着自己，肩膀颤抖。

"徐天睿威胁你了？"关跃进开口了。

白佳嘉看向关跃进，关跃进正温柔地看向她。白佳嘉有些松动，啜嚅道："太坏了……太坏了……他怎么能这样……"

"徐天睿拿什么威胁你的？"

"视频……"白佳嘉用细不可闻的声音说。

"什么视频？"

白佳嘉紧咬嘴唇，力度之大，几乎要把嘴唇咬出血来。她颤抖着说："是偷拍的……我们晚上……做那事儿的时候，他都拍下来了……我根本不知道！"

"徐天睿用偷拍的视频威胁你？"关跃进有些意外。

白佳嘉的目光停留在虚空中，惨然地说："他说……他说，只要我敢跟他分手，他就把视频发到网上……我求他，我哭着求他，可是一点用都没有……我的手机，也被他抢了，录音……录音都被他删了……他还说，等他玩腻了，就会放我走，可是……可是他没放我之前，我绝对不能主动离开他……"

赵晓元没想到徐天睿还能做出这样的事，不禁怒从心头起，提高音量问道："视频呢，他藏在哪儿了？"

"我不知道，我偷偷找了好久都没找到。"白佳嘉无可奈何地说，"视频在一个优盘里，我不知道他把优盘藏哪儿了。"

"他拿什么偷拍的？"

"手机。"

"徐天睿用偷拍的不雅视频威胁你，"赵晓元心有不甘地说，"是明目张胆的违法行为，你为什么不报警呢？"

白佳嘉的头低了下去，羞愧地说："我太害怕了，我怕视频被徐天睿发到网上，那我就再也没脸见人了，我甚至连活下去的勇气也没有了。徐天睿压得我喘不过气，我怕得不得了，但是我身边一个能帮我的人都没有，这件事我谁都不敢告诉……"

"二十日那天你为什么去找董旸文呢？"

关跃进问到了关键问题。

"我……我……"白佳嘉挣扎着抬起头，说，"我知道董旸文和徐天睿有矛盾，尤其是董旸文输了比赛，肯定憋了一肚子气。我想……我想试着说服他，或许他能帮我……"

"董旸文能怎么帮你呢？"赵晓元的语气分明是怒其不争，哀其不幸。

"我找不到那个优盘。"白佳嘉可怜兮兮地说，"徐天睿非常警惕，一直盯着我。要想找到优盘，我必须得找个人帮忙，可是我身边还有谁能帮我呢？我想了很久，也犹豫了很久，才终于下定决心。我想董旸文虽然有对不起大罗哥的地方，但是他终究还不至于像徐天睿那样是个彻头彻尾的坏人，他应该能够帮我！"

"那天你都跟他说了什么？"关跃进继续问道。

"什么都没来得及说。"白佳嘉无力地摇摇头,"那天我试探了几句,发现董旸文的心思,都在输掉的那盘棋上。我还没想好怎么开口,徐天睿就给我打电话了。我跟徐天睿说,我身体不舒服,回家休息了。可是徐天睿知道,我没有回家,是去找董旸文了。徐天睿非常生气,晚上一回琥珀溪岸,就逼问我为什么要去找董旸文。"

"徐天睿怎么知道你去找董旸文了?"

回忆起当天的经历,白佳嘉依然心有余悸,她颤抖着说:"徐天睿看了我的打车记录,我那个时候才知道,徐天睿用他手机偷偷登录了我的打车软件,他一直在监控我的行踪,太可怕了!"

听到这里,赵晓元忍不住重重喘了口气。

"安眠药是你给徐天睿下的吗?"关跃进若有所思地问道。

"不是。"白佳嘉立刻摇了摇头,"那真的是一个意外,我也不知道他会吃错药!不过我想,要不是他吃错药,也不会有后面的事情发生……"

白佳嘉表情痛苦地说:"当时徐天睿完全控制不住情绪,越说越生气。突然,他把我按倒在床上,用力掐住我的脖子。我快喘不过来气了,我吓坏了,拼命挣扎!要是平时,我根本不可能推得动徐天睿,他力气太大了。可是那天,徐天睿摇摇晃晃的,我用力一推,居然把他给推开了。我赶紧从床上爬起来,想跑出去。谁知道,徐天睿一把就抓住了我的头发,我几乎是下意识地拼命推了他一把,一下就把他推倒了!"

说到这里,白佳嘉指了指她的后脑,说:"我看到徐天睿的脑袋,刚好撞到了床沿上。砰的一声,他一下子就倒在地上不动了。我吓哭了,动都不敢动,根本不知道怎么办才好。我哭了好久,徐天睿一直没有动弹,我这才发现,他已经死了……"

"然后你就给董旸文打了电话?"赵晓元追问道。

"不!一开始我是想报警的,我不是为自己开脱,我是真的这么想！可是我又怕……"白佳嘉的声音渐渐低了下去，"我不想别人看到徐天睿偷拍的视频，我害怕……我脑子一片混乱，完全不知道应该怎么办……我……我犹豫了很久，最后还是给董旸文打了电话，我……我……"

白佳嘉的眼泪又一次流了出来，她哭着说："我真的不知道该怎么办，我太想有个人能帮帮我了！"

关跃进发出重重的叹息声。

2

捷达车平稳地行驶在天府大道上，空调凉爽，收音机里正在播放大卫·鲍伊和佛莱迪·摩克瑞共同演唱的 *Under Pressure*——

> Under pressure
> That burns a building down
> Splits a family in two
> Puts people on streets

关跃进看着车窗外的街景，沉默不语。

"师父，"严缜憋了一路，终于憋不住，小心翼翼地说，"我有个问题想问你……"

关跃进没有说话，只是默默调低了收音机的音量。

严缜瞄了关跃进一眼，小声说："案件重演的时候，你为什么事先没有告诉我？"

关跃进叹了口气，说："我不是问你了吗？"

"问我什么？"

"我问你准备好了没有，"关跃进看着窗外，"你说准备好了。"

"我怎么知道你准备的是这一出啊？"严缜哭丧着脸，十分受伤的样子。

关跃进在心底翻了个白眼，说："你喜欢白佳嘉。"

"不是，我……"

关跃进的话让严缜猝不及防，他慌忙否认，连带着方向盘也晃了一下。

"我刚才说的那句话，不是疑问句，是陈述句。"

关跃进扭头看着严缜。

"……"

严缜的脸唰的一下红到了脖子根，他紧紧握着方向盘，欲言又止——

> Can't we give ourselves one more chance
> Why can't we give love that one more chance

收音机里传来佛莱迪·摩克瑞声嘶力竭的演唱。

严缜嗫嚅了半天，小声说："师父，你怎么知道？"

关跃进伸手将后视镜对准严缜，说："照照镜子。"

严缜疑惑地盯着后视镜，不明所以。

"等你学会别把心思都写在脸上的时候，我有什么计划，肯定会事先都告诉你的。"

说完，关跃进调大收音机音量，不再搭理严缜。

严缜红着脸，转动方向盘，捷达车从辅路转向琥珀溪岸小区的大门。

3

"怎么样?"

关跃进走进一五〇三号,赵晓元叉着腰站在客厅中央,正指挥着专案组的刑警们,有条不紊地进行搜查。

"找到几个优盘,但是里面都没有白佳嘉说的录像。"

"电脑呢?"

关跃进朝书房看去。

"硬盘里没找到,不过我让人把电脑带回队里,让技侦的人好好检查检查,说不定能找到点东西。"

关跃进四处转了一圈,东瞅瞅西看看,最后走回到客厅的柜子前,打量着里面价值不菲的棋具,喃喃道:"你没想到吧?"

"什么?"赵晓元怔了一下。

"徐天睿。"

"是啊,没想到。"赵晓元挠了挠头,说,"我一开始以为徐天睿只是个被惯坏的小孩,完全没想到他是这么一个人。他这哪里是被惯坏,他根本就是坏!"

关跃进想起徐天睿的父母,他们怕是做梦也想不到,宝贝儿子竟然是一个为非作歹、恣意妄为的狂徒。不知道这件事传出去后,他们还有没有脸面留在大学课堂上,继续装模作样地为人师表。

——最好是没有。

关跃进在心里默默地想。

"师父,想什么呢?"赵晓元走到关跃进身边。

"我在想白佳嘉。"

"你也没想到吧。"

"什么?"

"白佳嘉竟然是这么糊涂的一个人。"赵晓元愤愤不平地说,"被徐天睿拿捏得死死的，完全是人为刀俎，我为鱼肉。"

关跃进"嗯"了一声。

赵晓元想了想，说："唉，不过我也能理解，白佳嘉从小就父母离异，又远离故乡，一个人漂泊在外面。小姑娘人前倒是看起来风光，实际上孤苦伶仃，挺可怜的，出了事连个给她撑腰的人都没有。"

"要是罗青云没出事，白佳嘉不至于这样。"

"这倒是。"赵晓元颇为感慨地说，"办这案子之前，这些职业棋手在我心中，完全是天才的代名词，我觉得他们个个都像诸葛亮一样，智珠在握，算无遗策。可是真正跟他们接触后，我的感觉不一样了。这帮棋手，天才的确是天才，但是从心性上来说，我觉得他们跟孩子没什么两样。"

"你觉得他们幼稚？"

"嗯，他们下棋不是讲究纯粹吗，这人要是纯粹起来，很难不幼稚吧？"

"我倒不这么认为。"关跃进苦笑着摇摇头，"纯粹和幼稚，是两件不同的事情。他们的问题，不是幼稚，而是不够纯粹。"

赵晓元揶揄道："关师父，你说话怎么跟那些下棋的一样，云里雾里的。"

关跃进站得有些累了，他慢慢走到沙发边，坐下说："你觉得那个董旸文，是个什么样的人？"

"怎么说呢，"赵晓元露出复杂的神情，"我觉得这小子有点阴，一般人很难摸清楚他究竟在想什么。但是我觉得他对白佳嘉，应该算是真爱了，否则也不会为了帮白佳嘉脱罪，惹出这么大一摊子事来。从这点上来看，我觉得他比徐天睿好得多。"

"……"

关跃进盯着电视屏幕上映出来的影子，沉默不语。

"关师父你觉得呢？"见关跃进不说话，赵晓元追问道。

"你注意过董旸文的眼神吗?"关跃进突然没头没脑地冒出一句。

赵晓元一愣,说:"他眼神挺冷的,就是这种眼神让我觉得他有点阴,我不喜欢。"

"冷只是一方面,白佳嘉的眼神也挺冷的,可是董旸文的冷,和白佳嘉的完全不一样。"关跃进靠在沙发上,眼睛盯着天花板,喃喃地说,"你发现没?董旸文的眼神除了冷,还透着一股强烈的欲望。"

"欲望?"赵晓元似乎有些明白了。

"他想要得到什么东西,为了得到这个东西,他可以把挡在面前的一切,统统踩在脚下,包括别人的性命。"

说到这里,关跃进沉吟了一下,若有所思地说:"这种眼神,我只在杀人犯身上看到过……"

4

刑侦大队长办公室内,霍建斌、赵晓元、关跃进围坐在一起,三双眼睛聚精会神地盯着茶几上一台笔记本电脑。

"开始吧。"霍建斌示意道。

赵晓元操作笔记本电脑,点开桌面上的一个视频文件。

电脑屏幕上出现的是徐天睿家卧室的画面,确切地说,拍摄镜头正对着卧室里那张两米宽的大床。床上,一对赤身裸体的男女交缠在一起,用关跃进的话来说,就是正在进行"灵与肉的碰撞"。男的是徐天睿,女的并非白佳嘉,是一个陌生面孔。视频只有画面,没有声音。

"停。"赵晓元按下空格键,画面暂停。

"知道这女的是谁吗?"霍建斌指着定格画面上的女人说。

"廖捷他们正在查。"赵晓元答道。

"只找到这一个视频?"关跃进的眼睛依然停留在定格画面里徐天睿白花花的屁股上。

"是的。"

据赵晓元介绍,徐天睿的电脑被带回刑侦大队后,技侦人员对电脑硬盘进行检查的同时,还做了数据恢复。在恢复的文件中,找到了这个曾被删除的不雅视频。不过这个显然不是白佳嘉说的那个偷拍视频。

"这是用手机拍的吗?"关跃进伸手比画了一下。

"不是用徐天睿手机拍的。"

"那徐天睿一定还有别的偷拍设备。"关跃进似乎想到什么,对赵晓元说,"你有徐天睿卧室的照片吗?"

"有。"

赵晓元操作笔记本电脑,点开一个文件夹,文件夹里放的都是徐天睿卧室的照片。关跃进浏览了一阵,目光停留在其中一张照片上。这张照片是技侦人员站在床头,正对刚才那个视频摄像头的位置拍摄的。画面正中是一组长长的矮柜,矮柜冲着床头,上面摆了几个相框,还有一个插着假花的花瓶。

"偷拍设备应该就架在这个柜子上。"关跃进指着照片说。

"可是这里我们都检查了,没找到什么异常的地方。"赵晓元疑惑地说。

"相框你们拆开看了吗?花瓶呢?"

"全都检查了,这些柜子抽屉也都打开找了,没找到偷拍设备。"

霍建斌正想说话,敲门声突然响起。

"进来。"

廖捷拿着一张照片,兴奋地走了进来,说:"查到那个女的了!"

关跃进瞄了一眼廖捷手里的照片,照片上的女人正是视频里那个，她留着齐刘海短发，表情稚嫩，学生气很足，看起来最多二十岁出头。

"这个女的叫宋红。今年二十岁，阆中人，在夜总会上班，住址是——"

"怎么查到的？"赵晓元打断了廖捷的汇报。

"笨办法。"廖捷咧嘴一笑，"这个视频是五月十日拍的，我们根据拍摄的时间段，逐一排查了琥珀溪岸小区大门附近的监控，找到了宋红搭乘顺风车的画面。然后顺着顺风车这条线，找到了夜总会。夜总会老板一眼就把宋红认出来了。"

"宋红是做小姐的？"关跃进问道。

廖捷点点头，说："据宋红交代，徐天睿是通过微信联系上她的。两个人只在五月十日这天发生过一次关系，之后徐天睿就把她微信删了。"

"这个宋红，在现场有看到拍摄的设备吗？"霍建斌问道。

"没有。"

关跃进沉吟道："徐天睿把自己嫖娼的过程也拍下来了，看来他有这方面的特殊癖好。他卧室里一定藏着偷拍设备，只是我们暂时没找到罢了。"

"我同意老关的说法。"霍建斌对赵晓元说，"你们带人再好好找一找，务必要找到！"

"是！"

5

关跃进腋下夹着一个牛皮纸袋子，从医院大门走了出来。

严缜按了按喇叭，关跃进也不搭理他，闷声不响地走过来，拉开车门，一屁股坐在副驾驶座上。

"怎么样？"严缜随口问了一句。

关跃进没有说话，只是挥了挥手，示意严缜开车。关跃进住院的时候，本来医生在最后一天安排了体检，可是他提前出院了，体检没做。今天天还没亮，关跃进就来了医院，把之前没做的体检补上了。

严缜挂上一挡，起步驶离医院大门。原本想关心一下关跃进的血压情况，可是看关跃进闷闷不乐的样子，似乎情况并不乐观，严缜有些担心，又不知道怎么问才好，只能先闷头开车。

"你爸你妈身体还好吗？"

过了好一会儿，关跃进才主动打破了沉默。

"挺好的，我爸平时喜欢跑步，玩单杠，到冬天还要和朋友冬泳，标准的国防体质。我妈有关节炎，但是身体其他部位都还挺正常的。"

严缜老家在黑龙江伊春，他父母都住在那里。

"人活一辈子，健健康康才是最重要的啊。"关跃进似乎有感而发。

严缜越听越不对劲儿，小心翼翼地问："师父，你体检结果怎么样啊？"

关跃进叹了口气，说："圆周率是多少，你记得吗？"

"记得啊。"严缜不明就里地说，"3.14。"

"3.14159265358979323846……"

关跃进一口气背出了小数点后面二十位数字。

"师父你记性真好，我就只能记住 3.1415926。"

"我年轻的时候，能背圆周率小数点后面一百位数字，现在不行了，死活也只能记住二十位。"关跃进看着手中的牛皮纸袋子，又叹了一口气，"这两年，我的记性是越来越差了……"

严缜担忧地看了一眼关跃进。

"我经常想不起来人名字，像那个董旸文，一开始我老是记成董英文。"

"我以为你是故意的。"

"什么故意的，我是真想不起来。"关跃进苦笑道，"所以今天体检，我特意多检查了几项……"

"结果一切正常？"

"不，不太好。"

"真的？"严缜浑身一震，紧张地看着关跃进。

"嗯。"关跃进沉重地点了点头。

严缜沉默了，他直直地看着前方，似乎很难接受这个结果。此时路口亮起红灯，严缜停下车，挂空挡拉手刹，车内只能听到空调风机的嗡嗡声。

"队里知道吗？"

"不知道。"

严缜长长地出了一口气，双眼失神，喃喃道："我奶奶，得的也是这个病。"

"你奶奶还好吗？"

严缜摇了摇头，低声说："去年走的。"

"走了？"关跃进有些被吓到了。

"我奶奶其实早就得这病了，但是一直控制得还行。直到二〇一〇年，我爷爷去世之后，奶奶的病就控制不住了。短短几年，情况完全可以说是急转直下，尤其是一到换季、变天的时候，特别容易犯病，一犯病拿着东西就要往外面跑。"

"往外跑？"关跃进非常惊讶。

"对啊，不只是乱跑，她还经常几天几夜不睡觉，满屋子走，满屋子闹，你让她坐一会儿休息一下，她就跟你急，要骂人。"

车后响起了喇叭声,严缜这才注意到红灯已经转绿了,连忙起步发车。

"是因为难受吗?"关跃进惴惴不安地问。

"我也不知道。"严缜难过地说,"每次犯病,她眼睛都通红通红的,像兔子一样,特别吓人。我爸不敢让我奶奶出门,她就天天满屋子转,不停地走啊走,一直走到浑身发抖,站都站不起来,才会睡上一觉。"

"这么严重?"关跃进揉着胃部,一脸担忧。

"我小时候,是跟着爷爷奶奶长大的,奶奶最疼我了。可是她到后来,完全不认识我了,我去看她,她就骂我,还拿棍子打我。每次看见我奶奶犯病,我都特难受……那个疼我的奶奶,永远也看不到了。"

"你奶奶是因为这个病走的?"关跃进忍不住问道。

"不是,那天我爸冬泳去了,我妈一个人在家,没看住,让我奶奶跑出去了。她刚跑到小区门口就被车撞了,送医院没抢救过来。"

"太可怜了。"关跃进喃喃道。

"师父,你不是说过,还没带师娘去新疆吗?"

"嗯?"关跃进一愣,随即盯着牛皮纸袋子,落寞地说,"早就说要去了,可是我一直没抽出时间……"

"不能耽误了!"严缜激动地说,"师父,要趁你还能记得住人,记得住事的时候,和师娘一起出去,要是拖到你谁都不认识的时候,就晚了!"

关跃进有些疑惑,看着严缜,试探着问:"你奶奶得的是什么病?"

"老年痴呆呀。"严缜闪着泪光,动情地说,"师父你别管案子了,抓紧时间和师娘一起出去玩儿吧!"

"我没得老年痴呆呀。"关跃进皱着眉头说。

"什么?"严缜快傻掉了,他指着关跃进怀里的牛皮纸袋子,说,"不是你说结果不太好吗?"

"是不太好,但是我也没得老年痴呆啊。"

"不是你说这两年记忆力越来越差了吗!记不住董旸文的名字,圆周率只能背小数点后二十位……"

"我记性是比年轻的时候差了,可是再差也能记住小数点后面二十位啊,你就只能记住七位。"关跃进一脸嫌弃地说。

严缜完全糊涂了,说:"那你到底检查出了什么呀?"

"幽门螺杆菌感染,医生说得吃药调养。"关跃进愁眉苦脸地说,"唉,我现在每天吃的药比吃的菜都多。"

"我还以为,我还以为……"严缜看着关跃进,眼泪差一点就要掉下来了。

"红灯!红灯!"关跃进指着前方,紧张地大叫。

不知不觉,严缜刚刚开车闯了一个红灯,大起大落之下,他硬生生把眼泪憋了回去。

6

关跃进走进徐天睿家客厅。此时徐天睿家里像被龙卷风光顾过一样,所有家具都移了位置,警察们像走格子一样,有条不紊地挨个检查徐天睿家的所有陈设,包括每一寸地板,每一寸天花板。

"怎么样?"关跃进冲赵晓元问道。

赵晓元脸上露出神秘的微笑,说:"跟我来。"

两人走进徐天睿卧室。赵晓元走到大床正对的矮柜前,柜子上的相框、花瓶都被移走了,抽屉也开着,里面的东西都被翻了个精光。

"我们一开始以为,徐天睿是用一个伪装成相框或是别的什么摆设的偷拍设备，架在柜子上拍摄的。没想到，徐天睿比我们想的要狡猾——"赵晓元指了指矮柜上方的墙面，说，"秘密就在这面墙上。"

关跃进打量墙面，这面墙没贴墙纸，只是刷了乳胶漆，墙上也没挂什么装饰物。在墙面靠近矮柜的地方，有一个电源插座。插座有两组插口，上方是两孔插口，下方是三孔插口，面板上还有一个控制开关的按钮。关跃进上前，仔细观察插座，发现透过三孔插口中的地线插口，隐约可见里面藏着什么东西。

"是这个？"关跃进惊讶地指着插座问。

赵晓元掏出一把小刀，将插座面板撬开。藏在插座面板后面的，是一部微型摄像机。

"摄像机连着电源，可以拍到大半个卧室。摄像机的开关，是用这个控制的。"赵晓元按了一下插座上的按钮，"藏得非常隐蔽，徐天睿是个老手了。"

"白佳嘉说的优盘呢？"

"也藏在这里面。"

赵晓元拿出证物袋，里面装着一个银白色的金属优盘。

"里面的内容你看了吗？"

赵晓元点点头，说："绝大多数都不堪入目，优盘里不仅有徐天睿和白佳嘉的不雅视频，还有徐天睿和包括宋红在内的多名女性的不雅视频。"

"那些女性的身份能确认吗？"

"正在调查，不过我倾向于认为她们跟宋红一样，都是做皮肉生意的小姐。"

"这么说，徐天睿是个老嫖客了。"

赵晓元咂咂嘴，说："人不可貌相。"

关跃进想起什么，说："对了，你刚刚说绝大多数内容都不堪入目，那还有什么是可堪入目的？"

赵晓元咧嘴一笑,说:"有个好东西!"

"什么?"

赵晓元挥挥手,廖捷捧着一个笔记本电脑走过来。赵晓元点开桌面上的某个视频,对关跃进神神秘秘地说:"提劲,提劲得很,你绝对喜欢……"

7

关跃进透过单向玻璃,注视着隔壁的审讯室。冰冷的审讯室内,并排坐着赵晓元和廖捷,坐在他们对面的,是面无表情的董旸文。

赵晓元打量着董旸文,缓缓说:"知道今天为什么提审你吗?"

董旸文摇摇头。

"真不知道吗?你再好好想想。"

董旸文茫然地看着赵晓元,喃喃道:"该交代的我都交代了……"

"你交代的情况我们都清楚。"赵晓元用手指轻轻敲了敲桌子,"现在聊聊你没交代的。"

董旸文的表情没有什么变化,小声说:"我知道的情况都跟你们说了,我没隐瞒什么。"

"董旸文,你这就没意思了。"赵晓元冷笑道,"我既然这么问你,肯定是我们掌握了新的情况,我劝你就不要有什么侥幸心理了。"

董旸文看着赵晓元,疑惑地说:"什么新情况?"

"现在是我问你,不是你问我。"赵晓元有些不耐烦了,"我给了你机会,你不好好把握,那接下来,你可就被动了。"

"我不懂……"

赵晓元点点头,提高音量说:"不懂是吧?好,我给你一个提示,你老老实实回答我一个问题——谁杀了徐天睿?"

董旸文怔了一下，他看了看赵晓元，又看了看廖捷，试图从两个人的表情上读出点什么。关跃进知道，这个问题让董旸文开始紧张了。

"我说了，是罗青云，但那是个意外！"

赵晓元叹了口气，说："还是不老实，董旸文我告诉你，白佳嘉已经全部交代了，你别以为能骗过我们！"

——耳朵红了！

关跃进清楚地看到董旸文的耳朵红了，他一动不动地坐着，正用惊疑不定的眼神打量着赵晓元。

"白佳嘉……白佳嘉说什么了？"董旸文的声音有些颤抖。

"董旸文我再说一遍，"赵晓元猛地拍了一下桌子，毫不客气地说，"现在是我问你，不是你问我！"

董旸文的头垂了下去。关跃进注意到，董旸文的眼珠快速地左右转动着，显然，他的大脑正在进行一场高速运算。

"想好了没有？"

赵晓元没有给董旸文多少时间。

董旸文抬起头，眼神不再闪烁，他心里应该已经拿定了一个主意。

"回答我刚才那个问题，谁杀了徐天睿？"

董旸文重重叹了口气，艰难地说："是……是白佳嘉……"

"你为什么要说是罗青云？"

"我……我想保护白佳嘉。"董旸文认命似的摇了摇头，说，"那天是白佳嘉打电话给我，说……说她杀了人……我赶过去的时候，徐天睿已经死了。白佳嘉哭得厉害，问我怎么办……我……我能怎么办？我喜欢白佳嘉，我不想她出事，我……我……"

"你做这些，都是为了白佳嘉？"

"是的。"董旸文斩钉截铁地说，"我对不起罗青云，他是无辜的……我……我没想到,出事以后,你们查得这么快,追得这么紧,我……我是真没办法了……我是个小人,我对不起罗青云……"

"那个蛤碁石棋子,是你从徐天睿家里拿的?"

"是……"董旸文低头呢喃,突然他想起什么,猛地抬头,激动地说,"赵队,白佳嘉不是故意杀人的,她是自卫,那是个意外!"

"董旸文,"赵晓元斜着眼睛看他,不紧不慢地说,"这个时候你还惦记白佳嘉,你倒是挺痴情呀。"

董旸文避开赵晓元的视线,有些不好意思。看到这一幕的关跃进,脸越绷越紧,他对董旸文的厌恶也达到了极点。

"既然你这么痴情,我给你看个东西——"

赵晓元冲廖捷使了个眼神,廖捷将笔记本电脑的屏幕转向董旸文,播放了一个视频。

视频没有声音,开始的时候画面一片漆黑,什么也看不到。廖捷按下快进,等待了一会儿,终于有画面了。视频开始时,似乎是有什么东西一直挡着镜头,现在这个东西被白佳嘉拿开了。可以看到,镜头正对着徐天睿卧室大床,而在床脚处,是趴在地上一动不动的徐天睿。

这是五月二十日的画面,这段视频是赵晓元在徐天睿的微型摄影机里找到的。

看到这个画面,董旸文绷不住了,他第一次在警察面前颤抖起来。因为在画面右下角,董旸文清楚地看到了徐天睿卧室里的浴缸。他知道,这个视频接下来将清楚地展现他杀死徐天睿的整个过程。

尽管审讯室开足了冷气,董旸文脊背上的汗还是不住地冒出来。

——说什么都没用了,我完了!

董旸文低下头,"哇"的一声,他吐了。

8

"这次能干净利落地破获'五·二〇'案,大家都辛苦了!"刑侦大队会议室内,集中了专案组全部人员,坐在主位的霍建斌正在做总结发言,"市里相关领导对我们的工作非常肯定……"

关跃进坐在赵晓元旁边,心思完全不在会上。

"五·二〇"案在短短几天之内,案情接连发生几个重大变化。先是白佳嘉因为说漏嘴,被关跃进逮个正着,接着又在徐天睿家发现了伪装过的微型摄像机,恰恰是这个微型摄像机拍到的内容,让"五·二〇"案的真凶董旸文,彻底现出了原形。

视频一开始挡住镜头的东西,其实是白佳嘉的手机充电器。据白佳嘉交代,当天她将手机充电器插到了藏有微型摄像机的插座上,应该在无意中启动了摄像机。充电器完全挡住了三孔插口最上面的地线插口,所以视频一开始画面是黑的,并没有拍到徐天睿和白佳嘉厮打,以及白佳嘉推倒徐天睿的画面。徐天睿倒下后,白佳嘉拔下了充电器,拿手机给董旸文打了电话。从那时起,微型摄像机便忠实地记录下了徐天睿卧室里发生的一切。

微型摄像机的录音功能被关掉了,它所拍摄的内容,包括之前徐天睿和多个女性的不雅视频,都只有画面,没有声音。不过这些都无关大局,光是画面,已经足够证明董旸文的罪行了。

霍建斌和赵晓元一致认为,其实在关跃进抓到白佳嘉的那一刻,"五·二〇"案的告破就已经是早晚的事了。这就像劈竹子,抓住白佳嘉就是劈开竹节,后面发生的几个转折,只不过是顺势而下,一刀到底罢了。

偏偏关跃进不这么认为。

目前为止,白佳嘉的供述,董旸文的供述,以及各种物证,都能很好地互相印证,它们凑在一起,就像拼图一样,一点点一块块地让案件的全貌得以呈现。可是在关跃进看来，唯独有一个地方，一块拼图，与别的图案都不相符，显得十分突兀。

这块"拼图"就是徐天睿体内检测出的安眠药。

按白佳嘉交代，那天徐天睿是吃错了药，把安眠药当解酒药吃了。从现场看，安眠药和解酒药的包装的确很像。可是不管安眠药还是解酒药，徐天睿都经常吃，他真的会分不清自己常吃的这两种药吗？退一步说，徐天睿就算真的一时疏忽吃错了，为什么又偏偏是案发这天吃错了，是不是太过凑巧？

这个问题说大不大，但是就像光滑木板边缘上的小小毛刺，一直反反复复地折磨着关跃进，让他心神不宁。

9

"你要退休了？"关跃进惊讶地问。

包全胜沉默地点了点头。

"为什么？"

包全胜指向办公室外空无一人的训练室，满腹牢骚地抱怨："俱乐部闹出这么大一摊子事，联赛勒令我们停赛整顿……俱乐部男队女队加一块，总共不到十个人，就有三个棋手犯事，还是杀人这种恶性犯罪——这可是围棋圈子几十年来破天荒的大丑闻！怎么整顿，还能怎么整顿？俱乐部散伙，不过是早晚的事！"

关跃进轻轻叹了口气。

包全胜点燃香烟，心灰意冷地说："我作为总教练，又是领队，这个责任无论如何是推卸不掉的，用你们四川话说，就是'跑得脱，马脑壳'[1]！辞职报告我已经交上去了，根据需要，随时走人。"

"那休息调整一下，还可以去别的地方当教练，不至于退休啊。"

包全胜自嘲地笑了笑，说："我带的队伍出了这种丑事，还有哪个俱乐部敢要我？就算有单位要我，去了也少不了被人戳脊梁骨。还是自己识相点儿，早点儿滚蛋，早点儿回家抱孙子吧。"

关跃进打量着包全胜，他的头更秃了，眼袋也下垂得厉害，身上的衬衣又皱又黄，看起来好像几天没换了，整个人十分憔悴。包全胜抽了一大口烟，在肺里憋了好久，才缓缓吐了出来，他盯着空中氤氲的青烟，怅然若失。

"退休也不是什么坏事。"关跃进安慰道，"我也快退休了，其实我现在在单位已经是闲人一个了。我这一身病，领导也不敢让我上一线，怕我哪天干着干着就爆血管了。不瞒你说，我前几天刚住了一次院，差点没救回来。"

"高血压？"包全胜看了关跃进一眼。

"高血压，糖尿病，关节炎，颈椎病，腰椎劳损……"关跃进掰着指头数道，"当年顶风尿三丈，如今顺风尿湿鞋，没办法没办法。"

"我看你是不想退休的。"包全胜抽了一口烟，喃喃道。

关跃进眉毛挑了一下，说："为什么呢？"

包全胜笑了，说："你要真想退休，案子都结了，你来找我聊什么天？你这不也是在带病工作吗？"

关跃进也跟着笑了，说："习惯了，几十年的习惯，哪能说改就改呀。"

"说吧，你想找我聊什么？"

关跃进有些不好意思，说："接触这个案子之前，我对围棋一无所知。这段时间，我一直在看一本围棋入门书，叫《围棋三千问》，

---

[1] 四川俚语，形容逃不掉、跑不脱。

算是临时抱佛脚吧。我在书里，看到一种很有意思的说法，说围棋又叫手谈，对吧？"

包全胜点点头，说："这个说法古来有之，也是围棋的一种别称。"

"我看书上说，围棋之所以叫手谈，是因为两个人不需要说话，通过下棋就能明白彼此的性格和想法，对吗？"

"对。"

"也就是说，棋风往往能代表一个人的性格和想法。了解一个人的棋风，你就能了解这个人的性格和想法了？"

"某种程度上，确实可以这么说。"

"那我想问一个问题，"关跃进挠了挠后脖颈，"白佳嘉的棋风是什么样的呢？"

"白佳嘉吗？"包全胜有些意外，"她现在已经不怎么打比赛了，适应不了了。以她的发展来说，原本最多到今年底，她就退出俱乐部专心去拍她的视频了。以前打比赛的时候，白佳嘉还是出过成绩的，从棋风来说，她是典型的好战分子。"

"好战分子？"关跃进有些意外。

"嗯，"包全胜点点头，"这种风格在女子棋界并不少见，许多女子棋手都追求力战。白佳嘉刚打比赛那阵，就是以敢战善战著称。她很擅长近身缠斗，常常棋走险招，让很多对手尝过苦头。"

"棋走险招具体是怎么个走法？"

"怎么形容呢，"包全胜想了想，说，"下棋有的时候就像打架，对手一拳打过来，一般人要么闪躲要么招架，都是先避开进攻，再找机会反击。白佳嘉不一样，你一拳打过来，她不闪躲也不招架，反手就是一拳打回去。比的是谁拳头快，谁拳头狠，谁能坚持到最后。她下棋不怎么讲究套路，凭的是缠斗的感觉和气势。"

"明白了，原来白佳嘉的风格是这样的……"关跃进沉吟许久，对包全胜说，"谢谢你，包教练，你解决了我心里一个很大的疑问。"

"疑问？什么疑问？"包全胜不解地问，"不是说案子都结了吗，还有什么疑问？"

"风格，"关跃进站起身，神秘地说，"这个案子的风格到底是什么，这点非常重要！"

"风格？杀人要什么风格？"

包全胜满脸疑惑，看着关跃进快步走出办公室。

10

"师父，你要找什么？"

严缜将一大堆笔录和案卷抱进会议室。

"不知道。"

关跃进坐在旋转椅上，向后躺倒，把腿跷上了桌子。

"这都要下班了……"严缜指了指窗外。

此时太阳西沉，霞光满天。

"我自己看资料，下班你走你的，我又不耽误你相亲。"

关跃进翻了个白眼。

"你怎么知道我相亲？"严缜十分惊讶。

关跃进叹了口气，说："不相亲你喷什么香水？"

严缜闻了闻自己的手，脸红了，嘟嘟囔囔地说："家里介绍的，说是老乡，父母都认识，不见不行。"

"没让你不见啊，相亲是好事，快去快去。"

"那我真走了？"

关跃进哭笑不得，说："我也根本没让你留下来呀，快走快走。"

"可是你这又是要案卷，又是要资料的，到底要干什么呀？"

"我就是看看。"

"真的只是看看？"严缜一脸不相信的样子。

"老子现在数到三，你要再不消失，明天你相亲的事情，全大队就都知道了！"

"别别别，我走我走！"

严缜吓得落荒而逃。

关跃进起身锁上会议室的门，他活动了一下身体，又泡了一大杯浓茶，然后才不慌不忙地坐下来，打开一个案卷，仔细看了起来。

时间一点一点过去，从夕阳西下，再到繁星满天，关跃进已经维持一个坐姿很长时间了，他的腰越来越痛，已经有些坚持不下去了，可是他依然不打算回家，他要在会议室挑灯夜战，把"五·二〇"案的全部资料再过一遍。

关跃进起身把泡面盒子扔进垃圾桶，"五·二〇"案的大部分案卷和笔录，他都看过了，还是没有什么收获。关跃进的腰已经疼得受不了了，他在会议室走来走去，不停地扭着腰，活动筋骨。关跃进年轻的时候，熬夜看卷宗是家常便饭，现在还没坐到十二点，身体就已经严重报警了。坐是坐不动了，关跃进索性打开笔记本电脑，打算站着看看视频资料。

第一个视频，是五月二十日晚，白佳嘉和高谦下指导棋的录像。视频有两个多小时，之前是严缜负责看的，关跃进只看过一部分。

——就从这个视频开始看吧。

一开始，关跃进站着看，站着站着有些累了，他就坐了下来。坐了一会儿，关跃进眼皮越来越沉，干脆在桌子上趴着看。不知看了多久，关跃进的眼皮再也招架不住了，他的大脑不再运转，昏昏沉沉地睡了过去。

当关跃进醒过来时，视频还在继续。

关跃进的头又涨又痛，他活动了一下颈椎，脖子发出"咔咔"的声音，仿佛一台生锈的机器。关跃进挣扎着起身，走出会议室，外面的大办公室空无一人。关跃进想看看谁的办公桌上有烟，抽一支提提神，可是找了半天，连烟屁股也没找到。

没办法，关跃进去卫生间，用冷水胡乱洗了把脸，总算恢复了一点精神。他打开严缜的抽屉，翻了半天，翻出一包速溶咖啡。关跃进泡好咖啡，回到会议室，无论如何他也不打算放弃，一定要把视频看完。

关跃进喝了一口咖啡，将视频拖回开头，打算再看一遍。视频开头处，白佳嘉正和高谦寒暄，关跃进忍不住打了个哈欠，准备快进一下。突然，关跃进愣住了，画面角落里，一个小得不能再小的细节引起了他的注意——

白佳嘉是用笔记本电脑和高谦开视频下棋的，手机被她随手放在电脑旁。因为移动，手机屏幕亮了，关跃进看到手机的电量显示是百分之九十五。

一道闪电在关跃进的脑海中闪过！

手机电量，这就是关跃进一直在找的东西，一步转败为胜的妙手！

关跃进吹了一声口哨，笑了起来，他不停地笑，一直笑到眼泪都流了出来。

突然，关跃进笑不出来了，取代笑声的，是痛苦的低吟。

他落枕了。

第十二章 贴目

1

白佳嘉走进审讯室,第一眼有些惊讶,因为坐在她对面的关跃进,脖子上戴了一个夸张的塑料颈托,样子十分滑稽。

关跃进指了指脖子,不好意思地笑了,说:"没办法,颈椎病犯了!"

严缜在一旁默默翻了个白眼。

"没事吧?"白佳嘉疑惑地坐了下来。

"没事,老毛病,养一养就好了。"关跃进龇牙咧嘴地把手指伸进塑料颈托,挠了挠脖子,"怎么样?你在里面还住得惯吧?"

白佳嘉黯然地点点头,没有说话。

严缜忍不住轻轻叹了一口气。

关跃进咳了两声,说:"今天找你来,是我在整理案卷的时候,发现有一个小问题没弄清楚,需要再确认一下。"

"什么问题?"白佳嘉抬头看着关跃进。

"小问题,就是个小问题,走个流程。"

关跃进冲严缜使了个眼神，可是因为颈托的缘故，他的头怎么也转不过去，挤眉弄眼了半天都是白送秋波，严缜根本没看到。关跃进气得不行，只能将整个身子都转过来，对严缜说："把东西拿出来。"

严缜拿出一个证物袋，里面装的是白佳嘉的手机，一部最新款的白色 iPhone6。

"这是你的手机对吧？"关跃进按下手机电源键，屏幕亮了。

"嗯。"盯着屏幕看了一眼，白佳嘉点点头。

"这手机是什么时候买的？"

白佳嘉想了想，说："去年十二月。"

"挺贵的吧？"

"朋友帮我从香港带的，六千多吧。"

"港币？"

"人民币。"

"这么贵？"关跃进瞪大眼睛，连连咂嘴。

"因为是 128G 的，有时候我要用手机拍视频，所以得要个内存大一点的。"

"我听说在香港买手机，便宜是便宜，但是坏了没办法保修。"

"不能保修的是水货，我这个是港行，可以保修的。"

白佳嘉不明白关跃进为什么一直揪着手机问，心里有些打鼓。

"我也想换个手机，从香港买靠不靠谱？你这个保修过没有？"关跃进始终漫不经心，一副闲话家常的样子。

"我觉得还行吧。"白佳嘉若有所思地说，"反正我这个手机没出什么问题，还没修过。"

"电池什么的还行吗？你这个多久充一次电？我那个手机就是电池不行了，一天到晚老得充电。"

"用得多的话基本每天都得充，如果只是打电话发短信什么的，两天一充应该也行。"

"那你这个电池还是挺禁用的。"

"嗯。"

"拍视频应该挺费电的吧?"

"嗯,拍完视频基本都得充电了。我一般随身带着充电器,能充电的时候就充上,以备不时之需。"

关跃进连连点头,说:"所以五月二十号那天,你在徐天睿家的时候,就把手机拿出来充电了,对吧?"

"是的。"

"幸亏你拿出来充电了,"关跃进笑了笑,说,"不然我们就抓不到董旸文杀人的铁证了。"

白佳嘉默不作声。

"明白了,明白了,今天我主要就是想搞清楚这个问题。唉,没办法,要写报告。你不知道现在上面对报告要求可严了,各种细节都要抠死,搞得我头都大了!这不颈椎病也犯了,真是屋漏偏逢连夜雨,厄运专找苦命人哪。"

关跃进边说边收拾起桌子上的笔记本。

"问完了?"白佳嘉有些惊讶。

"问完了。"关跃进对严缜说,"你还有什么要问的吗?"

"没有。"严缜落寞地摇了摇头。

"没了。"关跃进干净利落地对白佳嘉说。

白佳嘉向后看去,等待民警将她带离审讯室。

"欸,等一下——"

就在民警扶着白佳嘉刚要起身时,关跃进突然喊了一声。

"还有一个问题我差点忘了,不好意思,不好意思。"关跃进冲民警挥手表达歉意。

白佳嘉重新坐下,心事重重地看着关跃进。

"就耽误你两分钟，有个视频你看一下——"

关跃进冲严缜摆摆手，严缜打开一个视频，将笔记本电脑屏幕转向白佳嘉。

"这是五月二十日那天晚上，你和高谦下指导棋的视频，对吧？"关跃进指着屏幕问。

白佳嘉点点头。

"董旸文要你回家以后制造不在场证明，所以你在路上约了高谦，到家之后就直接和高谦视频连线了，对吧？"

白佳嘉再次点了点头。

"那问题就来了。"关跃进露出疑惑的神情，冲严缜做了个手势。严缜暂停了视频，关跃进指着屏幕说，"你看这里——"

关跃进指的，正是白佳嘉将手机放到笔记本电脑旁的定格画面。

白佳嘉感觉越来越不对劲，她紧紧盯着画面，这时她注意到了画面上的手机电量，百分之九十五，她的身体瞬间僵硬起来。

关跃进指着屏幕上手机电量数字，说："徐天睿卧室的电源插座是伪装的，根本充不了电，所以你插上去的时候，手机电量就不可能低于百分之九十五。百分之九十五的电量，几乎是满的，你为什么还要充电？你的电池明明没问题啊，刚才不是说了吗，正常使用的话，一天只用充一次就好了。"

"刚刚也说了，我随身带着充电器，习惯能充电的时候就充上。"白佳嘉稳定了一下情绪，回答道。

"的确是个好习惯，我出差的时候就经常忘带手机充电器。"关跃进挠挠头，继续问，"可是你跟高谦视频了三个多小时，为什么没给手机充上电呢？你不是说能充电的时候就习惯充上电吗？"

白佳嘉不说话了。

"我来替你回答吧。"关跃进眼神锐利地盯着白佳嘉，"你在徐天睿家的时候，根本就不是要充电，而是借着充电，趁机启动微型摄像机。因为你清楚地知道后面将要发生什么,而且你也知道,这台微型摄像机会把后面发生的事情,原原本本地记录下来!"

白佳嘉沉默不语,就连脸上的表情都消失了,她摆出了一副石佛的模样。

"这就是我觉得矛盾的地方。"关跃进继续说,"整个案子里,你被徐天睿威胁,被董旸文利用,你说你不知道该怎么办,你想有个人能帮帮你!多么可怜、多么无助的一个弱女子!问题是,你真的是一个弱女子吗?"

"……"

"不,你从来就不是一个任人摆布、任人宰割的弱女子。恰恰相反,你是一个大心脏的好战分子!你不喜欢防御,你的信条是,进攻才是最好的防御!你是棋盘上的巴顿将军!你这样一个人,怎么会逆来顺受,让徐天睿用区区不雅视频就拿捏住你,你怎么会进退失据,让董旸文轻而易举地利用你、算计你?"

"……"

"你被拿捏,被算计,这都是你故意为之的结果,你所做的一切,都是为了达成一个目的——"

白佳嘉不为所动,就连眼神也飘忽不定,毫无焦点。

"报仇!"关跃进掷地有声地说,"整件案子,你的目的始终只有一个,就是帮罗青云报仇,徐天睿和董旸文就是你报仇的对象!"

白佳嘉似乎动了一下。

2

白佳嘉向前迈出一步,她面前的女儿墙有胸口那么高,可是天台上早已经被小区住户用各式各样的花盆、泡沫箱堆满了,种的东西从大葱、白菜,到葡萄、草莓,一应俱全。白佳嘉踩住一个大花盆,双手用力一撑,爬上了女儿墙。

白佳嘉跨骑在女儿墙上,向下看去,冬日的小区户外,只有寥寥几个行人,没人抬头注意到她。

"我……我也要上来。"

白佳嘉身后传来罗青云的声音。

"不,大罗哥,"白佳嘉扭头大声喊道,"你就站在原地不要动!"

罗青云吓了一跳,但还是乖乖地站在天台上,一动不动地看着白佳嘉。

白佳嘉注视着罗青云,思绪不禁飞回到了九年前道场天台的那个晚上,那时他们两个就像现在这样,骑在女儿墙上的是十二岁的白佳嘉,而十五岁的罗青云如骑士一般出现,奋力将白佳嘉从崩溃的边缘救了下来。

——现在呢?

罗青云的样子没太大变化,甚至一双眼睛还像从前那样闪着光,可是他再也不会像从前那样说话了。

"大罗哥,你会怎么做?"白佳嘉看着罗青云的眼睛,轻轻地说。

罗青云皱着眉,困惑地看着白佳嘉,说:"下……下棋。"

"我们已经下过一盘了,你忘了吗?"白佳嘉像哄孩子一般轻声说。

罗青云认真想了想,突然拍着手说:"我……我赢了!"

"对,你赢了。"白佳嘉露出微笑,"你记得我跟你说的话吗?"

"啥……啥子?"

"如果有人要害你,你怎么办?"白佳嘉的眼泪流了出来。

"你……你哭了。"罗青云慌了,向前迈了一步。

"你别动!"白佳嘉抬手制止罗青云。

"我……我不动。"罗青云有些委屈地说。

"大罗哥,如果有人害你,你怎么办?"白佳嘉重复了一遍她的问题。

"我……我不害你。"罗青云焦急地说。

"没人能害我的。"白佳嘉破涕为笑,她笑了一会儿,看着罗青云,脸上的神情再度陷入悲伤,"是有人害你,大罗哥,是有人害你!"

"害……害我?"

"他们是坏人。"

"坏人……"罗青云歪着头想了想,说,"打……打他!"

"你要我帮你打坏人吗?"

"不……不要!"罗青云倔强地说,"我……我打他!"

"你打不了坏人。"

白佳嘉扭头朝远方望去,从 H 小区楼顶天台,可以远远看见会龙公园,那是罗青云最常去的地方。白佳嘉喜欢站在高处,眺望远方,把自己想象成一只自由的小鸟。每当这个时候,她整个人都无比放松。白佳嘉凝望了一会儿,心里平静了许多,此时挂在脸上的眼泪已经干了,她用力一撑,跳下女儿墙。

"大罗哥,我们听歌吧。"

"哦,听……听歌!"罗青云高兴地拍起手。

白佳嘉拿出手机,播放了一首罗青云以前最喜欢的歌,郑钧的《天下没有不散的筵席》——

> 我曾经以为生命还很漫长
> 也曾经以为你还和从前一样
> 其实我错了
> 一切全都变了

二十一岁的白佳嘉站在天台上，歌声在耳边回荡，她静静地看着二十四岁的罗青云，曾经的那个天才围棋少年，如今是人人嫌弃的傻子。

"大罗哥，我们跳舞吧。"

"我……我要下棋！"罗青云似乎站得不耐烦了，用力跺着脚说。

"跳完舞，我们就回去下棋。"

罗青云用力点点头，白佳嘉温柔地笑了。

白佳嘉上前，牵起罗青云的手，伴着歌声，轻轻摇晃着身体。罗青云有些不知所措，身体僵硬得一动不动。

> 天下没有不散的筵席
> 一切全都，全都会失去
> 天下没有不散的筵席
> 你的眼泪，欢笑
> 全都会失去

白佳嘉握着罗青云的手，他的手很大，粗糙、污脏，但是非常温暖。曾几何时，白佳嘉夜晚躺在床上，无数次幻想过她和大罗哥的未来——两个人住在一个有阳台的房子里，读书、下棋，种种花种种草，再一起养一只会笑的柴犬，然后给它起名字叫小罗。

现在，这个梦再也不可能实现了。

徐天睿、董旸文毁了大罗哥，也毁了白佳嘉的梦。

就在跳下女儿墙的那一刻，白佳嘉已经拿定了主意。

"走，我们回去下棋。"

"哦，下棋喽！下棋喽！"

罗青云高兴地跳了起来。

白佳嘉松开罗青云的手，歌声依然回荡在她耳边——

如果你爱上哪位姑娘
一定要好好保护她
如果有人想伤害她
你要用弓箭去射他

3

白佳嘉收回思绪,坐在她对面的关跃进还在滔滔不绝地说着。

"……你清楚,徐天睿、董旸文对罗青云的见死不救,在法律上不用承担任何责任,更何况你也没有证据能证明他们见死不救。但是这些都不重要了,你要用你的方式,让他们付出代价。"

一口气说了很多话,关跃进终于停了下来,喝了一口水。

白佳嘉看着关跃进,他戴塑料颈托的样子活像舞台上滑稽的小丑。白佳嘉深深地意识到,小丑也好,暴蔫子老头儿也好,都是关跃进的伪装。也许关跃进从年轻时候起,就不是一个相貌出众的人,但是他很聪明,事实上他比大多数人都聪明,他把外表的劣势转化成了他的优势。外表只是关跃进的伪装,如果你因为外表轻视他,那你一定会在某个地方,毫无防备地被这个暴蔫子老头儿撂倒。

"你在想什么?"关跃进看着白佳嘉,好奇地问。

白佳嘉依然没有说话,她不想回答任何问题。

"还是不想说?"关跃进笑了笑,耸耸肩,"那我继续了。"

白佳嘉沉默以对。

"你利用的,是董旸文和徐天睿钩心斗角的关系。"关跃进收起笑容,说,"你看过《动物世界》没有?董旸文和徐天睿,他们像非洲草原上争夺地盘的两头食肉野兽,露出獠牙,互相嘶吼、对峙,然后勉强达成一个脆弱的平衡。但是野兽终究是野兽,他们会为了一块肉、一根骨头,再次撕咬起来,斗个你死我活。耳赤杯比赛就是那根新鲜的、带血的骨头,围棋没有和棋,两头野兽一定会分出胜负。你要挑唆那只失败的野兽重振旗鼓,趁得胜的野兽享用胜利果实的时候,出其不意地发动进攻,一口咬住对方的咽喉。"

"我不明白你在说什么。"白佳嘉冷漠地说。

"耳赤杯比赛结束以后,你知道徐天睿通过打车软件监视你的行踪,你还是去见了董旸文,你是故意这么做的!徐天睿很聪明,但是他控制不了他的脾气。果然,那天晚上徐天睿彻底爆发了,你敢不听他的话,他要好好教训教训你!徐天睿不知道,你已经悄悄地给他下了安眠药。"

白佳嘉看了关跃进一眼。

"对,安眠药是你下的。这根本不是什么巧合,而是你计划的一部分。"关跃进直视白佳嘉的眼睛,"你下药迷晕了徐天睿,然后给董旸文打电话,说你失手杀了徐天睿。你知道董旸文是什么货色。他狡猾,阴沉,精于算计,却是一个贪婪到极点的人,贪婪的人永远抵御不了诱惑。现在你把诱惑送到了他的面前,他不仅能亲手杀掉徐天睿这个心腹大患,还能控制你、得到你,就算被警察识破,也有你这个完美的替罪羊,他只要用心扮演一个痴情汉就行——这种诱惑他怎么可能抵挡得了?"

"'他死了',"关跃进停顿了一下,说,"董旸文跟你说出这句话的时候,你就知道你要赢了。你早就找到了徐天睿伪装过的微型摄像机,也知道优盘就藏在那里。摄像机的录音功能关闭了,你用充电器挡住镜头,就可以从容地下药迷倒徐天睿,布置好现场。董旸文上钩了,你只要拔下充电器,摄像机就会记录下他犯罪的铁证。你随时可以用这个证据扳倒董旸文。可笑的是,董旸文一直以为他是猎手,你是猎物,他错了,他才是猎物,他的生死完全掌握在你手里!"

白佳嘉身子动了一下。

"但是董旸文竟然想把杀人的罪行,推到罗青云身上。你当然不允许他这么做,所以你故意卖了一个破绽给我。"关跃进苦笑着摇摇头,"蛤碁石棋子你是故意说漏嘴的,你识破了我的陷阱,故意走了进来。我太笨了,还以为我抓住了你,不,其实是你抓住了我。你这么做,就是为了引导我们,找到徐天睿藏起来的优盘和微型摄像机,这才是你的终极杀招!你彻底毁了徐天睿,也彻底毁了董旸文,完成对他们的报复。"

"关警官,你想象力太丰富了。"白佳嘉冷冷地说。

"这不是想象,是事实!只不过世界上没有完美的犯罪,计划归计划,执行起来总归是有破绽的。比如手机电量,"关跃进举起白佳嘉的手机,"你随身带着充电器,这是你的重要道具,你知道五月二十日晚上要发生什么,你得事先做好准备,确保万无一失,所以你提前把手机充满了电。什么叫过犹不及,这就是过犹不及!充足的电量反而让你的举动显得特别不自然,正是这点引发了我的思考!"

关跃进停了下来,看着白佳嘉,似乎在等待一个回应。

"你想太多了,关警官。我说了,我习惯了随时充电。"

"手机电量是满的,你为什么还要充电?"

"我没注意,只是习惯罢了。"

"习惯?不,你按下电源开关,是为了启动微型摄像机!"

"我根本不知道什么微型摄像机,这还是你们告诉我的!我就是为了充电!"

"充电?那个电源插座根本没有电,你平时不可能用那个插座充电。那天你为什么要用一个从来不用的插座充电?"

白佳嘉沉默了。

"回答我，为什么？"

"你有证据吗？"

这个回答显然不是关跃进想要的，他叹了口气。

"手机电量不是证据，什么也证明不了。"

"你错了，我有证据！"关跃进大声说。

白佳嘉疑惑地看着关跃进。

"我们找到了指纹。"

"指纹？"

"对，指纹，你的指纹。"

"哪里的指纹？"

关跃进拿出一个证物袋，里面装着一个吸塑药片板，这是徐天睿家的唑吡坦。

"安眠药是你下的，这上面有你的指纹。"

"我帮徐天睿拿过药，很可能碰过这板药，上面有我指纹也不奇怪。"

"这个位置呢——"关跃进举起证物袋，指着吸塑药片板上的透明薄膜，"就在这里，你用手指把安眠药片按了出来，这上面有你的指纹。这个指纹足够证明是你用安眠药迷倒了徐天睿！"

"不可能！"白佳嘉斩钉截铁地说。

"为什么不可能？"

"因为安眠药是徐天睿自己吃的！"

"不，不是徐天睿，我们检查出了你的指纹！"关跃进厉声说。

"不可能就是不可能！"白佳嘉也提高了音量，坚决否认。

"警察办案是看证据的，我们找到了证据！"

"你撒谎！"

"我为什么要撒谎？"

"因为你又在给我下套。"白佳嘉瞪着关跃进，一字一顿地说，

"你想引诱我说错话。我再说一遍，安眠药是徐天睿自己吃的，上面不、可、能有我的指纹。"

关跃进被白佳嘉瞪得有些坚持不住了，他重重叹了口气，沮丧地说："你说得对，我们没找到你的指纹，我刚刚骗你了。"

"关警官，你这样不厚道！"

"确实不厚道，"关跃进两手一摊，"我向你道歉。"

白佳嘉别过脸去，显然不接受关跃进的道歉。

"但是我们也没找到徐天睿的指纹。"关跃进话锋一转，再次拿起吸塑药片板，"如果安眠药是徐天睿吃的，为什么塑料薄膜上没有他的指纹？"

说到这里，关跃进又拿出一个小瓶子，白佳嘉认出来那是一瓶指甲油。

"这是透明指甲油，"关跃进晃了晃小瓶子，"你不可能当着徐天睿的面戴手套，那样太不自然了。你用透明指甲油把手指涂一遍，只要指甲油干了，你就留不下指纹了。这个方法你一定试验了很多次，所以你才那么自信地说你没有留下指纹。我刚才就是为了确认这一点。"

白佳嘉的视线从指甲油瓶转到关跃进身上，缓缓说："药片板上没有我的指纹，并不能证明你刚才的话。"

关跃进无奈地点点头，说："你说得对，药片板上没有你的指纹，什么也不能证明。可是药片板上也没有徐天睿的指纹，你怎么解释这点？"

"我不需要解释，我不知道，恐怕你只能去问徐天睿了。"

白佳嘉挑衅地看着关跃进。

"可是有一个地方，你必须得解释。"

关跃进从桌子下拿出了几个证物袋，里面分别装着微型摄像机、电源插座，还有优盘。

白佳嘉忽然意识到什么，嘴唇紧绷了起来。

关跃进拿起其中一个证物袋，这是电源插座，他指着插座面板上的开关，说："这上面也没有你的指纹，你自己说的，你用这个插座充电，是你打开了电源开关。"

白佳嘉的脸色变了。

"所以为什么开关上没有你的指纹？"关跃进直视白佳嘉，说，"药片板的事，我没办法问徐天睿，他已经死了。可是插座开关，我倒是要好好问问你，请你回答我，为什么上面没有你的指纹？"

"……"

白佳嘉说不出话来。

"我有的是时间。"关跃进盯着白佳嘉，"我会等到你回答我为止。"

白佳嘉感觉全身的血液都朝头上涌来，她知道她的样子看起来一定很狼狈，比耳朵发红的幻庵狼狈多了。

她根本回答不了这个问题。

4

"哟，关师父，恢复得不错呀。"看到关跃进走进办公室，霍建斌露出爽朗的笑容，"颈椎病没再犯了吧？"

关跃进揉了揉脖子，嘟囔着说："还行，就那样吧。"

"这个案子破得漂亮。"霍建斌招呼关跃进坐下，"喝茶吗？我这儿有新到的蒙顶甘露，五百块钱一斤呢。"

关跃进摆摆手，说："喝水就行了。"

"那我给你倒杯水。"

关跃进点点头，佝着背坐在沙发上，整个人显得没精打采的。

"有什么事吗?"

霍建斌在关跃进对面坐下。

关跃进犹豫了一下,低声说:"我……我想休个病假。"

"你哪儿不舒服吗?"霍建斌有些紧张。

"没有,就是太疲倦,太累了。"关跃进长出了一口气,"医生也让我休息一段时间,好好调养调养。"

霍建斌表示理解地点点头,说:"关师父,你早该好好休息一下了。不是我说你,你这个年龄,你这个身体状况,真得小心一点。你这次住院,把我吓得够呛,我是真怕你这根弦绷得太紧。"

"我想先休息两个月,出去到处走走。我以前答应过老伴儿,带她去旅游,去新疆,去喀纳斯,可是答应好的休假,我一次都没休过……我挺后悔的,现在想想,我确实有很多对不起她的地方……"

"关师父,"霍建斌打断关跃进,"你也别太自责了,我们当警察的,亏欠家人的地方实在太多了。你也别想那么多,你当务之急,是要把身体养好,这才是最重要的!你回头把报告交上来,我马上给你批。"

关跃进"嗯"了一声,小声说:"我知道,我年纪大了,身体也不好,其实早就不适应一线的工作强度了,还一直占着位置,不肯退下来,弄得你也挺为难的。"

"关师父你这是什么话,都是工作嘛,再说你哪是占着茅坑不屙屎的人,'五·二〇案'要是没有你,怎么可能解决得这么圆满。"

"我想,"关跃进顿了顿,说,"休完病假后,就服从安排,从一线退下来,组织安排我去哪儿,我就去哪儿。"

霍建斌很意外,说:"关师父,你这一百八十度大转弯,转得可够大的。"

关跃进自嘲地笑了笑,说:"这个案子办得太累了,以前从来没这么累过,我身上这些零件要是再不进车间做个保养,怕是要直接报废了。"

霍建斌想了想,说:"我知道了,你的情况我们都了解,队里会研究的。"

"嗯。"关跃进点点头,站起身来,"那我先出去了,你忙你的。"

"好,你好好休息,把身体养好!"

看着关跃进蹒跚的背影,霍建斌这才发现,这次住院以后,关师父似乎老得特别厉害。

5

捷达车在一环路上走走停停。

严缜随手打开收音机,传来一则新闻播报——

> 韩国国防部发言人文尚均九月三十日说,经过对三处部署"末段高空区域防御系统"——即"萨德"系统——候选地的评测,国防部确定庆尚北道星州郡的高尔夫球场为"最终"选择。
>
> 韩联社援引文尚均的话报道,国防部对星州高尔夫球场、厌俗山及喜鹊山三处候选地进行了模拟评估,认定星州高尔夫球场是"最佳地点"。
>
> 星州高尔夫球场隶属乐天集团,位于星州郡政府办公楼以北十八公里处,海拔六百八十米,高于海拔三百八十三米的星山炮台。

严缜调低收音机音量,车子刚刚驶过青羊宫正门,他靠向右侧,拐进路边一个停车场。

停好车,严缜反身向青羊宫正门方向走去,他的目的地,是青羊宫正门附近的一条小巷子，关跃进就住在那里。

今天是二〇一六年国庆假期第一天，青羊宫门口游人熙熙攘攘，严缜还记得去年五月，就是他在这里开车接上关跃进一起去的琥珀溪岸。上个月，"五·二〇"案宣判了，董旸文被一审以故意杀人罪判处死刑，白佳嘉因共同犯罪，判处死缓。

法院正式宣判那天，严缜下班后独自开了一瓶二锅头。严缜平时很少喝酒，也不抽烟，但是那天他实在忍不住了，非得做点什么，来排遣心中的烦闷。

严缜一直对蒋渝的话记忆犹新，他说棋手也是人，也喜欢抽烟，也喜欢喝酒，也喜欢美女，也会得病，也要吃药，普通人有的毛病，棋手也有。严缜想明白一个道理，棋手是天才，但是不代表他们不贪、不嗔、不痴，不会行差踏错。眼睁睁地看着天才犯错，无疑是一个悲剧，而这正是严缜烦闷的原因。

那瓶酒，严缜喝了很长时间，到最后也没有喝完。

严缜拐进小巷子，一走进这里，那些喧闹嘈杂的人群就消失了，几乎没有游客会拐进这条偏僻的巷子。严缜注意到，巷子口的算命摊不见了，他忽然想起，上一次见关跃进，已经是快一年前的事了。

去年关跃进休完病假后，就调离了刑侦大队，去了分局机关。后来严缜去分局开会，见过关跃进一次，据关跃进说，他在分局档案室担任重要领导职务，说这话的时候，关跃进端着保温杯，佝着背，趿拉着布鞋，活脱脱一个混吃等死的暴蔫子老头儿。

据说当初为了留在刑侦大队，关跃进去市局机关办公室拍了桌子，闹得分局领导、霍建斌都灰头土脸的，严缜不知道为什么关跃进突然变了主意，主动要求退居二线。上次在分局严缜就很想问关跃进，可是话到嘴边，始终也没说出口。

严缜走进巷子深处的一个居民小区，这个小区很小，只有两栋老旧的步梯楼，关跃进住在其中一栋的六楼。这是严缜第一次来关跃进家,地址还是霍建斌给的。

"谁啊?"

严缜敲了敲门,除了把手外,不知道多久没擦过的防盗门后面,传来关跃进的声音。

"师父,是我,小严。"

"哪个小严啊——"门开了,近一年不见,关跃进老了很多,除了皱纹外,眼皮也耷拉得厉害,"哦,是你啊。"

"师父,过节好!"

严缜递上了一盒蒙顶甘露,这是霍建斌托他带给关跃进的。

关跃进没接茶叶,转身走回客厅,边走边嘟囔:"你什么情况,不会是来给我送喜帖的吧?"

"没那么快。"严缜脸红了,说,"是霍队让我代表队里,来看看你。"

"进来吧。"

严缜走进客厅,不禁愣住了,关跃进的家不知道多久没有收拾过了,地上随处可见各种药瓶子、水瓶子,以及外卖盒子,空气中散发着一股不可名状的味道。

"坐吧。"

关跃进将单人沙发上的内衣裤一把薅过来,随手塞到茶几下面。

严缜放下茶叶,小心翼翼地坐下,屁股不知道被什么东西硌了一下,他摸起来一看,是一瓶空了的降压药。

"这个药没了。"

关跃进接过瓶子,随手一扔,瓶子划过一道长长的弧线,落进厨房,发出噼里啪啦的声音。

严缜打量着关跃进,他披着一件皱巴巴的衬衣,没系扣子,里面的老头儿背心破了好几个洞,裤腿胡乱拉到膝盖位置,两只袜子都破了洞。

"霍建斌还说什么了?"

严缜完全没注意到关跃进的问题,他惊讶地打量四周,魂不守舍地问:"师、师娘呢?"

关跃进叹了口气,说:"你师娘早走了,我家这个样子,你看不出来这就是个单身宿舍吗?"

"走了?"严缜大感意外,惊讶地说,"去、去年你不是还说,要带师娘一起出去旅游吗?"

"那是忽悠董旸文的,我都一个人过好几年了,霍建斌没跟你说过吗?"关跃进愤世嫉俗地哼了一声,说,"旅游,旅游个锤子!"

"我、我还以为……"严缜不知道说什么好了,他没想到关跃进私底下邋遢成这样。

"你还在刑侦大队?"关跃进看了严缜一眼,漫不经心地问。

"嗯。"严缜点点头,忽然想起一件事,连忙说,"师父,'五·二〇'案宣判了,你知道不?"

"不知道。"

"董旸文判了死刑,白佳嘉是死缓。"

说到白佳嘉,严缜的声音情不自禁地低了下去。

"你还想着那个女孩?"关跃进白了严缜一眼。

"不是。"严缜连连摆手,"我就觉得挺感慨的。"

"感慨个锤子,你就是案子办少了。"关跃进伸手挠了挠后背,"霍建斌还说了什么没有?"

"是这样的,"严缜从挎包里拿出一个牛皮纸袋,"有个案子,挺棘手的,霍队想让你看一看——"

"我都退居二线了,还要我出马,你们就没一个能干的?"

"不是,"严缜有些畏缩,说,"霍队的意思,就是想让你帮着提点意——"

"走吧!"关跃进噌的一下站起身,开始系扣子。

"嗯？"严缜一下子没反应过来。

"走啊。"关跃进系好扣子，"光看案卷有什么意思，去现场看看，详细情况你路上跟我说，这一年没碰过案子，憋死我了！"

"啊？"严缜更摸不清状况了。

"我一直等着你们主动找我。"几乎是转瞬之间，关跃进背也不驼，眼皮也不耷拉了，整个人都精神焕发起来，"活活等了一年才等到，你不知道，我这一年无聊到已经把圆周率重新背到小数点后面一百位了。"

"可是、可是当初不是你主动退下来的吗？"

"坏就坏在我是主动退的。"关跃进嘬着牙花，"好几次我都想找霍建斌聊聊，看能不能回来帮着查几个案子，过过瘾，但是又觉得这样回头求人，太没面子了，也不潇洒，我一直等着你们主动找我呢——走啊，你屁股生根了吗，还坐着不动！"

严缜连忙跳起来，莫名其妙地，他也变得兴奋起来。

6

下楼的时候，关跃进脑海中浮现出他和白佳嘉最后一次见面的场景。刚才他撒谎了，他不仅知道审判结果，他还带着罗青云，去看守所探视过白佳嘉。

"谢谢你，关警官。"

探视时间快要结束时，白佳嘉冲关跃进一笑，看得出，这个笑容是发自内心的。

关跃进微微点头，这一年白佳嘉在看守所长胖了一些，但是脸依然很好看，尤其是笑的时候。

"我能问你一个问题吗？"白佳嘉露出诚恳的表情。

"问吧。"

"我是你抓到的凶手里,"白佳嘉故意停顿了一下,然后促狭地笑了起来,"最聪明的那个吗?"

关跃进没想到白佳嘉会这么问,他想了想,老老实实地说:"……你比我聪明。"

白佳嘉满不相信的样子,说:"关警官,这是你这辈子第几次夸别人比你聪明?"

"第一次。"

"真的?"白佳嘉有些意外,她收起笑容,喃喃地说,"可我还是被你抓住了。"

"不一样,"关跃进低头沉吟道,"我可能没你聪明,但我是警察,我是专业的,你再聪明,也是业余的。你这辈子就试过这么一次,然后就被我抓住了。我呢,我干了三十多年刑侦,和无数罪犯打过交道,这可是最宝贵的经验。"

白佳嘉被关跃进逗乐了,说:"我懂了,业余棋手再厉害,也干不过职业棋手,这个在我们围棋圈也是一样的。"

"你确实挺厉害的……"关跃进话说一半,停了下来。

"就是可惜当了杀人犯,对吗?"白佳嘉直截了当地说出了关跃进吞下的后半句话。

"嗯……"

"我不后悔。"这句话白佳嘉不是对关跃进说的,她转向一旁的罗青云,眼神温柔,又重复了一遍,"我从来没有后悔过。"

"我在外面等你。"

关跃进拍拍罗青云的肩膀,起身走出探视室。探视时间还有几分钟,但是关跃进不想看到白佳嘉哭,他不知道眼泪流下来的时候,他该说什么。

7

严缜看着关跃进精神十足地坐上副驾驶座,决定把嘴边的那个问题彻底咽进肚子里。

出门的时候,严缜看到了,在客厅的电视机旁边,有一个相框,那是关跃进孤零零一个人站在湖边的照片。那个地方严缜认得,是新疆喀纳斯,关跃进手里,捏着一条翠绿色的丝巾,这种丝巾还是关跃进告诉他的,叫艾德莱斯绸,是新疆特产,只不过是在成都郊区一个城乡接合部的早市地摊上买的。

所以严缜觉得这个问题不用再问了,即使问了,关跃进这个嘴狡暴蔫子老头儿,十有八九也不会说真话。

为了转换心情,严缜打开收音机,车内传来电台 DJ 低沉的嗓音——

"现在我们来听一首老歌,美国摇滚歌手鲍勃·西格一九七八年的专辑 Stranger in Town 里的一首经典歌曲,*Old Time Rock and Roll*!"

短暂的钢琴前奏后,是一段燥热、富有冲击力的美式摇滚。

"这首歌带劲儿!"

关跃进心情大好,看什么都含情脉脉,他调大音量,情不自禁地打起拍子——

> I like that old time rock'n' roll
>
> Still like that old time rock'n' roll
>
> That kind of music just soothes the soul
>
> I reminisce about the days of old
>
> With that old time rock 'n' roll!

伴随鲍勃·西格沙哑的嗓音，以及关跃进荒腔走板的哼唱，捷达车右转，拐上蜀都大道，向案发现场一路飞驰而去。

后记

我的父亲是一名围棋爱好者，也是一名业余棋手，在我很小的时候，就教我背各种围棋定式，试图让我朝棋手之路前进。可惜我那时只是一个垂髫小儿，又无甚天分，对于背诵枯燥无味的围棋定式，抵触心极强。几番硬碰硬的尝试之后，我俩闹得全家鸡飞狗跳，吱哇乱叫。最终父亲得出结论，他的儿子这辈子绝无可能成为一名职业棋手。

自那以后，父亲不再教我下棋，我则出于逆反心理，也不再接触围棋。多年来，父子俩的话题，始终不过寥寥数语，就像李宗盛歌里写的那样——"两个男人，极有可能终其一生只是长得像而已；有幸运的，成为知己，有不幸的，只能是甲乙"。

所以有时候我会想，如果我对围棋不是那么抵触，就算当不了棋手（那几乎是必然的），或许与父亲之间，也能有一个共同的话题，不至于总是面面相觑，最后只能尴尬地聊几句天气。

时隔三十多年，尝试再次走进围棋的世界，便是我创作这个故事的初心。

创作这个故事的时候，很多人给予了我帮助。

首先要感谢的，是演员王迅先生，他不仅为故事的主题提供了高屋建瓴的指导意见，还亲自撰写了推荐序，在创作道路上，他永远是我的老师；其次要感谢的，是吴天职业二段，他为我提供了大量的、无比珍贵的职业棋手素材；我还要感谢喜门弟兄的徐浩先生，是他坚定了我完成这个故事的决心。

除此之外，我要感谢黄湛中、周文妤、廖凌云、蒋萌、卫昕、瞿博、@石桐屹、@豆腐小僧等多位朋友，你们为这个故事提供了许多宝贵的建议。

感谢@基本建筑BoomArchitects，这是两名优秀的建筑师共同成立的设计工作室，他们为本书提供了极为专业的平面图。

一本书从写作到出版，是一个漫长而艰苦的过程，在此过程中，感谢出版行业的从业者王敬、罗夏和王萌，你们为这本书的出版提供了非常多的帮助；感谢推理小说研究者、书评人@天蝎小猪，他为这本书的出版也提供了很多帮助。

我要特别感谢牧神文化的总编辑王晨曦，没有她的大力支持，这本书不可能出现在各位面前。

感谢牧神文化，他们不仅仅是一家文化公司，更是一群热爱推理、极富才华的理想主义者，他们每一个人都值得被铭记。

最后要感谢我的妻子李沐燃，她不厌其烦地阅读了我数个版本的故事大纲，去芜存菁，对故事的最终形成，功不可没。

从想法到成稿，再到最终付梓面世，这一路上我所收获的帮助与支持，无法一一言尽，但感激之情永远铭记于心！

谢谢大家！

杜撰

2024年11月7日

图书在版编目（CIP）数据

算尽则死 / 杜撰著 . -- 北京：北京联合出版公司，2025. 5. -- ISBN 978-7-5596-8347-2

Ⅰ . I247.5

中国国家版本馆 CIP 数据核字第 20259RY744 号

算尽则死

作　　者：杜　撰
出 品 人：赵红仕
策划监制：王晨曦
责任编辑：周　杨
特约编辑：李　晴
营销支持：沈贤亭
封面设计：主语设计

北京联合出版公司出版
（北京市西城区德外大街 83 号楼 9 层　100088）
北京联合天畅文化传播公司发行
上海盛通时代印刷有限公司印刷　新华书店经销
字数 228 千字　890 毫米 ×1240 毫米　1/32　9.125 印张
2025 年 5 月第 1 版　2025 年 5 月第 1 次印刷
ISBN 978-7-5596-8347-2
定价：59.00 元

版权所有，侵权必究
未经书面许可，不得以任何方式转载、复制、翻印本书部分或全部内容。
本书若有质量问题，请与本公司图书销售中心联系调换。
电话: (010) 64258472 - 800